Desperdigados
por el mundo

Yoko Tawada

Desperdigados por el mundo

Traducción de Marta Morros Serret

EDITORIAL ANAGRAMA

BARCELONA

Título de la edición original:
Chikyū ni Chiribamerarete
Kodansha Ltd.
Tokio, 2018

Ilustración: © Yolanda Artola a partir de una imagen de Freepik

Primera edición: *febrero 2026*

Diseño de la colección: Julio Vivas y Estudio A

© De la traducción, Marta Morros Serret, 2026

© Yoko Tawada, 2021. Todos los derechos reservados.
Derechos de publicación para esta edición española
por acuerdo con Kodansha Ltd., Tokio

 KODANSHA

© EDITORIAL ANAGRAMA, S. A. U., 2026
Pau Claris, 172
08037 Barcelona

ISBN: 978-84-339-4902-8
Depósito legal: B. 16786-2025

Printed in Spain

Romanyà Valls, S. A.
Verdaguer, 1, 08786 Capellades (Barcelona)

1. HABLA KNUT

Aquel día llevaba toda la tarde abrazado a un cojín en el sofá, viendo la tele con el volumen bajo. El sonido de la lluvia me da sensación de paz. Sobre todo porque, delante de casa, hay un camino empedrado que da a un pequeño parque, y nunca me canso de escuchar el refrescante repiqueteo de la lluvia al caer sobre la piedra, mezclado con el rumor del agua filtrándose en el suelo.

No era la lluvia lo que me había retenido en casa. A mí me gusta salir a pasear por el canal y parar a tomar un café o entrar en la tienda de discos de segunda mano por el camino; o bajar a la plaza y abrirme paso entre la gente apelotonada en torno al puesto de perritos calientes, a ver si encuentro alguna cara conocida esperando sus llamativas salchichas. Pero aquel día me apetecía relajarme sin grandes esfuerzos. Al volver la cabeza para contemplar el nuboso cielo de Copenhague por la ventana, tuve la sensación de que aquella lejana luz plateada empezaba a brillar en mi interior.

No hacer nada tiene su complejidad. Cuando ya no lo soporto más, siempre me refugio en internet, pero aquel día el mero hecho de pensar en la luz de la pantalla me repelía. Esa luz que parece obligar a la gente a plantarse frente al foco de un escenario en contra de su voluntad. En ese escenario deslumbrante, cegado por los reflectores, me convierto en una estrella falsa. Es ridículo. Prefiero encender la tele, repantingarme tranquilamente en el sofá y contemplar el rostro de los actores y actrices sin la sensación de sentirme observado. Aquel día me tragué un programa de comedia sin pizca de gracia, unas canciones con vocabulario bastante pobre y unas cuñas publicitarias de unos utensilios de cocina de esos que aborreces después de usarlos solo un par de veces. Luego di por casualidad con un programa en el que se dedicaban a visitar restaurantes.

Diría que Dinamarca es el país más fácil del mundo para vivir, porque no nos preocupa demasiado lo que comemos. En países más sibaritas, de esos que se toman en serio las exquisiteces para el paladar, siempre hay mafias y corrupción. Deberíamos admitir que, en Dinamarca, la integridad política y los bajos índices de violencia se deben a la falta de interés por la comida, y también a la escasez de nefastos programas de gastronomía tan aburridos como ese que habían cometido el error de titular *En busca del mejor perrito caliente del país*. Debí de echar una cabezadita, porque ni me enteré de que habían acabado los anuncios y había empezado el siguiente programa. Cuando abrí los ojos, el presentador, entusiasmado, estaba dando paso a varios invitados en plató. Al rato caí en la cuenta de que todos ellos habían nacido y crecido en países que ya no existían.

La cámara mostró un primer plano, era una mujer alemana que enseñaba Lingüística Política en la Universidad de Copenhague. Había nacido y crecido en la desaparecida República Democrática Alemana, comúnmente conocida como Alemania del Este. El presentador del programa le preguntó con gesto dubitativo:

–¿No le parece que el hecho de que dos países se hayan convertido en uno solo significa que ninguno de ellos ha desaparecido?

–No. El país en el que yo vivía ya no existe.

–En tal caso, ¿no cree usted que Alemania Occidental también desapareció? ¿Por qué dice que solo desapareció Alemania del Este?

La mujer tomó aire y siguió hablando con tanta vehemencia que el micrófono crujió como si algo se hubiese roto por dentro. Menos mal que tenía el volumen de la tele bajo.

–Tras la unificación, la vida de la gente de Alemania Occidental no se vio alterada, pero la de los habitantes de Alemania del Este cambió drásticamente. Los libros de texto, el precio de las cosas, los programas de televisión, las condiciones laborales, los días festivos, todo, absolutamente todo, se adaptó a Alemania Occidental. De ahí que ahora seamos una suerte de inmigrantes en nuestro propio país, el lugar donde nacimos y crecimos. Además, a los historiadores del Este se nos dijo que las teorías en las que nos basábamos no eran válidas y se prescindió de nuestro trabajo.

Adormilado como estaba, aquel tema se me estaba haciendo pesadísimo y pensé en cambiar de canal, pero el mando a distancia había desaparecido de mis manos sin que me diera cuenta. Cabía la posibilidad de que me lo hubiese olvidado encima del lavabo. De niño me dio por llevármelo al baño cuando iba a hacer mis necesidades para que nadie de la familia cambiara de canal. No porque quisiera ver ningún programa en particular, sino porque temía que mi padre cambiara de cadena sin preguntar y mi madre, enfadada, estampara los platos contra el suelo. Tam-

9

poco es que ella quisiera ver ningún programa en concreto, pero le molestaba sobremanera que mi padre cambiara de canal, porque le parecía que era tratarla como si no estuviese allí. La verdad es que me da reparo admitir que sigo llevándome el mando a distancia al baño, pues mis padres se divorciaron cuando yo tenía quince años y hace ya unos cuantos que vivo solo.

No me apetecía ver aquel programa, pero me daba pereza levantarme del sofá para ir a por el mando. Así que, mientras me lo pensaba, los invitados, entre los que había un hombre que había vivido en la antigua Yugoslavia y una mujer de la Unión Soviética, fueron hablando ante la cámara uno tras otro.

Yo me iba irritando según los escuchaba. Parecía que estuvieran orgullosos de que su país hubiese desaparecido. Como si el mero hecho de que ya no existiese los hiciera especiales. Pensé que nosotros tampoco vivíamos ya en el antiguo Reino de Dinamarca, así que tampoco éramos tan distintos, ¿no? Si bien mis antepasados habían vivido en un gran reino que incluía Groenlandia, este había quedado reducido a un país pequeñito en una esquina de Europa. Naturalmente, ya era así cuando nací, pero podría decirse que pertenezco a la segunda generación desde la pérdida del país.

De hecho, estoy convencido de que la pérdida de Groenlandia guarda algún tipo de relación con la extraña enfermedad que padece mi madre. De lo contrario, no se pasaría la vida hablando de los esquimales como si fueran sus propios hijos. Resulta que le paga los estudios de Medicina a un chico esquimal, pero luego, cuando yo le pido alguna vez ayuda económica para viajar al extranjero, aparta la mirada y me pone una excusa del tipo «ahora mismo no me lo puedo permitir».

Al pensar en mi madre caí en la cuenta de que aquella noche había quedado en ir a cenar a su casa. No me apetecía nada salir con aquella lluvia. Pensé en mandarle un mensaje y decirle que estaba resfriado, porque, si la llamaba, me pillaría por la voz.

Estaba sumido en esos pensamientos cuando de repente apareció en la pantalla una cara totalmente distinta que hizo que me levantara del sofá de un salto y me sentara justo enfrente del televisor. El rostro de aquella chica era clavado al de la protagonista de un antiguo anime muy famoso titulado *La galaxia sin lluvia*. Al parecer, la chica había nacido y crecido en un archipiélago situado entre la China continental y la Polinesia. Según contaba, había venido a Europa para estudiar durante un año, pero su país desapareció a dos meses de su regreso y ya no pudo volver a casa. No veía a su familia ni a sus amigos desde entonces. Al oír aquello, tragué saliva como si se me hubiera llenado la boca de zumo de limón, pero la chica siguió hablando con total naturalidad. Su rostro era como el cielo de las noches blancas: brillante, pero oscuro. Lo que más me atrajo de ella fue el idioma en que hablaba. En líneas generales, se la entendía con facilidad, pero no era danés, sino una lengua mucho más nítida. Al principio pensé que hablaba en noruego, pero enseguida me di cuenta de que era otro idioma. Se parecía más al sueco, pero definitivamente tampoco lo era. Me quedé pegado a la pantalla observándole la boca con atención, pero de pronto me entró un ataque de vergüenza, porque parecía que estuviera a la caza de un beso suyo. Aparté la mirada y, al volver de nuevo los ojos al televisor, me di cuenta de que guardaba un cierto parecido con la cantante islandesa Björk de joven. Me pregunté si lo que hablaba aquella chica sería islandés. Había dicho que venía de una isla, e Islandia también lo era, pero la ubicación no me cuadraba. Por más que arreciara el calentamiento global y que el deshielo hubiese provocado nuevas corrientes en los océanos, no me había llegado ninguna noticia de que Islandia se hubiese visto arrastrada hasta algún punto entre la China continental y la Polinesia.

Pero ¡qué demonios era aquel lenguaje!

—Por cierto, ¿qué idioma es este que hablas con tanta fluidez? —le preguntó el presentador como si me hubiese leído el pensamiento.

La chica sonrió al fin y respondió:

—En realidad es idioma propio. No pude volver a casa ni seguir estudios en Gotemburgo, marché a Trondheim con beca de un año. Pero las estaciones pasaron en abrir y cerrar de ojos, y justo cuando a punto de estar en apuros conseguí trabajo en Odense, y otra mudanza. Hoy los emigrantes somos casi nómadas. Los países no deniegan el paso, pero tampoco permiten quedar a vivir para siempre. Yo solo estuve en tres, pero el aprendizaje de tres idiomas diferentes en poco tiempo es difícil sin confusión. Mi cerebro no tiene espacio para hacerlo. Por eso creé idioma propio. Lengua inventada que los escandinavos más o menos entienden.

—¿Y por qué no en inglés?

—Si hablas inglés, pueden hacerte ir a Estados Unidos. Tengo miedo, porque soy enferma crónica y no puedo vivir en país con sistema de salud subdesarrollado.

—¿Te gustaría quedarte en Dinamarca de modo indefinido?

—Sí. Si no acaba bajo mar.

Me había imaginado un domingo de modorra total, pero el corazón me latía con la fuerza de un tambor. En la parte inferior de la pantalla del televisor apareció su nombre: Hiruko, J.

Era una combinación de sonidos poco usual, con tres vocales. Como Enrico en italiano, pero ese era un nombre masculino. Creo que hay un nombre así en húngaro también... Eniko, ese sí que era nombre de mujer. Quizá su país había tenido algún lazo histórico con Hungría. Un sinfín de ideas cabalgaban en la llanura de mi cabeza como hunos a caballo.

—¿A qué te dedicas ahora en Odense?

—Soy cuentacuentos en Centro Märchen. Cuento cuentos tradicionales a niños.

—Pero tú todavía eres muy joven. Uno se imagina a los contadores de cuentos tradicionales mucho mayores que tú.

—Si el ayer desaparece por completo, ya forma parte de antaño.

La chica respiraba varias gramáticas, las disolvía dentro de su cuerpo y las exhalaba con dulzura por la boca. Dejé de intentar descifrar si aquellas extrañas frases eran o no gramaticalmente correctas y la escuché fluir como si nadara en el agua. Quizá en el futuro las gramáticas sólidas dejarían de existir para convertirse en líquidas o gaseosas. Me entraron unas ganas incontenibles de conocer a aquella chica. No solo de conocerla, sino de estar cerca de ella y ver hasta dónde llegaba. Era la primera vez que sentía algo así. La primera vez que llamaba a un programa de televisión. Sabía que disponían de números telefónicos para hacer preguntas, pero nunca pensé que algún día llegaría a llamar a uno.

—Buenas tardes. Soy estudiante de posgrado en Lingüística en la Universidad de Copenhague y me preguntaba si sería posible conocer a la chica llamada Hiruko que está ahora mismo en antena. Quisiera invitarla a colaborar en una investigación sobre lingüística e inmigración para un proyecto estatal —dije.

13

La persona que me respondió accedió rápidamente a concederme mis deseos sin mostrar ni rastro de suspicacia.

—Creo que podré preguntárselo a la entrevistada una vez termine el programa. ¿Podría decirme su nombre y el nombre oficial del centro de investigación para el que trabaja? Como no podré hablar con ella hasta que termine, quizá tarde un poco, pero le devolveré la llamada.

Después de colgar, volví delante del televisor y me encontré con que había finalizado la primera parte del programa, la de las entrevistas, y habían dado paso a la segunda, en la que tres expertos en imperios ya extintos se pusieron a hablar largo y tendido sobre el Imperio romano, el Imperio otomano y la dinastía Yuan. El primero era profesor de Historia en una universidad; el segundo, escritor de novelas históricas, y el tercero, arqueólogo submarino. Yo no tenía ni la menor idea de que existiera ese trabajo, pero, al parecer, los arqueólogos submarinos son buzos especializados en pueblos que han quedado sumergidos bajo el agua por la construcción de presas o en islas hundidas en el Pacífico. Según él, cuando se encontraba solo en el fondo del mar, a veces oía cantar una voz femenina o veía cadáveres decapitados.

—Pero, pase lo que pase, tienes que mantener la calma. Si te alteras bajo el agua, se te entrecorta la respiración y te puedes acabar ahogando aunque no falle la botella de oxígeno.

El tertuliano en cuestión tenía el pelo negro y brillante, efecto mojado, y los labios rojos. Molesto, quizá, de que aquel hombre estuviese acaparando toda la atención, el historiador se aclaró la garganta y, cual capitán que toma el timón, cambió radicalmente el rumbo de la charla.

—Pero, por mucho que un imperio haya quedado sumergido en el fondo del mar, no desaparece por completo de la historia de la humanidad, sino que sigue en la memo-

14

ria a lo largo de distintas generaciones, hasta que en un momento dado alguien quiera hacerlo resurgir. ¿A ustedes no les entra miedo cuando alguien habla del renacimiento de un imperio? Es admirable que alguien quiera reconstruir algo que se ha derrumbado, claro, pero lo de «hacer resurgir» ¿no les parece que tiene trampa?

A mí la expresión «hacer resurgir» también me parecía anticuada, rezumaba ultranacionalismo rancio, y merecía la pena considerarla con más detenimiento; pero enseguida me volvió a la mente la idea de que tal vez conocería a Hiruko pronto. Eso me llevó a mirarme en el espejo y, cuando me di cuenta de las greñas que llevaba, empecé a acicalarme el pelo con las manos. Después me dirigí a la cómoda en busca de algo de ropa decente, me vestí y, justo cuando había terminado de cepillarme los dientes, el presentador posó todo erguido ante la cámara y pestañeó con cara de «hasta aquí el programa de hoy», por lo que deduje que aquello sería ya el final. Sonó la sintonía de cierre y la cámara empezó a sobrevolar el plató sin ton ni son a vista de pájaro. Los nombres de los participantes caían como gotas de lluvia desde la parte superior de la pantalla y descendían hasta que la parte inferior se los tragaba.

Tras unos veinte minutos de espera, empezó a preocuparme que hubiesen archivado mi consulta, puesto que una de las cosas buenas de vivir en un país pequeño es que rara vez se ignora la petición de un ciudadano. Pero al final sonó el teléfono.

–Hola, soy del canal de televisión al que ha llamado antes. La señorita J dice que le gustaría conocerlo. Si le es posible venir ahora, podría encontrarse con usted en el vestíbulo –me anunció una voz masculina distinta a la de antes.

Me puse unos pantalones para la lluvia, unas zapatillas de deporte impermeables y un chubasquero que, en lugar de logo, llevaba el eslogan TOTALMENTE IMPERMEABLE, TRANSPIRABLE Y ULTRALIGERO impreso en letras bien grandes en la espalda, y me monté en la bicicleta de un salto.

Eso de que yo era estudiante de posgrado de Lingüística no era exactamente una mentira. Llevo dos años colaborando en un proyecto de investigación trienal financiado por el Gobierno y destinado a ayudar a jóvenes inmigrantes a integrarse en la sociedad danesa mediante juegos de ordenador. Aunque no creo que dicha investigación sea inútil, la verdad es que arrastro un cargo de conciencia que a veces me provoca dolor de muelas y espalda. Sería perfecto si de verdad me gustaran los videojuegos, pero hay algo en el fondo de mí que los detesta profundamente y, cuando tuve que redactar la documentación para que me financiaran la investigación, me las di de experto en cultura juvenil. De modo que los jóvenes sin empleo pierden el tiempo con videojuegos y acaban desarrollando obesidad, diabetes e insomnio de tanto comer comida rápida, y mientras yo me aprovecho del Estado para llevar una vida cómoda y saludable. Decimos que queremos una sociedad sin clases, pero cuando uno sube al barco del confort ya no quiere bajar a ningún bote. Temía que el corazón y la mente se me nublaran con el paso del tiempo, e incluso acabar enfermo como mi madre si la cosa seguía así. Había pensado en tomarme un año sabático para viajar por África, la India o algún otro lugar con riqueza lingüística. No dispongo de mucho dinero, pero la mayoría de los países del mundo son increíblemente asequibles, de forma que, si lo planeaba bien, podría hacer un viaje largo. Con mis propios ahorros, calculaba que me daría para medio año, y con un poco de suerte mi madre me financiaría el resto. Sin embargo, en el mismo instante en que vi el rostro de Hiruko, me olvidé del viaje y de todo lo demás. La clave estaba en aquella misteriosa chica. Hasta ese día yo jamás había llamado a un canal de televisión, ni había tenido el coraje de ir a encontrarme con alguien a quien no conocía. No parecía yo: estaba siendo proactivo.

Entré por la puerta principal de la emisora, pasé el control de seguridad, di mi nombre en el mostrador de recepción que había en el vestíbulo y me pidieron que esperara en una esquina. Me quedé embobado observando las caras de la gente que iba y venía atareada cuando, de repente, me sorprendió ver un rostro familiar: el de un anciano delgado con pajarita que pasó a toda prisa esbozando esa sonrisita de quien se divierte haciendo bromas intelectuales. Justo en el momento en que caía en la cuenta de que quizá se tratara del director de cine Lars von Trier, por el otro lado apareció una chica que supuse que era Hiruko. Andaba de un modo extraño, como si se deslizara, sin levantar los pies del suelo. En el instante en que levantó la mirada y me vio, se detuvo en seco, como poniendo el centro de gravedad de su cuerpo en el vientre.

–Encantado de conocerte. Soy Knut, el investigador en Lingüística.

–Tu nombre es familiar.

–Bueno, en realidad, ¡es nombre de abuelo! Al parecer, mi bisabuelo era una persona maravillosa, y mi madre tenía clarísimo que quería que me llamara como él.

–¿También lingüista?

–No, fue un explorador del Polo Norte, de izquierdas.

–Claro, hay exploradores de Polo Norte de izquierdas y derechas, ¿verdad? ¿El lingüista Knud Knudsen es también antepasado?

—Por desgracia, no. Me sorprendió mucho verte hoy en la tele. Era en directo, ¿verdad?

—Sí. En este país hay programas en directo sin incidentes. Aquí no miedo a expresión repentina de idea antidemocrática. Un país donde, si pasa, se actúa normal.

Había momentos en que me resultaba difícil seguir a Hiruko, pero, bien pensado, que no la entendiera quizá se debía sencillamente a que no soy muy listo. Tampoco es que me considere especialmente tonto, pero, a veces, después de fumar hierba, noto la cabeza embotada unos cuantos días. Me irrita sobremanera que mi cerebro vaya lento y no entienda teorías que se me presentan con claridad. Escuchando a Hiruko, resultaba difícil discernir si aquella sensación de incomodidad que me producía su modo de expresarse se debía a la maría o a su nueva gramática. Sin embargo, la distancia que percibía entre nosotros no era más que gramatical, porque de inmediato me pareció una persona muy cercana, como una vieja amiga de la infancia.

—¿Vives en Copenhague?

—No, en Odense. Pero tengo reserva de habitación individual, así que no dependo de reloj.

—En ese caso, ¿puedo invitarte a cenar? Como lingüista, hay un sinfín de cosas que me gustaría preguntarte.

—Los lingüistas no causáis mucho interés en general, pero, para mí, sois diamantes en bruto.

Al oír aquello, el corazón me dio un brinco de alegría.

—¿Qué te gusta? ¿Te apetecería comer finlandés, por ejemplo? ¿Sushi?

—Sushi no es finlandés.

—¿Ah, no? Yo pensaba que sí era comida finlandesa. Cuando llegas al aeropuerto de Helsinki hay un cartel que te da la bienvenida al «País de las Tres Eses».

—¿De las tres eses?

—Sauna, Sibelius y sushi.

—No sushi: *sisu*. Sushi seguro no es finlandés, pero, si yo sola lo digo, nadie cree.

—Pues, si tú lo dices, yo te creo. ¡Venga, vamos! ¿Llevas paraguas?

Había dejado de llover y el sol del atardecer teñía las nubes de color naranja, un espectáculo inusual para el cielo de Copenhague. Recordé que aquella noche ya había quedado con otra persona. Alguien cuyo nombre de pila había quedado eclipsado por el privilegiado apelativo de *mamá*, con el que reinaba en mi cerebro. Mientras caminábamos a lo largo del canal, los rayos del atardecer se reflejaban en el agua, como si hubiesen espolvoreado partículas de oro sobre la superficie.

—Me parece increíble que hayas creado tu propio idioma. Cuando hablamos de lenguajes inventados, a mí solo se me ocurren los lenguajes informáticos. Además, en cierta ocasión me planteé desarrollar una teoría sobre el lenguaje en juegos interactivos, pero al final no seguí adelante porque, a mi parecer, aquello estaba más relacionado con las matemáticas que con la propia naturaleza del lenguaje. También hubo un tiempo en que estudié esperanto, pero no duró mucho. Supongo que fue cuestión de mala suerte. Mira que hay buenos profesores, pero me tocó uno que pronunciaba fatal. El resto de los alumnos y yo empezamos a criticarlo, decíamos que aquello era un dialecto parisino del esperanto. Si bien el esperanto se había concebido como un idioma artificial con el que entenderte con todo el mundo, aprendido de aquel profesor solo te servía para hablar con tus compañeros de clase. Llegué a pensar que, ya puestos, más nos habría valido estudiar francés. Pero fíjate, en lugar de culpar a los demás de tu difícil situación, has perfeccionado tú sola una lengua que sirve para comunicarse en toda Escandinavia. ¡Es increíble!

—No está perfeccionada. Solo es el idioma mejor para mi situación actual. Pero igual mes próximo pierde los tintes de noruego y se tiñe más de danés.

—Es decir, si te quedaras a vivir en Dinamarca para siempre, ¿quizá algún día dicho idioma acabaría convirtiéndose totalmente en danés?

—Si llega el día que los inmigrantes podemos estar en mismo país de modo indefinido.

—Me encantaría que dijeras que el danés es la lengua escandinava más bonita de todas.

—Tiene pronunciación difícil porque es muy suave y blanda. Ahora intento comer solo alimentos suaves y blandos para pronunciar bien.

—¿En todo este tiempo no has hablado en tu lengua materna?

—Cuesta encontrar otras personas con mi idioma. No sé dónde están. Pienso buscar poco a poco.

—¿Cómo vas a encontrarlas?

—Después de programa de hoy, muchas llamadas y correos. Muchos lugares donde buscar.

—Así que no he sido el único que te ha contactado, ¿eh? Qué lástima.

—Mañana celebra en Tréveris Festival Umami. La palabra *umami* tiene origen en mi lengua materna. Si voy allí, quizá encontraré gente de mi lengua materna.

—¿Te parecería bien que te acompañara? Me gustaría saber más cosas sobre lenguas de países que han desaparecido. En realidad, es algo que se me ha ocurrido hoy, pero tengo el presentimiento de que investigar sobre esto es lo que siempre he querido hacer.

—Tréveris es buen sitio de investigación, centro de extinto Sacro Imperio Romano Germánico.

—Pero eso no me parece tan interesante, porque ya nadie habla latín. En cambio, tu país ya no existe, pero tú eres joven y estás vivita y coleando.

Me pareció que, al oír la expresión «vivita y coleando», a Hiruko se le nublaba el rostro unos instantes, pero quizá fuera fruto de mi imaginación.

Íbamos charlando y paseando juntos desde que salimos del canal de televisión. Quizá hubo algo que no comprendí bien, pero esto es lo que me contó.

La ciudad donde nació y creció era un lugar tecnológicamente avanzado, con sensores soterrados que detectaban cuando nevaba y expulsaban agua caliente, proveniente de fuentes termales, por unos agujeritos. Así conseguían que la nieve no se acumulara en las carreteras. Por otro lado, los tejados también estaban calefactados, de modo que la nieve se derretía rápido y tampoco se acumulaba en ellos. Aun así, a pesar de que ya tenía sus cien años, su abuela solía salir con la pala a retirar la nieve de las calles secundarias que no disponían de aquellos sensores, porque decía que, si no, el cuerpo se le debilitaba. Paleaba la nieve con tanta ligereza que parecía que el dios de las nubes tirara de aquella herramienta desde el cielo con una cuerda invisible y lanzara la nieve hacia donde ella quería como si nada, hasta formar unos montículos que parecían castillos de azúcar. Hiruko, que en aquel entonces todavía era una niña, no se cansaba nunca de mirarla.

Hasta ahí era lo que me había contado Hiruko cuando llegamos a mi restaurante de sushi preferido. El gran mumin que protagonizaba el cartel del restaurante me reafirmó en mi teoría.

—¿Lo ves? El sushi es finlandés.

Hiruko se encogió de hombros.

—En realidad, los mumins se exiliaron a mi país. En época en que Finlandia se encontraba en muy difícil situación por tensión entre la Unión Soviética y Europa Occidental, los mumins se quedaron muy flacos por estrés. A mi país se exiliaron para recuperar la forma redonda y en mi zona se establecieron porque amaban la nieve.

—¿Cómo se llamaba tu zona?

—Hokuetsu. Oficialmente, prefectura de Niigata. Había ordenanza que obligaba a decir prefectura. Legalmente era prefectura de Niigata, pero en práctica todo el mundo ignoraba y usaba nombre antiguo. Los mumins eran muy queridos, pues eran como hombre gordito, hogareño, tranquilo y con poco pelo, y tan populares que salían todos los días en televisión. Al acabar la Guerra Fría volvieron a Finlandia.

—¿Y eso?

—Por su vejez, estaban preocupados. En el país donde yo nací y crecí, a diferencia de Finlandia, apenas había pensiones.

En el restaurante, el ambiente era cálido y húmedo, y ya había varios comensales sentados a las mesas. Le indiqué a Hiruko un asiento junto a la ventana con un gesto de barbilla y ella asintió. En el menú habían añadido una lista con los nombres de los pescados y unas estrellas al lado que los puntuaban del uno al cinco. Llamé al camarero para preguntarle al respecto.

—¿Qué significan estas estrellas?

—El grado de sufrimiento.

—¿De sufrimiento?

—El grado de sufrimiento que padeció el pez al morir. En la pesca masiva, el pez agoniza en la red durante un largo periodo de tiempo y muere lentamente, mientras que los pescadores concienciados que pescan con caña les asestan un golpe en la cabeza para garantizarles una muerte rápida. Así damos libertad de elección al cliente.

Al oír aquello, Hiruko esbozó una sonrisa.

–Ahora que los derechos humanos ya están totalmente protegidos en nuestro país, nos esforzamos por proteger los derechos de los animales –comenté como justificándonos.

–Pero ¿cómo saben que los pescadores dicen verdad?

–Cuando la seguridad social cubre a todo el mundo, ya no hay razones económicas por las que mentir y la gente deja de hacerlo.

El salmón era, de lejos, el pescado más barato de la carta. Corren rumores de que en el mar Báltico se ha fomentado la cría de salmón en tal exceso que se ha extendido el canibalismo dentro de su especie. Los grandes y fuertes son los que sobreviven, y sus cuerpos se han vuelto gigantescos, tanto que hasta hay testimonios de gente que dice que los han visto saltar en la superficie del agua como si fueran ballenas. Se rumorea incluso que comer salmón del mar Báltico estimula la fertilidad, de modo que hay quienes después de comer en un restaurante de sushi se van corriendo a casa para tener relaciones. Sin embargo, propicia el nacimiento de gemelos, trillizos e, incluso, en ocasiones, quintillizos, y en internet se pueden encontrar imágenes de decenas de pequeños fetos con ojos de pez y branquias respirando en el vientre materno. Cuando recordé todo esto, se me quitaron las ganas de pedir el salmón. Sin embargo, el atún está en grave peligro de extinción, y el marisco no me gusta porque en cierta ocasión me intoxiqué comiéndolo. Me llamó la atención un pescado llamado *hamachi*. Me pareció gracioso que el nombre de aquel pescado guardara cierta semejanza con la pronunciación de *how much* en inglés. Más allá de su sabor,

23

se me antojó pedirlo solo por cómo sonaba. Un colega especialista en literatura me dijo una vez que las cartas de los restaurantes son un género literario en sí mismo.

–Diría que también hay un pescado que se llama *ça va*, ¿verdad?

–Y *tako* es como singular de tacos mexicanos.

–Y el *suzuki* como la marca de coches.[1]

–¿Han sacado modelo nuevo? –preguntó Hiruko al oír mi último comentario.

–No, no han sacado ningún modelo nuevo. Pero tengo un amigo que tiene un Samurai viejo, todo destartalado.

Tras pedir lo que queríamos, Hiruko siguió hablándome de su infancia. Resulta que, como las calles estaban despejadas, los niños se aburrían y se adentraban en las montañas para jugar donde la nieve era profunda. Pero allí, con los caminos, los árboles, los huertos y los arrozales cubiertos de blanco, no tenían puntos de referencia, y los padres vivían preocupados por si se perdían, así que mandaban a los niños a jugar con un sistema de navegación incorporado en las kanjiki. Las kanjiki eran una suerte de raquetas ideadas para no hundirse en la nieve que al parecer existían ya en la era de la escritura con cuerdas, es decir, seguramente antes de que se inventara el lenguaje escrito. Dinamarca es un país con poca nieve y las raquetas no son muy populares, pero yo las había probado una vez que me adentré en la profundidad de las montañas suizas para investigar las lenguas retorrománicas. Naturalmente, no eran más que unas simples raquetas sin sistema de navegación. Ahora bien, las kanjiki de Hiruko no solo

---

1. Se refieren al sushi de *saba*, que es «caballa» en japonés; de *tako*, «pulpo»; y de *suzuki*, «lubina». *(Todas las notas son de la traductora.)*

te indicaban el camino y los lugares donde había un hoyo peligroso debajo de la nieve, sino que llevaban incorporada una funcionalidad de conversación. Según Hiruko, desde la perspectiva actual, aquella función no servía para nada.

«Kanjiki, ¿dónde están los conejitos de nieve?», preguntó en cierta ocasión.

«A saber... ¿No tienes ninguna otra pregunta?», le contestaron.

«Kanjiki, ¿por qué nieva?», siguió preguntando.

«La respuesta es demasiado larga, será mejor que te la dé ya en casa, porque, de lo contrario, te quedarías aquí congelada», volvió a despistar.

Cuando nevaba, para los adultos todo era más complicado, pero, para la pequeña Hiruko, el invierno era la estación más emocionante. La nieve llegaba hasta la primera planta de la casa, y su padre y los vecinos excavaban unos túneles para que pudieran ir a la escuela. En invierno celebraban muchos festivales. En su zona, donde eran muy aficionados al teatro, construían escenarios y decorados de hielo, y la compañía Nevisca representaba musicales y espectáculos de teatro kabuki en medio de la nieve. Algunas obras podían llegar a durar más de tres horas, pero a nadie le costaba recordar su papel. A muchos de sus compañeros de clase les habían ofrecido incluso trabajo de actores en la ciudad. Por alguna razón, en el país de Hiruko la mayoría de la gente consideraba que las ciudades eran mejores que las zonas rurales y, al parecer, la propia palabra *pueblo* tenía connotaciones negativas. Este clima cultural llevó a cierto hombre a dedicar su vida a la absurda tarea de convertir aquella zona rural en no rural. Era innegablemente diligente, y trabajador en extremo. Sin embargo, su dedicación también molestó a muchos.

Empeñado en convertir su pueblo natal en parte de la gran área metropolitana, intentó arrasar la cordillera que separaba la ciudad del pueblo con una excavadora. El hombre tenía la teoría de que, si conseguía nivelar las montañas, los húmedos vientos invernales que soplaban desde el bloque comunista barrerían la zona y dejaría de nevar. De modo que compró una excavadora enorme con dinero público y empezó a demoler las montañas, pero le cogió tanto gusto que cada vez quería más y siguió aplanando la cordillera entera, hasta que la temperatura de la Tierra ascendió por el calentamiento global y la totalidad de aquella isla plana quedó hundida bajo el océano Pacífico. Según Hiruko, era una posible versión resumida del porqué de la desaparición de su país. Más allá de la tragedia nacional que supuso aquello, lo que más la frustraba era que se hubiesen cargado las montañas que tanto le gustaban. La nación le importaba un bledo. Pero ¡era incapaz de perdonar a los políticos que no respetaban la naturaleza! En aquel punto de la conversación, Hiruko levantó la voz, nerviosa, y los clientes que comían en otras mesas nos miraron estupefactos. Así que alcé mi taza de té verde simulando un brindis y me puse a canturrear para disimular. Hiruko relajó el semblante, añadió wasabi a la salsa de soja y se tomó su tiempo para remover la mezcla con los palillos.

—Mañana vas a Tréveris, ¿verdad? ¿Podría ir contigo?

Hiruko asintió sin ningún tipo de recelo. Cuanto más pequeño es un país, menos tiempo se tarda en hacer amigos.

—Mi plan es tomar avión a Luxemburgo y allí coger autobús.

Llamé al camarero y le pedí que me reservara un billete en el mismo vuelo. Cuando estudiaba la carrera siempre lo reservaba todo yo mismo con mi Smilephone, pero, cuando pasé a ser alumno de posgrado, un compañero mayor que yo me enseñó que los camareros podían prestarte cualquier tipo de servicio si se lo pedías.

Mientras tomábamos un helado de té matcha de postre, comenté que la palabra *matcha* viene de *macho*, en español, y que ambas palabras significan lo mismo.

–Qué va –me contradijo Hiruko, negándolo también con la cabeza–. Quizá nadie crea si yo sola lo digo... –Y a continuación murmuró con la voz llena de esperanza–: Pero mañana a lo mejor somos dos.

2. HABLA HIRUKO

Recibí la llamada un martes soleado después de muchos días de mal tiempo.

Aquella mañana estaba mirando abstraída por la ventana, preguntándome por qué habría llegado tan pronto. El anodino muro del edificio contiguo me tapaba la vista. La pared, por lo común grisácea, aquel día tenía un tono lechoso, como si en cualquier momento fuese a rezumar mantequilla. Un color delicioso, con la sombra de una bandera bailando sobre él: la bandera se hinchaba imponente, ondeaba con fuerza a merced del viento y luego caía de un plumazo fingiendo estar muerta. Al poco, como si se hubiese acordado de algo, se erguía de nuevo y volvía a flamear al viento. ¿Cómo se llamaba aquello? ¿*Koinobori*?[1]

Llevaba tres semanas trabajando en el centro. La trayectoria del sol se había ido desplazando poco a poco en

1. Especie de cometa en forma de carpa con que se decoran las casas en Japón durante el mes de abril y hasta inicios de mayo para celebrar el Día del Niño, con el deseo de que los pequeños crezcan sanos y fuertes, por analogía a la fuerza que realizan las carpas cuando nadan a contracorriente en los ríos.

ese lapso, hasta dibujar esa sombra allí en aquel preciso instante, y me maravilló pensar que yo también formaba parte sin saberlo del silencioso movimiento de los cuerpos celestes.

Y ¿esa bandera? ¿Qué hacía allí? Como solo veía su sombra, no tenía ni idea de qué tipo de bandera era. Quizá fuese la de algún país. Entonces caí en la cuenta de que unos días antes había visto el rótulo de una embajada al salir a comprar un bocadillo, y que me había alegrado de que aquel país todavía existiera, porque era la embajada de una nación pequeña. Pero no recordaba de qué Estado se trataba. Abrí la ventana, asomé medio cuerpo y me contorsioné hacia atrás para mirar arriba, pero la bandera seguía fuera del alcance de mi vista. El frío me azotó en la nuca y me entró por la espalda, así que reculé deprisa y volví a cerrar.

Sobre el escritorio tenía una pila de dibujos para el kamishibai[1] en el que había estado trabajando con ahínco el día anterior. La primera ilustración quería representar una grulla atrapada en una trampa en medio de un arrozal, pero la cabeza del animal parecía una cebolla, y el cuerpo, un palo de golf. Con todo, aquel dibujo fue lo mejor que conseguí tras muchas horas de arduo trabajo. El cuello del primer esbozo debió de quedarme demasiado grueso y corto, porque Dorethe, una compañera del Centro, me preguntó antes de irse a casa si aquello era un pato. Traté

---

1. El *kamishibai*, literalmente «teatro en papel», es un tipo de teatrillo tradicional que surgió en los templos budistas alrededor del siglo XII con el fin de contar historias con enseñanzas morales. En la actualidad se usa para contar cuentos que se imprimen en láminas con las ilustraciones delante y el texto detrás para facilitarle la lectura al narrador.

de arreglarlo haciéndole el cuello más fino y largo, pero entonces pensó que era un cisne. Así que me afané en dibujarle unas patas más largas, y fue entonces cuando por fin se le iluminó el rostro como una vela recién prendida y exclamó:

–¡Ah! ¡Ya sé! ¡Es una cigüeña! ¿O una grulla?

Como acto reflejo, le apreté la mano bien fuerte, toda emocionada. No aparece ninguna grulla en los cuentos de Andersen, así que debía de ser un animal que Dorethe, danesa, tenía escondido en un cajón remoto de su cerebro. Que la palabra *grulla* saliera de su boca me pareció la señal de que aquella ilustración estaba bien conseguida.

En ese momento sentí la mano de Dorethe en mi hombro y me volví hacia ella. Su exuberante melena rubia, que aquel día no llevaba recogida en una cola de caballo como de costumbre, le caía sobre los hombros. Vestía una falda larga de tubo con un estampado de escamas de sirena.

–Pareces la sirenita.

–Es cosplay para divertir a los niños.[1]

–La palabra *cosplay* es de mi país.

–¿*Cosplay* no viene del inglés?

–No. *Cos* viene de *costume*, pero los ingleses no abrevian así. Es palabra formada por dos palabras de inglés, pero no es inglesa en sí.

Como Dorethe sabía bien que cuando hablo de idiomas me emociono mucho y no puedo parar, cambió de tema.

---

1. Subcultura japonesa nacida en Japón en la década de los años setenta que consiste en disfrazarse de personajes de manga, anime y videojuegos.

—Dibujas tan bien, Hiruko, que me das envidia —comentó sin ningún tipo de sarcasmo o burla, sino como un cumplido sincero.

A mí me entró tanta vergüenza que quise esconderme, pero, si me quedaba callada demasiado rato, podía parecer que yo también pensaba que se me daba bien dibujar.

—En escuela primaria, todos, niños y niñas, eran muy buenos —repuse con la boca pequeña—. Todos los días había práctica de caligrafía con pincel y todos hacían muchos dibujos maravillosos. Comparados todos, los dibujos míos parecían de niña de dos años.

A Dorethe se le pusieron los ojos como platos y asintió con exageración.

En realidad, no recuerdo haber sacado nunca buenas notas en ninguna asignatura de manualidades o de arte de pequeña. En mi clase había varios niños y niñas que se desenvolvían con el pincel con tanta soltura sin que nadie les hubiese enseñado que parecían la reencarnación misma de Katsushika Hokusai. Sin embargo, después ninguno quiso dedicarse a ello. Quizá de mayores acabaron trabajando en empresas como sus padres, y los domingos pintaban cuadros al óleo o a tinta, o hacían grabados en madera o cobre que después colgaban satisfechos en la pared del recibidor.

De hecho, cuando llegué a Europa, descubrí que aquí, en general, la gente tiende más a escribir que a dibujar. Como si pensaran que los pinceles son para genios como Munch, y que a los humanos del montón nos tendría que dar vergüenza tocar uno siquiera, porque, dado que no ven relación alguna entre arte y destreza, nadie que no sienta la llamada divina de ser pintor debería dibujar por muy bien que se le dé. Quizá tengan razón. Sin embargo, no veo problema en hacer un póster o un cartel para niños si me lo piden. Y, aun así, ni Dorethe ni ningún otro compañero del trabajo me ayudaba jamás a dibujar las láminas de kamishibai. Me pregunto por qué todos los días escriben infinidad de cosas que dañarían la vista de un calígrafo, pero no pueden hacer dibujos que carezcan de valor para un artista. Parece que, por alguna extraña razón, para ellos la caligrafía y el dibujo son cuestiones distintas. De lo contrario, ¿por qué no les da reparo ser malos calígrafos, pero sí malos dibujantes?

Como nadie más se ofrecía a ayudarme con los dibujos de kamishibai, no me quedaba más remedio que apañármelas yo sola. Si bien hacer las ilustraciones me costaba una barbaridad, inventarme los cuentos me divertía muchísimo. El primero que hice lo titulé «El tamagochi Gochi». Iba sobre un polluelo, una cría de pájaro del trueno, que se quedaba atrapado en el huevo y no conseguía nacer porque su madre había tomado suplementos para endurecer la cáscara y estaba demasiado dura. Para colmo de males, después de la puesta, tenían que hospitalizar a la madre por el trastorno del «pájaro azul», un desorden depresivo que afectaba a las aves reproductoras y les provocaba mucho sueño por el estrés de poner una gran cantidad de huevos. Como el tamagochi Gochi no conseguía romper la cáscara para salir al mundo, algunos cuervos y gaviotas se apiadaban de él y acudían en su ayuda. Empezaban a picotearla desde fuera, pero estaba dura como un ladrillo y eran incapaces de resquebrajarla. Entonces, en la superficie del huevo empezaban a aparecer frases del tipo «¿Qué tiempo hace ahí fuera?» o bien «Hoy hace frío, ¿no?». Es decir, los pensamientos del polluelo aparecían en la cáscara como si fuese una pantalla electrónica. Al final resultaba que el pájaro trueno, como podría deducirse por su nombre, producía en su cuerpo unas diminutas partículas eléctricas que utilizaba para comunicarse de modo electrónico.

Los niños escucharon mi cuento con la boca bien abierta, sin esbozar siquiera una sonrisa. Me preocupaba que no estuviesen entendiendo bien la historia, pero un niño levantó la mano para preguntar si «tamagochi Gochi» era el nombre del huevo o del polluelo.

Los ojos del niño brillaban como la superficie de un lago iluminado por el sol del alba, y sus largas y espesas pestañas proyectaban una sombra de inteligencia teñida de melancolía sobre sus mejillas morenas. A juzgar por su tamaño, debía de tener unos siete años. Sería de Afganistán, Siria o Irak. El nombre de varios países pasó por mi mente como las escenas de una linterna mágica. ¿Desde qué país habría llegado a Dinamarca aquel niño? Si existiera un lugar llamado Matemáticas, quizá viniera de ahí. Las paredes de ese país estarían cubiertas de dibujos minuciosos cuyas líneas encerrarían principios matemáticos, por lo que, en el mismo momento en que un recién nacido abriese los ojos, trazarían en su cerebro el camino del razonamiento teórico. El niño parecía atónito ante la idea de que una humana como yo hubiese tendido unas líneas tan chapuceras, sin plantearse siquiera que el huevo y el polluelo pudiesen ser sujetos distintos.

Pensé que quizá no era buena idea inventar yo las historias, así que decidí que a partir de aquel momento presentaría cuentos tradicionales en el kamishibai. Cerré los ojos y rememoré los cuentos populares que me habían contado de niña, y el primero que me vino a la cabeza fue el de «Bake kurabe».[1] *Kurabe* significaba algo así

---

1. «Bake kurabe», literalmente «competición de transformaciones», es un cuento popular japonés del que existen muchas versiones,

como «competición», pero ¿cómo traduciría *bake*? Desde que estaba en Europa apenas había encontrado historias de seres que se transformaran. Había muchos personajes de los mumins distintos, pero no porque se hubieran transformado, sino porque eran diferentes entre ellos ya de entrada. Tras un buen rato dándole vueltas al asunto, me vinieron a la mente las *Metamorfosis* de Ovidio, de la antigua literatura romana. Era justo lo que necesitaba, una recopilación de relatos sobre transformaciones. Como *metamorfosis* viene del latín, pensé que, aunque quizá sonara un poco difícil para los niños, si aprendían la palabra, después podrían usarla en diversas situaciones. Los inmigrantes no tenemos tiempo para aprender términos que se usen en un único contexto, por lo que creo que es mejor aprender vocabulario básico y polisémico desde niños.

Se me ocurrió que cuando un jersey encoge en la tintorería es porque ha sufrido una «metamorfosis»; o que cuando los sentimientos por tu pareja cambian, podrías transmitirle con la mano en el corazón que en tu interior ha habido una «metamorfosis»; o que cuando regresas a un pueblo donde viviste y lo encuentras totalmente transformado, podrías suspirar diciendo que ha experimentado una «metamorfosis»; del mismo modo que si un día Dorethe apareciera vestida de bruja en lugar de sirena, podría decirse que en ella se ha obrado una «metamorfosis». Llegué a la conclusión de que aquella palabra podía usarse en un sinfín de ocasiones, así que al final traduje el cuento de «Bake kurabe» como «Las Olimpiadas de metamorfosis».

pero que, por lo general, cuenta la historia de dos zorros o un zorro y un tanuki que compiten para ver cuál de los dos se transforma mejor en otras cosas, a la vez que se van gastando bromas.

La historia empezaba así: «Érase una vez un zorro que era genio de metamorfosis de su pueblo. En pueblo cercano vivía un tanuki,[1] es decir, un primo de perros, que también era genio de metamorfosis». Se me ocurrió compararlo con un perro porque pensé que muchos niños no sabrían lo que era un tanuki.

Tal como yo recordaba el cuento, el tanuki se transformaba en una novia, que estaba la mar de feliz el día de su boda hasta que aparecía el zorro transformado en un apetitoso manjū,[2] sobre el que el tanuki se abalanzaba en cuanto lo veía. Entonces, por debajo del disfraz de novia, aparecía la cola del tanuki y lo descubrían. Quizá la memoria me fallara, pero, como no había nadie que pudiera decirme si me equivocaba, lo contaba así, sin saber si era realmente fiel al cuento tradicional o si se trataba de una versión propia.

También dudé mucho sobre cómo traducir *manjū*, hasta que al final se me ocurrió «mazapán de chocolate», aunque los niños recién llegados a Dinamarca probablemente tampoco supieran lo que era. En realidad, bien podía ser que los hablantes de lenguas como el árabe o el turco estuviesen más familiarizados con dulces rellenos de pasta de judía roja como el manjū; sin embargo, como cabía la posibilidad de que los inmigrantes como yo no volviéramos a probar jamás un bocado de nada parecido a un manjū, decidí dejarlo como mazapán de chocolate. Solo

1. El *tanuki* es una especie de perro mapache muy común en la mitología, la literatura y el arte japoneses. Suele ser un personaje bromista con dotes para transformarse, pero también se le atribuye ser muy inocente y despistado.

2. Tipo de dulce tradicional japonés que tiene su origen en el *mantou* chino, hecho con una masa de arroz molido relleno de pasta de judía *azuki*, *matcha* u otros ingredientes.

había un problema: ¿caería en la trampa del mazapán de chocolate aquel primo del perro? Cuando les enseñé la escena en la que el tanuki se abalanzaba sobre el mazapán y le asomaba la cola, los niños gritaron emocionados. Así pues, como la historia tuvo una mejor acogida que la del tamagochi Gochi, decidí dejar de inventarme mis propias fábulas y seguir contando cuentos tradicionales.

El Centro Märchen, donde trabajo, se dedica a promover la cultura europea a través de cuentacuentos para niños inmigrantes. Antes se encargaban de leer los cuentos ciudadanos daneses voluntarios, pero hace un tiempo se dieron cuenta de que era más eficaz que quienes interactuaran con los niños fueran adultos inmigrantes como ellos, y de que era mejor mezclar culturas en lugar de que cada inmigrante les enseñara solo a los niños de su propio país; de modo que, gracias a eso, se abrieron las puertas laborales para personas como yo.

Cuando solicité el trabajo en el Centro Märchen, después de ver el anuncio de la vacante en el *Nordic Semanal*, aún vivía en Trondheim, en Noruega. Fue por la época en que me comunicaron que no podría continuar en la universidad. Yo tenía pensado regresar a mi país, pero, como se había esfumado del mapa, no tenía claro qué hacer o dónde vivir. Leyendo el anuncio del Centro Märchen, pensé que me gustaría enseñar aquel idioma que me había inventado a niños inmigrantes: una lengua artificial que podía usarse en cualquier país escandinavo y a la que yo, en secreto, llamaba *panska. Pan* en el sentido de «todo» y *ska,* de «Escandinavia». En Suecia había una danza tradicional llamada *polska* que, por su nombre, podría pensarse que era polaca, pero en realidad era de origen escandinavo. Mi intención era que el nombre de *panska* encerrara un enigma similar en ese sentido.

El panska no es un lenguaje creado en un laboratorio ni con un ordenador, sino que lo he ido desarrollando con el uso. Lo más importante es hablarlo a diario todo lo posible, primando la comprensibilidad. Mi gran hallazgo ha sido que el cerebro humano dispone de la función de creación de idiomas. No se trata de escoger uno y estudiarlo con un libro de texto, sino de aguzar el oído para ver cómo lo usa la gente de tu alrededor, captar sus sonidos, repetirlos y sentir el ritmo dentro de ti al pronunciarlos: así es como se crea un nuevo idioma.

En el pasado, los inmigrantes por lo general tenían un único país de destino en mente, y la mayoría se quedaba allí hasta que moría, de modo que, con aprender el idioma que se hablara en el país en cuestión, les bastaba. Sin embargo, ahora los inmigrantes estamos en constante movimiento. Nuestra lengua es como el viento, una mezcla de todos los paisajes por los que hemos pasado a lo largo del camino.

También existe el *pidgin*, pero es un lenguaje meramente comercial que, por tanto, no concuerda con mi situación. Porque yo no tengo nada que vender. A mí lo único que me preocupa es la lengua.

Mientras pensaba cómo sería contar cuentos tradicionales en panska a los niños del Centro Märchen, se me ocurrió que podía leérselos en kamishibai. Vi claro que sería más fácil enseñarlo acompañado de imágenes, y no solo con palabras. Así que mandé una propuesta en la que desarrollaba la idea junto con mi currículum, y al poco tiempo recibí una carta de respuesta en la que me invitaban a ir a Odense para una entrevista. La entrevista la hice en panska, claro está, pero no habían pasado ni cinco minutos cuando en los ojos del entrevistador parpadeaba ya el cartel de CONTRATADA.

Lo malo es que yo solo soy buena sugiriéndole a la gente cosas que considero que estaría bien hacer, como dar forma y color a algo que no existe y convencerlos de que ese es el futuro que todo el mundo espera. Este tipo de habilidades, en el país donde nací y crecí, no se tenían en gran consideración. Allí se creía más bien en personas de pocas palabras que trabajaran con diligencia. Los que trabajaban durante décadas sin expresar sus opiniones y, tras esos años de arduo trabajo, dejaban caer algo así como: «Si no me equivoco, diría que esto es a lo que me he dedicado toda mi carrera...». Mientras que a un joven que se pasara la vida molestando, que no dejara de proponer hacer las cosas así o asá, cambiar ciertas cuestiones o introducir algunas novedades, le martilleaban el cerebro. Si no recuerdo mal, había un dicho que rezaba: «El clavo que sobresale es el que recibe el martillazo»; incluso se llegó a desarrollar un juego llamado *Mogura tataki*[1] para entrenar la habilidad de golpear clavos.

Sin embargo, en Europa, cuando empiezo a hablar, en lugar de darme golpes, a quienes me escuchan se les iluminan los ojos, lo que me da a entender que están deseosos de que prosiga con lo que les estoy contando. En la entrevista, les hablé largo y tendido sobre las excelencias del kamishibai como género, y el sinfín de beneficios que podía aportar a la Dinamarca actual. El rostro de los entrevistadores mostraba interés por mí, y ninguno de ellos me preguntó si alguna vez había creado mis propios cuentos. Porque yo no solo no había creado nunca nin-

1. El *Mogura taiji* o *Mogura tataki* es un juego de máquina recreativa creado en los años setenta en Japón, en que unos topos van apareciendo al azar y hay que darles mazazos en la cabeza para que vuelvan a desaparecer.

guno, sino que jamás había visto en persona una función. Solo albergaba el vago recuerdo de una escena de una película antigua, en la que un narrador de kamishibai vendía caramelos a unos niños antes de contarles la historia de Momotarō.[1]

—Mi sueño de kamishibai es un enorme elefante, pero mi experiencia, un pequeño ratón —comenté, porque no quería mentir.

—¡No pasa nada! La experiencia solo se consigue con la práctica. Lo que importa es la idea en sí. Queremos que narres kamishibai en nuestro centro —me respondieron.

De modo que acabé leyendo y firmando el contrato en el acto, rodeada de caras sonrientes. Según los estándares del país en el que nací y crecí, mis dibujos se considerarían pobres, y los cuentos que me inventaba, irresponsables. No obstante, los niños que vienen a escucharme me miran con unos ojos relucientes como la superficie de un lago, y absorben, sin duda alguna, conocimientos sobre la cultura de aquel rincón del mundo. Seguro que en mi país habría infinidad de personas capaces de crear obras de kamishibai mucho mejores que las mías, pero, como no están aquí, ni seguramente en ningún otro lugar, solo podía hacerlo yo. Así que decidí desprenderme de aquel sentimiento de culpa, junto con los envoltorios de los mazapanes de chocolate.

Gracias a este trabajo tengo un visado que me permite

1. Cuento popular japonés que relata la historia de un niño que una pareja de ancianos encuentra flotando en el río dentro de un melocotón, y al que crían como a un hijo. De mayor, Momotarō va a luchar contra los demonios y ogros de la isla de Onigashima junto con un perro, un mono y un faisán, y regresa a casa con el tesoro de dicha isla.

vivir, por ahora, en Dinamarca. De niña, cuando oía hablar de «inmigración ilegal» en la televisión, me daba la impresión de que hablaban de gente mala, procedente de un país muy lejano, pero, en mis circunstancias, a falta de un golpe de suerte, yo misma me convertiré pronto en una «inmigrante ilegal». Si nos paramos a pensar, todos pertenecemos a este mundo, de modo que parece inverosímil que vivir en él pueda ser «ilegal». Aun así, ¿por qué el número de inmigrantes ilegales sigue en aumento año tras año? A este paso, llegará un momento en que toda la humanidad acabará siendo inmigrante ilegal.

Hubo una mañana en que los niños llegaron pronto. Aquel niño audaz que había hecho la pregunta sobre el tamagochi Gochi entró en la sala media hora antes de que empezara la lectura del kamishibai, sacó un álbum ilustrado de la estantería y se quedó leyéndolo de pie. Otro niño, de cara redonda, al que le faltaban las paletas y que me había parecido algo confundido en la sesión anterior, aquel día entró en la sala, se sentó en la primera fila y después animó a los demás a que se pusieran alrededor. Una niña con pañuelo en la cabeza se sentó a su lado toda contenta. Ese día, niños y niñas se mezclaron más entre ellos. Muchos llevaban la misma ropa de la última vez. También había caras nuevas: un niño que no se despegaba del brazo de su padre, o una niña que entró a la sala con la cabeza gacha, como si tuviese vergüenza, y de la mano de una trabajadora social.

Un niño que se sentó a la izquierda de la primera fila empezó a grabar un vídeo con un Smilephone. Alguna gente piensa que los refugiados son pobres, pero los hay que escapan de la guerra y de la opresión, no de la pobreza. Es cierto que todos los que huyen deben abandonar sus casas y sus pertenencias, pero algunos consiguen traer consigo parte de su fortuna, o hacer que se la manden. Aunque parecía estar en edad preescolar, el niño del Smilephone iba acicalado con una elegante chaqueta y una corbata de seda.

La historia que pensaba contar aquel día se titulaba «La ofrenda de la grulla», pero como *ofrenda* era difícil de traducir y los niños tampoco lo entenderían, decidí ponérselo fácil y traducirlo como «La grulla agradecida».[1] Para aquel cuento, el telar me resultó más difícil de dibujar que la grulla. Le había dado un montón de vueltas al asunto, pero seguía sin encontrar la manera de explicar a los niños cómo lo hacía la grulla para confeccionar el tejido y convertir las plumas en hilo. Así que, al final, para que resultara mucho más sencillo de entender, decidí dejar de lado el telar y que la grulla convertida en mujer hiciera abrigos de plumón.

Empecé a contar a los niños la historia de un hombre que se había casado con una misteriosa mujer que en realidad era una grulla, y que estaba muy contento porque vendía aquellos preciados abrigos de plumón en la ciudad por más dinero del que había visto junto en su vida. Llegados a aquel punto de la historia, Dorethe irrumpió en la sala con su falda de sirena para decirme que tenía una lla-

---

1. Cuento tradicional japonés titulado *Tsuru no ongaeshi*, que narra la historia de un campesino humilde (o una pareja de ancianos, según la versión), que salva a una grulla que se ha quedado atrapada. Al poco, el campesino conoce a una joven que se convierte en su mujer y que, encerrada en una habitación, teje telas preciosas que él vende a muy buen precio en el mercado. La mujer le hace prometer que nunca mirará en la habitación mientras ella trabaja, pero, él, presa de la curiosidad, rompe su promesa y descubre que, en realidad, su mujer es la grulla que salvó y que teje los ropajes con sus propias plumas.

mada importante, y no tuve más remedio que disculparme ante los niños.

—Lo siento. Vuelvo enseguida —les dije.

Me dirigí a toda prisa a la oficina, cogí el teléfono y mi interlocutor resultó ser alguien de una cadena de televisión que me invitaba a salir en un programa «serio» la semana siguiente. Cuando le pregunté qué tipo de programa era, me contó que estaban preparando un especial en el que reunirían a personas cuyos países de origen ya no existían para conversar con ellas. Al parecer, habían oído hablar de mí a través de un periodista de un diario local. Recordé que, la semana anterior, había venido un periodista al Centro Märchen para hacernos una entrevista acerca de nuestro trabajo.

Rechacé su invitación con toda la amabilidad posible. Si aparecía en televisión, me vería mucha gente que después tal vez me reconocería por la calle y lo usaría como excusa para hablarme, aunque no tuvieran nada que decirme. Sería un engorro. Me dispuse a colgar muy orgullosa de mí misma por haber sabido decir que no tan rápido; no obstante, aquella persona de la cadena de televisión siguió tratando de convencerme con tono amable pero insistente. Me comentó que me pagarían una buena suma de dinero por salir en el programa, más el hotel y los gastos de desplazamiento. Y después lo remató diciendo que también cabía la posibilidad de que algún compatriota mío viera el programa y contactase conmigo. Y en aquel momento dudé.

—Pero tengo planes para ir a Tréveris día siguiente. Estaré muy ocupada con todos los preparativos de viaje —le dije, y me respondió que se harían cargo no solo de los billetes de Odense a Copenhague, sino también del pasaje de avión del día siguiente a Tréveris.

—Tréveris no tiene aeropuerto. Debería volar a Luxemburgo —respondí, ya casi dispuesta a aparecer en el programa.

—Eso está hecho —dijo, apresurándose a no dejar pasar la oportunidad y concluir con la llamada.

Dorethe se emocionó mucho al saber que iba a salir en la televisión y quiso que le contara todo al respecto, pero yo solo sabía que era un programa en directo y que se emitiría el martes de la semana siguiente desde los estudios de la cadena en Copenhague; ahora bien, desconocía por completo el resto de los detalles, como quiénes serían los demás participantes o cuánto duraba el programa.

Volví a la sala donde me esperaban los niños, terminé de contarles la historia de «La grulla agradecida» y, una vez que se marcharon todos a casa, empecé a preparar la jornada del día siguiente. Decidí que el próximo kamishibai sería el de «Kaguyahime»,[1] aunque desconocía el significado de la palabra *kaguya* y tampoco tenía ningún diccionario para buscarlo. Como no había nada que pudiera hacer al respecto, lo traduje como «La princesa de la Luna», pero, mientras dibujaba la primera ilustración, caí en la cuenta de que sería mejor titular la historia «La princesa del bambú». Si la habían encontrado en un bambú, sería porque había nacido allí, y me pregunté por qué tenía que «regre-

---

1. Cuento tradicional japonés en el que un cortador de bambú se encuentra a una niña entre unos tallos de donde emana una luz brillante. Él y su esposa la adoptan y deciden llamarla Kaguya, literalmente «resplandor en la noche»; a partir de aquel día, siempre que el cortador de bambú iba al bosque a trabajar, encontraba oro. Kaguya se convierte en una bella muchacha y recibe múltiples propuestas de matrimonio, que siempre rechaza, incluso la del emperador, porque en realidad es hija de la Luna y está esperando a que una noche de plenilunio vengan a buscarla para regresar.

sar» a la Luna. Quizá la princesa Kaguya era una inmigrante de segunda generación. Debía de haber nacido en el bambú cuando sus padres ya estaban en la Tierra, pero, incapaz de adaptarse, soñaba con volver a la Luna, de donde eran ellos. Decidí hacer una secuela del cuento, la historia de la princesa Kaguya tras regresar a su lugar de origen. A aquella muchacha que solo había conocido la Tierra, la Luna le parecía un lugar aborrecible porque no había flores, ni árboles, ni golondrinas ni gatos. Echaba tanto de menos el aroma de las flores, el trino de los pájaros, el olor, la calidez, las peleas y los juegos de los mamíferos, que al final decidía volver a la Tierra. Pensé que ilustraría la secuela después del viaje a Tréveris, puesto que en ese momento todavía creía que volvería a Odense en cuestión de días. Y es que, por muchas letras que tuviesen en común *Odense* y *Odisea*, ¡jamás pensé que sería la protagonista de un viaje tan extremadamente largo!

A la salida del Centro Märchen hay una plazoleta adoquinada con la escultura de piedra de una niña en medio. Es como si un hechizo la hubiese dejado petrificada justo en el momento en que iba a encender una cerilla. Cada vez que la veo, pienso con temor que llegará un día en que la escultura de la niña dará un paso y seré yo la que me convierta en piedra.

Al final me alegré de salir en aquel programa de televisión. Tras la emisión recibí varias llamadas de gente que afirmaba haber conocido a alguien que hablaba mi lengua materna. No obstante, todos tenían la voz ronca y, cuando les preguntaba la edad, me decían que rondaban los noventa, y que hacía ya muchísimo tiempo que habían conocido a ese alguien que hablaba mi lengua.

También recibí una llamada muy crítica, en la que me preguntaron por qué andaba buscando a alguien que hablara mi lengua materna, y que si no me bastaba con hablar el idioma que había adquirido y vivir en armonía con la gente que me rodeaba. La idea tampoco era tan descabellada.

Después de aquella llamada, tuve otra que me dio mucha grima, porque me vino a decir que debía tener hijos enseguida para que no se extinguieran los genes de mi familia.

Hubo otra llamada en la que el interlocutor me dijo que «percibir como una crisis el hecho de que se extinga tu propio país es una cuestión de derechas». Tenía razón: eran los ultraconservadores, los separatistas, los que siempre se quejaban de que, si las cosas seguían así, la patria acabaría en ruinas. Pensé que debía tener cuidado. Bajo ningún concepto había querido decir que mi patria había sido aniquilada. De hecho, las palabras *patria y aniquilación* ni siquiera estaban en mi vocabulario.

Alguien llamó, asimismo, para hacerme el incomprensible comentario de que, en nuestros tiempos, mientras hubiese emoticonos, no era necesario idioma alguno, lo que me pareció un despropósito. ¿Qué haría aquella persona si su hijo rompía un jarrón importante para ella? ¿Dibujarle en silencio una carita enfadada?

Otra de las llamadas que me hicieron fue para transmitirme que era de lo más natural que las lenguas minoritarias se extinguieran y que, antes que eso, era mucho más importante salvar a los niños de la pobreza.

Cuantas más llamadas de aquellas recibía, más me pesaba el ligero auricular del aparato. Así que al final pedí que respondieran por mí. Descolgaban y yo escuchaba los comentarios a través del altavoz del teléfono. Una pareja de ancianos quería adoptarme porque se compadecían de mí, un entusiasta filatélico estaba interesado en comprar algún sello raro de mi país extinto y un chico joven quiso saber si alguna vez había conocido a un ninja.

Estaba a punto de irme al hotel a descansar cuando me informaron de que había llamado un investigador en lingüística. A diferencia del resto, aquel chico no estaba interesado en mi inusual lengua materna, sino en la inventada que yo hablaba, así que pedí que lo invitaran al canal de televisión.

Cuando por fin apareció aquel chico llamado Knut, enseguida me cayó en gracia. Quizá porque percibí que no dirigía su libido hacia mí, sino hacia el idioma, lo cual es extraño en un hombre europeo; aquí, la mayoría de las personas todavía siguen interesadísimas en el sexo, en el opuesto o en el suyo propio, y parece que, cuando conocen a alguien, no pueden evitar preguntarse si la persona en cuestión les encajaría como pareja, incluso cuando ya tienen una. Aunque diría que tampoco es que estén realmente interesadas en salir con dicha persona; se lo preguntan por sistema.

Sin embargo, en el país donde yo nací y crecí, hacía ya mucho tiempo que las hormonas sexuales prácticamente habían desaparecido. A los hombres no les salía pelo en el pecho ni en el antebrazo, y no querían acostarse con mujeres con regularidad. Del mismo modo, a las mujeres no se les hinchaban los pechos como globos, ni deseaban tener hijos a toda costa.

Y por esa razón, ya en mis tiempos de universitaria, casi nadie quería cursar estudios en el extranjero. Cuando les expliqué a unas amigas que quería estudiar en Suecia, todas se compadecieron de mí por lo horrible que sería. Y, en efecto, el primer día en la Universidad de Gotemburgo un chico de clase me invitó a pasar un rato en su casa. Cuando fui a verlo, me miró fijamente a los ojos, batiendo sus largas pestañas como un galán de película, posó su mano sobre la mía y entonces caí en la cuenta de que aquello era una cita.

–En mi cultura ya no tenemos sexo –le expliqué, y él se quedó mirándome como si yo fuera de la Luna.

–¿Tus padres no te dejan? –me preguntó después de un largo silencio.

Quizá había visto un documental sobre alguna sociedad en la que los padres eligen con quién se casan sus hijos, o en la que no les permiten casarse con extranjeros ni con gente de otras religiones, y pensó que podía ser mi caso.

–No es eso. En mi cultura ya no hay hormonas sexuales –repuse.

–¡Qué duro! ¿Y esa enfermedad cómo se llama? Si hoy no te apetece hablar del tema, dejémoslo, pero mañana llamaré a un amigo médico para preguntárselo –me comentó preocupado.

No es que Knut no tuviera ningún tipo de interés por el sexo, pero daba la impresión de que no le gustaba complicarse la vida y que, harto de la dependencia emocional de su madre sobreprotectora, había encontrado el erotismo en el lenguaje. Pensé que era la persona ideal como compañero de viaje. Aunque en aquel momento ninguno de los dos tenía ni idea del cambio que significaría para nosotros aquel periplo.

La mañana siguiente quedamos en el aeropuerto de Copenhague y facturamos juntos. Zarandeado por el viento, el avión se meneaba en todas direcciones mientras escalaba por las nubes. Knut escribió un mensaje con los pulgares a una velocidad vertiginosa.

—Es obligatorio el modo nubes —le advertí.

—Ya lo he puesto en modo avión. Estoy dejando un mensaje preparado para mandarlo después.

—¿A quién?

—A la persona con la que había quedado para cenar ayer. La dejé plantada sin avisar.

—¿Tu novia?

—Bueno... Más bien una antigua novia de mi padre. Se casó con él y, después, me tuvo a mí.

—Esa persona que en todos idiomas empieza por eme: *mamá, mother, mutter, mutti, maty, maman*.

—¿En tu lengua también empieza con eme?

—Con eme, las madrastras. Pero ese era tipo especial de madre.

—Mi madre también es especial. Es una esquimamá.

—¿Una esquimamá?

—Sí. Una madre que se cree la madre de todos los niños esquimales. *Esquimal* se considera discriminatorio y la palabra ha dejado de usarse, pero en su caso no sirve decir inuit, porque lo que mi madre tiene en la cabeza es, sin duda, la idea de un esquimal. El otro día me enseñó un álbum de cien retratos de personas que viven en Dinamarca y que, como es natural, contenía todo tipo de gente, alguna con, por ejemplo, padres o abuelos de origen esquimal. En la primera página aparecía un rostro con el pelo rubio, la tez muy clara y los ojos azules, pero, a medida que ibas pasando las páginas, los cabellos y la piel se iban tornando de color trigo y los ojos se oscurecían hasta que, al final, eran rostros de esquimales. Las fotografías estaban dispuestas a propósito de aquel modo, como para que no supieras dónde estaba el límite. Pero ¿no te parece que el mero hecho de que estuvieran dispuestas así ya da a entender una obsesión aberrante por la raza?

—¿Qué era el propósito de álbum?

—Demostrar que todos estamos emparentados. Es decir, que es imposible separar a los daneses de los esquimales.

—¿Como negación de independencia?

—Las personas como mi madre reconocen la independencia de Groenlandia, pero se oponen a cortar las ayudas. Es como un padre que se entromete en los asuntos de un hijo ya adulto. Quiere reconocer que el hijo es independiente, pero no puede quedarse de brazos cruzados mientras ve cómo las drogas le arruinan la vida. Lo que mi madre llama *responsabilidad* en mi idioma se traduce por *injerencia*.

Observé de nuevo el rostro de Knut. Tenía la tez tan clara que las rojeces parecían heridas. ¿Eran imaginaciones mías o Knut se drogaba? Si solo era maría no tenía por qué preocuparme, porque no íbamos a Singapur. Me pareció absurdo estar formulando esos juicios en mi cabeza. Apoyé la frente en el cristal de la ventanilla y vi, allí abajo, un castillo rodeado de verde oscuro.

3. HABLA AKASH

Me fijé en él por casualidad, mientras esperaba el autobús para Tréveris en la terminal del aeropuerto de Luxemburgo. Era un chico atractivo de mejillas rollizas, bajo las que se vislumbraba una mandíbula marcada. La chica que lo acompañaba tenía un aire exótico, poco común en los tiempos que corren. Demasiado bajita para ser han, y con la piel demasiado poco bronceada para ser de la región del Mekong. Lucía una media melena lisa y sedosa que le caía por encima de los hombros, y, vista desde atrás, la curva del mentón la hacía parecer la protagonista de un anime, bonita e inquietante a la vez. Caminaba sin levantar las piernas del suelo, desplazándose con ligereza, como si careciera de peso. Pero lo más extraño en ella era que parecía que al fondo de sus pupilas destellasen jeroglíficos.

Recuerdo que estudiamos sobre esta gente en clase de Geografía histórica; hace mucho tiempo, cuando nuestro país, la India, pertenecía a la zona de Asia Meridional, ellos vivían también en Asia, concretamente en lo que llamaban el Lejano Oriente. Las personas de allí presentaban ciertas particularidades, como, por ejemplo, que eran incapaces de discernir entre el mundo digital y el real. Al parecer, se produjeron violentos ataques por parte de pandillas virtuales, con víctimas que llegaron incluso a fallecer por las heridas; y también había quienes se enamoraban de estrellas de las redes y se sumergían en sus pantallas para no volver jamás. Decían asimismo que alguna gente de allí llegaba a trabajar hasta ochenta horas sin dormir, cosa sorprendente incluso para los maestros de yoga.

Me fijé de nuevo en su rostro y pensé que su serenidad no encajaba con aquellas historias tan inauditas. Quizá fuera porque iba acompañada de aquel joven que enternecía el corazón de cualquiera que estuviese a su lado. Me pareció que entre ellos hablaban un idioma escandinavo. Se picaban y acariciaban con las palabras, se gastaban bromas, rompían a reír y se daban palmaditas en los brazos, pero no se miraban a los ojos ni se besaban.

Aquel día había ido al aeropuerto a buscar a diez estudiantes de origen indio que llegaban de todas partes de Alemania. Tenía que acompañarlos en autobús hasta el hotel donde iban a hospedarse en la ciudad de Tréveris. De no haber sido por eso, me habría acercado enseguida a aquel joven escandinavo para invitarlo a tomar un té. A juzgar por su aspecto, no parecía un hombre de negocios. Me imaginé que pertenecería al mundo académico, que sería experto en literatura griega antigua, música barroca o algo por el estilo. Sin embargo, tuve el inquietante presentimiento de que en aquella inteligencia había también una preocupante sensación de vacío. Aquella intuición apareció y desapareció como una suerte de neblina. Tal vez estaba demasiado sensible después de pasar mucho tiempo con un amigo que se dedicaba a fumar hachís todo el día.

El chico con pinta escandinava se volvió en diversas

ocasiones, como si quisiera descubrir algo interesante en aquella aburrida terminal de autobuses frente al aeropuerto, y en una de esas se quedó observándonos. En aquel grupo de estudiantes que iba a acompañar a la ciudad había siete chicas y tres chicos. La indumentaria de los varones era más bien sobria: camisa blanca, chaqueta de piel negra u ocre y pantalones vaqueros, mientras que ellas lucían vestidos punjabi de vivos colores, con pañuelos vistosos al cuello. Para los autóctonos, quienes a medida que el verano va quedando lejos se visten con tonos más insulsos, nuestra riqueza cromática es hasta peligrosa.

Desde que decidí vivir como una mujer, cuando salgo me pongo un sari rojo. No es que quiera especialmente vestir como una india, pero las mujeres alemanas de mi generación apenas visten falda y no me apetece ser la única que la lleva. Si me pusiera los mismos pantalones que todas, parecería directamente un hombre. Además, siempre he tenido la sensación de que mi corazón es de seda roja bordada con hilo dorado. Estoy segura de que, si pudiera interpretar ese bordado, descifraría la historia de mi vida. Sin embargo, lo consiga o no, yo ya soy feliz solo por contemplar el brillo de la seda roja.

A simple vista es obvio que he cambiado de sexo, pero en la universidad nadie me ha sacado nunca el tema. Ni tampoco cuando voy a alguna fiesta. Pero lo que sí despierta mucha curiosidad es el sari. Me hacen todo tipo de preguntas acerca de cómo lo enrollo, si no se me descoloca, si es un tejido de seda, si se lleva con ropa interior o si hay algún tipo de zapato que case mejor con él que unas zapatillas de deporte; y yo me divierto mucho contestándoles, porque me gusta hablar.

Para mi sorpresa, a aquel joven escandinavo no le llamaron la atención ni el sari ni mi identidad sexual. Y cuando lo oí pronunciar la palabra *marathi*, debió de percibir mi cara de estupefacción.

—Sabes que estamos hablando en marathi, ¿verdad? —me vi con la necesidad inmediata de decirle en alemán—. Me has dejado de piedra. Hay mucha gente en Alemania que ni siquiera conoce la existencia de la lengua marathi. Y los que la conocen creen que se trata de una lengua minoritaria, aunque en realidad tiene más o menos el mismo número de hablantes que el alemán.

El joven me dedicó una sonrisa amistosa.

—El alemán es la primera lengua de unos cien millones de personas. Yo diría que unas tres cuartas partes de esa cantidad hablan marathi —me dijo en inglés. Incapaz de responderle en el acto, me quedé en silencio y él me tendió la mano—. Me llamo Knut. ¿De qué ciudad eres? ¿De Pune? —siguió en inglés, y yo le estreché la mano y cambié también a ese idioma.

—Así es. ¿Cómo lo has adivinado? Sabes mucho de la India, ¿no? —le pregunté, pero después seguí contándole mi vida sin que me lo hubiese pedido—: Todos los años se celebra un encuentro de indios que estudian en Alemania como..., bueno, como intercambio cultural y para que hagan turismo. Yo vivo en Tréveris y este año soy la anfitriona. Ya veremos qué tal se me da...

Al parecer, Knut entendía el alemán, pero no lo dominaba bien, y seguramente por eso había cambiado al inglés. Su acompañante, que nos había estado observando a uno y otro, me preguntó con voz dulce:

—Tu nombre, ¿cuál es?

—Akash. ¿Y el tuyo?

—Hiruko.

—¿Habéis venido a hacer turismo?

—Tenemos pensado ir al Festival Umami, en Tréveris.

Al parecer, esta tarde hay un taller de dashi en la casa natal de Karl Marx. El cocinero que lo da se llama Tenzo y, a juzgar por su nombre, quizá sea del mismo país del que vengo yo —explicó la chica en inglés con voz muy bajita, mirando de vez en cuando a su alrededor como si estuviera alerta.

—¿Tenzo, dices que se llama? Nunca había oído ese nombre. El Festival Umami tampoco me suena de nada, pero la casa donde nació Karl Marx sí que la conozco. Está muy cerca de la Porta Nigra.

Al oír aquello, a Hiruko se le relajaron las mejillas. Caí en la cuenta entonces de que Dash, en hindi, era un nombre femenino precioso.

—Por cierto, ¿qué es el *dash*?

—¿Te refieres al *dashi*? Es lo que da un sabor delicioso a la comida. Se prepara con pescado seco, algas o setas.

—¿Es lo mismo que el umami?

—No, no es lo mismo. El umami es el sabor en sí, mientras que el dashi tiene relación con los ingredientes. Aunque no estoy muy segura...

—Entonces, el dashi sería el equivalente al sonido de una orquesta, y el umami, la música, ¿no?

En aquel momento, tuvimos que dar por terminada la conversación porque nuestro autobús con destino a la Porta Nigra acababa de llegar.

Me hubiese gustado indagar más sobre la relación que había entre Knut y aquella chica, pero nuestra charla había ido por otros derroteros y me quedé con la sensación de haber perdido un tiempo precioso. Knut y Hiruko se subieron al mismo autobús que nosotros, pero se sentaron atrás, lejos de nuestros asientos.

Durante el viaje, de vez en cuando, giraba el torso y volvía la cabeza estirando el cuello hacia donde estaban.

Cuando muevo así las caderas siento la mujer que hay en mí. La belleza de Hiruko me recordaba a un manzano en flor, pero pensé que le faltaba la viveza del color de la caléndula. Y Knut me parecía un chico adorable al que quería abrazar a toda costa. Era difícil quedarme quieta viéndolos hablar de un modo tan íntimo.

Mis paisanos eran muy parlanchines. Acababan de conocerse, pero ya se habían puesto a charlar sobre asuntos de la universidad, de la familia o de su vida en la India, y, a medida que pasaba el tiempo, las conversaciones se iban volviendo cada vez más largas y apasionadas. El autobús parecía ya un gallinero. Por suerte, aparte de nosotros solo había una pareja de ancianos, que habían viajado a la India de jóvenes, según contaron con cariño a los estudiantes que tenían delante. En Alemania, cuando subo sola a un autobús, nadie repara en mí, pero, cuando se monta un grupo de indios, percibo tensión en el ambiente. De ahí que me ponga nerviosa cuando viajo con gente de mi mismo país.

Por muchas veces que haya estado delante de la Porta Nigra, siempre me siento abrumada al contemplarla. La dureza de la piedra, su pesadez, me deja sin palabras. No se usaron clavos ni cemento para unir los bloques, sino que se han mantenido cada uno en su sitio cientos de años, sin derrumbarse, por su propio peso, como el de una enorme lápida. Pero más allá de eso, solo de pensar que lleva tanto tiempo siendo un lugar especial, desde que se decidió construir la puerta norte de la ciudad en el siglo II, la cabeza ya me da vueltas. Por muy digital que se haya vuelto el mundo, su pesadez es única y no hay pantalla que pueda reproducirla.

Los estudiantes contemplaban entre exclamaciones la puerta que se erguía ante ellos cual montaña calcinada y posaban delante haciéndose fotos los unos a los otros. Parecía que Knut y Hiruko también veían la Porta Nigra por primera vez, y la observaban con los ojos entornados. Me acerqué a Knut con aire despreocupado.

—En realidad, en mi ciudad natal hay un monumento muy parecido a esta puerta. Se llama Shaniwar Wada. Quizá por eso cuando vengo a la Porta Nigra me invade una sensación de seguridad, como si volviera a casa.

Knut entrecerró los ojos y repitió «Shaniwar Wada», como saboreando el eco del nombre con la lengua.

—¿Tanto se parecen? ¿Es por alguna razón histórica? —preguntó con un brillo en los ojos, lleno de curiosidad.

—Pues no lo sé. Desde un punto de vista objetivo, quizá no se parezcan tanto, pero la sensación que me transmite la piedra cuando me acerco a ella es muy similar. Quizá por la confianza, el respeto y la seguridad que me dan.

—En el país en que nací y crecí no teníamos puertas de piedra tan grandes —comentó Hiruko con voz temblorosa, como si fuese a romper a llorar—. Allí las casas se hacían de madera y papel, y quedaron arrasadas por el fuego. Ya no queda nada. Entre la India y el Imperio romano hay cierta conexión; yo soy la única desconectada.

Aquel lamento me pareció tan excéntrico y fuera de lugar que no supe qué responder. Intuí que su país había desaparecido, pero cambié de conversación porque no me atreví a preguntar.

—¿Por qué bajas la voz cuando hablas en inglés? —le pregunté.

Llevaba un rato fijándome en que, cuando hablaba con Knut en aquel idioma escandinavo, lo hacía con una voz bien alta y sonora, mientras que en inglés hablaba casi susurrando.

—Es que tengo miedo. En las oficinas de inmigración escandinavas me han dicho ya dos veces que, si hablo inglés, debería irme a Estados Unidos. Es un misterio cómo lo han averiguado, porque en los papeles puse bien claro que no sabía inglés. Desde entonces pienso que quizá hay espías que me siguen allá donde voy.

—Pero yo he oído que ya no existe esa política de transferencia con Estados Unidos —comenté toda alegre para tratar de animar a la aterrada Hiruko—. Aunque los que no hablan inglés tienen ventajas respecto a los angloparlantes, claro. Para quedarse aquí, quiero decir.

—No tengo ninguna intención de quedarme a vivir en Alemania —me respondió con voz lúgubre.

—¿Piensas volver a tu país de origen?

—¿Qué es para ti un país de origen?

En aquel momento, varios policías con uniforme verde oscuro y chaqueta de piel negra pasaron en tropel junto a la Porta Nigra. Hiruko se tragó las palabras que estaba a punto de decir y se mordió el labio. Estaba realmente asustada de que la oyeran hablar en inglés. Recordé una conversación que había oído unos días atrás mientras hacía cola en la cafetería de la universidad. Decían que el espectacular auge económico de los últimos tiempos en México había provocado la entrada de un gran flujo de hispanohablantes al país, lo que había dejado a California en apuros ante la falta de mano de obra. Y también que, desde que China había dejado de exportar al extranjero, Estados Unidos se había visto obligado a producir internamente todos los productos de primera necesidad. Pero, como en Estados Unidos ya no hay nadie que sepa coser, tienen la imperiosa necesidad de reclutar inmigrantes de todo el mundo que hablen inglés y sean hábiles con las manos. Europa, por su parte, prefiere mantener un sistema integral de bienestar social que cubra a todos los ciudadanos, incluidos los inmigrantes, pero, como los presupuestos nacionales no alcanzan, animan a las personas extranjeras que hablen inglés a marcharse a Estados Unidos.

Por suerte, la India se encuentra en la cúspide de un rápido crecimiento económico. Los indios vienen aquí a estudiar o por turismo, pero no hay nadie que quiera quedarse a vivir en un lugar donde hace tanto frío y la comida carece del sabor de las especias. De hecho, yo también quiero regresar a Pune cuando termine mi proyecto de investigación.

Como en realidad no tenía adónde ir, pensé que cabía la posibilidad de que la misteriosa Hiruko hubiese urdido el plan de seducir a Knut para casarse con él y conseguir el pasaporte danés. Así podría evitar el fatal destino de que la mandaran a Estados Unidos para pasarse el día cosiendo, y vivir tranquilamente rodeada de muebles escandinavos incluso si se quedaba sin empleo. A diferencia de mí, Knut parecía extremadamente ingenuo y no sospechaba de ella en absoluto.

–Cuando has dicho «ya no queda nada» ha sonado muy triste. Pero, si te lo tomas como un nuevo comienzo, no está tan mal, ¿no? Aunque quizá no esté legitimado para decir esto. Primero queda con Tenzo, y tratad de recordar todas las palabras de vuestro idioma para crear un diccionario –comentó Knut en inglés para que yo también lo entendiera, y Hiruko se animó.

Era un tipo realmente majo. Reposé la mano en su espalda de modo casual para que se volviera, y señalé la calle que salía desde la misma Porta Nigra, la Simeonstrasse.

–Recto por esa calle encontraréis la casa donde vivió Karl Marx hasta que cumplió los dieciséis más o menos –les expliqué–. Dejad que os acompañe. Si me esperáis cinco minutos, explicaré al grupo cómo se va al hotel. Es fácil de encontrar, seguro que pueden llegar hasta allí ellos solos.

Knut asintió, pero no llegué a saber si Hiruko me había oído porque tenía la mirada perdida en el infinito. Me llevé a los estudiantes a un lado del monumento.

–Seguid recto por esta calle, después cruzad el puente y allí, a vuestra izquierda, encontraréis el hotel. ¡Nos vemos mañana en la universidad a la hora programada! –les indiqué, y después me apresuré a volver donde se encontraban Knut y Hiruko.

A su paso, tardaríamos unos quince minutos a pie. Sabía de sobra que en la India se consideraba de muy mala educación pedirle a alguien que caminara una distancia tan larga. Seguramente, alguna de las chicas se subiría a un rickshaw sin pensarlo si le pidiera andar más de tres minutos para llegar a cualquier sitio. Pero, como el dinero de la beca se les acabaría en un periquete si cada vez que se les antojara coger un rickshaw se subieran a un taxi, y puesto que estaban en Alemania, no les quedaba otra que aprender que aquí sí se camina. A mis amigos alemanes les encanta, y a menudo me proponen salir a pasear. Y cuando digo *pasear* no me refiero a un paseo de quince o veinte minutos, sino a uno de por lo menos una hora o dos sin descanso, si el tiempo acompaña. Además, no se abren a contar sus asuntos íntimos, como que han roto con su pareja, hasta transcurridos por lo menos cuarenta minutos. Así que, en este país, o estás en forma o no hay manera de hacer amigos.

Después de indicarles el camino a los estudiantes indios, nos pusimos los tres a andar por el lado izquierdo de aquella amplia avenida que salía de la Porta Nigra. Aunque yo era la guía, no sé por qué Hiruko tomó la delantera y Knut y yo nos quedamos detrás, andando en formación de triángulo. Como iba al lado de Knut vestida con el sari, pensé que, desde lejos, quizá pareciéramos una pareja hetero.

Estoy en proceso de cambiar al sexo femenino no solo en lo que se refiere a mi modo de vestir, sino también a mi físico. Sin embargo, no me gusta la idea de recurrir a la ayuda de la medicina occidental, con tratamientos hormonales o cirugía, y he optado por hacerlo paulatinamente a través de la dieta, la meditación, algunas técnicas de respiración, el ejercicio y cantando y copiando sutras.

Iba tan embelesada al lado de Knut que me pasé el edificio al que nos dirigíamos y tuvimos que deshacer un poco el camino.

–Mira, ¡fíjate en la placa!

En la fachada de color melocotón, bajo el marco de madera blanco de una de las ventanas, había una placa de granito con una inscripción en letras mayúsculas: EN ESTA CASA VIVIÓ KARL MARX DE 1819 A 1835. NACIDO EN TRÉVERIS EL 5 DE MAYO DE 1818. Por primera vez caía en la cuenta de que había nacido en 1818, pero no había vivido en aquella casa hasta 1819. ¿Qué habría sido de él en aquel año en blanco?

En la planta baja del edificio habían puesto una tienda en cuyo escaparate se exponían todo tipo de baratijas, como juguetes, platos de papel, libretas y velas.

–Todo a un euro –leyó Hiruko en voz alta y, al oír aquello, Knut primero soltó una risita y después se puso muy serio.

–No estaría mal un mundo en el que todo valiera un

euro, ¿no? Coches a un euro, o helados. ¿No os parece que todo sería un poco más igualitario? –comentó.

–¿El marxismo consistía en eso? –preguntó Hiruko.

Su voz reverberó en los adoquines del suelo y resonó de pronto tan fuerte que varios transeúntes se detuvieron a observarnos. Entre ellos, un hombre en concreto nos dedicó una mirada especialmente penetrante. Quizá fuera un policía vestido de paisano. Era corpulento, pero llevaba un jersey tan holgado que resultaba difícil saber si estaba musculado o tenía sobrepeso. Como acto reflejo, los tres clavamos los ojos en un hipopótamo de peluche que había en el escaparate. Supusimos que para aquellas personas nadie con intención de comprar un peluche para un hijo o un sobrino podía ser un terrorista. Y, al parecer, acertamos tomando aquella decisión fortuita, porque todos los transeúntes que se habían detenido se pusieron de nuevo en marcha, como un vídeo en reproducción, y también el hombre de la mirada penetrante desapareció de nuestra vista. Todavía con cautela, Hiruko susurró algo a Knut y él me miró a los ojos.

–¿Estaremos de nuevo en un momento de la historia en que el mero hecho de pronunciar el nombre de Marx es peligroso?... –preguntó en inglés, y no me quedó claro si aquellas palabras eran suyas o la traducción de lo que Hiruko le acababa de comentar, y aunque las pronunció a propósito en un tono de voz elevado, esta vez nadie se detuvo.

–Marx es un apellido muy común aquí. No creo que sea un nombre que llame la atención de nadie. También hay una tienda de ropa y una librería que se llaman así. Todo el mundo sabe que es uno de los apellidos históricos de Tréveris.

–Entonces, ¿esta tienda de todo a un euro podría ser de la familia Marx?

–¡No creo! Es una cadena con tiendas por todo el país.

–¿Y en serio es aquí donde se celebra el Festival Umami?

–Preguntaré dentro –dije, y entré yo sola, entusiasmada por estar ayudando a Knut.

Los estrechos pasillos de la tienda estaban atestados de clientes, pero en la caja, por suerte, no había nadie. La dependienta me miró boquiabierta.

–Disculpe, ¿se celebra hoy aquí el Festival Umami?

La mujer torció el gesto.

–¿Umami, dice? ¿Eso qué es? ¿Una divinidad hindú? Aquí no tenemos –me respondió.

Sabía por experiencia que ese tipo de mujer, con largas pestañas postizas, labios empastados de carmín, pechos operados y zapatos de tacón alto, no tiene en mucha estima a las personas en proceso de cambio de sexo como yo. Con todo, como no fue ni condescendiente ni hiriente conmigo, pensé que sería de ideas liberales y decidí dejar ahí el asunto. Además, el hecho de que se le pasara por la cabeza que el umami podía ser una divinidad hindú me hizo pensar que quizá tuviera una mente abierta con respecto a otras culturas.

–¿Y tienen otras divinidades hindús? –le pregunté medio en broma.

–Por supuesto que sí –repuso con cara de palo–. Son productos muy populares. ¡Mire! Las estatuillas de Buda y Ganesha están ahí. Todas a un euro.

En la estantería que me indicó vi unas Estatuas de la Libertad y unos muñequitos de jugadores de fútbol de unos diez centímetros de alto y, efectivamente, también unas Ganeshas azules y unos Budas dorados sentados con toda su solemnidad.

En aquel momento, salió del fondo de la tienda una mujer con gafas y pinta de lectora.

—Disculpe, ¿sabe si hoy se celebra aquí el Festival Umami? —le pregunté sin más dilación, y la cajera me frunció el ceño.

—¡Ya le he dicho que no! —espetó enfadada.

—¡Espera! —la hizo callar la mujer de las gafas—. He oído que hoy se celebra un evento con ese nombre, pero es en la Casa Museo Karl Marx. Al parecer habrá un chef famoso de un país lejano que revelará secretos del dashi que se remontan a la Edad Media. ¿Te refieres a eso?

Así que el evento no era allí, sino en el museo. Agradecí amablemente su ayuda a la mujer de las gafas y volví afuera con Knut y Hiruko, a quienes me encontré manteniendo otra ferviente discusión en escandinavo. Por un instante me invadió la esperanza de que quizá se tratara de una pelea de pareja, pero, en cuanto Knut me vio, cambió al inglés.

—¿A que el dialecto de Tréveris es distinto al del resto de los pueblos vecinos? —me preguntó—. ¿Estás de acuerdo conmigo en que la diferencia entre los grupos dialectales del Mosela y de las lenguas franconias tiene su origen en la anexión con Prusia a principios del siglo XIX y la gran afluencia de funcionarios de dicho país? —me soltó excitado entre salivazos.

Aquello me tranquilizó, porque quedaba claro que Knut no tenía ningún interés en Hiruko como mujer, y ella tampoco en él, y por eso trataba de arrastrarme hacia su bando.

—Pero supongo que también estarás de acuerdo conmigo en que el concepto de *dialecto* está algo anticuado, ¿o no? Que una lengua se considere independiente o un dialecto de otra obedece principalmente a cuestiones políticas. Tú lo ves así también, ¿verdad? —me preguntó después ella igual de exaltada.

—Lo siento. No soy lingüista, así que no tengo ninguna opinión fundada al respecto. Pero un amigo mío investiga sobre dialectos. ¡Después lo llamo! Él también alberga dudas en torno a la idea de lo que denominamos *dialecto*, y escribió un artículo sobre el tema. En cierta ocasión, incluso, se puso a gritar en plena borrachera que, aunque no podía decirse en voz muy alta, se mirara por donde se mirara el luxemburgués era un dialecto del alemán, y que el mero hecho de que tuviese un vocabulario distinto no era razón para asegurar que no fuese un dialecto. Me dejó atónita ver que aquel tipo, que no se había ni inmutado cuando lo dejó su novia, cogiera tal borrachera por una discusión sobre dialectos. En fin, volvamos a lo del Festival Umami. Resulta que, al parecer, no se celebra en este edificio, sino en la Casa Museo de Karl Marx, que se encuentra en la Brükenstrasse. ¡Os acompaño!

Ambos siguieron andando detrás de mí, jadeantes y con los rostros todavía encendidos, como si no se les hubiese enfriado todavía el acaloramiento de la discusión sobre dialectos. Debían de tener el corazón tan acelerado que todo el cuerpo les bullía como una caldera, porque, en un momento dado en que desvié la mirada, ambos tomaron la delantera y se pusieron a caminar delante de mí con la fuerza de una máquina de vapor. Marchaban al mismo ritmo. Teniendo en cuenta su diferencia de tamaño, aquella cadencia de movimientos era realmente asombrosa. Mientras, yo los seguía rezagada con las piernas aprisionadas entre la seda.

La calle principal que sale de la Porta Nigra estaba a rebosar, como siempre, no importa el día que sea. Desde los escaparates, los maniquíes vestidos a la última moda observaban de reojo a los viandantes. Y, de vez en cuando, nos llegaba un agorero olor a salchichas. Knut se detuvo de repente.

–¿No tienes hambre? –me preguntó.

No sé por qué me lo preguntó solo a mí y no a Hiruko, pero sentí que una calidez me recorría el cuerpo, como si acabaran de darme un abrazo.

–¡Sí! Comamos algo. Yo soy vegetariana. Últimamente en Alemania hay muchos restaurantes con menús vegetarianos. ¿Os apetecería ir a uno?

–Europa se está indianizando, ¿verdad?

–No sé yo... Hay muchos modos de entender el vegetarianismo. Por ejemplo, en algunos locales las sopas de ternera, si no contienen trozos de carne se consideran vegetarianas, aunque sepan a carne. O incluso, en los casos más extremos, hay sitios en los que creen que el pollo no es carne y te sirven una ensalada con pollo como si fuese vegetariana.

Hiruko me dedicó por primera vez una sonrisa afable.

–Me encantaría hacerte una sabrosa sopa de alga konbu –me dijo.

No era mi intención cortar de raíz aquel gesto de amabilidad, pero tampoco podía ocultarle la verdad.

–Hay muchos tipos de vegetarianismo. En mi familia tampoco comemos algas.

Hiruko esbozó una sonrisa socarrona.

–Ya... Como las algas habitan en el fondo del mar con los peces y los protegen, podría decirse que en el fondo no son plantas, ¿no? –respondió.

–¿Vamos a un indio? –propuso Knut, poniéndonos la mano sobre el hombro.

Él era el más alto de los tres con diferencia. Quizá fuera la estatura normal para un escandinavo, pero debía de medir casi dos metros. Respiré hondo y, al inspirar, saboreé también la felicidad de que Knut hubiese propuesto ir a un restaurante indio.

—En ese caso, hay que desviarse un poco, pero vayamos a un restaurante llamado Osho. El menú Satori que hacen allí nunca falla —dije.

—¿Oshō, dices? —Al oír aquello, Hiruko enarcó las cejas.

—Sí.

—¿En serio?

—¿Qué pasa con ese nombre?

—Es una palabra que proviene del país en que nací y crecí. A los líderes budistas se los llama *oshō*.

—Osho fue un hombre indio muy famoso —repuse yo irritada.

—Qué va. *Oshō* es un nombre común.

—No, es un nombre propio.

Knut se colocó entre nosotras para interceder:

—Un momento. Tengamos en consideración la estructura fonética de la palabra. En primer lugar, solo para asegurarme, tú dices que *Osho* es un nombre en marathi, ¿correcto?

Me estaba mareando.

—No, para nada. Osho era de un pueblo del norte de la India. De nacimiento tenía otro nombre, que no lo recuerdo. Luego, cuando alcanzó la iluminación, le pusieron otro, que tampoco recuerdo. No fue hasta más tarde cuando adquirió el nombre de Osho. Eso es lo que me contó mi padre. Pune fue un centro importante de sus actividades religiosas.

—En ese caso, cabe la posibilidad de que su seudónimo viniera de un idioma extranjero.

Asentí con franqueza.

A medida que nos acercábamos al restaurante, otras preocupaciones se apoderaron de mi mente. Hacía muchos meses que no iba a comer allí. En los últimos tiempos, muchos de los restaurantes que conocía habían quebrado y se habían convertido en *coffee shops* de un día para otro. Así que, cuando vi que el cartel del Osho seguía colgado allí, me sentí aliviada. El interior del local era de color mostaza y carecía de adornos innecesarios, pero la calidez de los manteles y del resto de las telas escogidas evitaban que resultara desangelado, como aquellos insulsos *coffee shops* tan de moda en los últimos tiempos. Además, las mesas estaban dispuestas de un modo único y, tan pronto te sentabas, te invadía una sensación de paz, como si el espacio te protegiera.

–Qué buen ambiente hay aquí –comentó Knut también con aire satisfecho–. La comida india me gusta desde pequeño.

Hiruko entornó los ojos, como dudando, y observó a una pareja sentada al fondo. Parecía que estaban comiendo pizza. Como soy miope, no lo podía distinguir con claridad, pero me puse nerviosa. Quería pensar que estaban comiendo un chapati cubierto de curri, pero nunca había visto a nadie comerse un chapati de aquel modo.

Un camarero vestido con un atuendo blanco inmaculado nos trajo la carta. Al abrirla, vi que en la primera página habían escrito las recomendaciones de mediodía: la «Pizza Iluminación», la «Pizza del Sueño del Loto» y la «Pizza Meditación». Levanté la mirada hacia el camarero.

–Este menú es totalmente distinto al de la última vez que vine –protesté.

–Ah, ¿sí? Entonces debe de hacer mucho tiempo que no viene –me soltó él.

–Esto es un restaurante indio, ¿no?

–Sí.

–¿Desde cuándo la pizza es india?

–Todos los platos que servimos son los más populares del Osho International Meditation Resort de Pune.

Me quedé de piedra. Knut, que entendía el alemán,

escuchó la conversación todo sonriente. Por suerte no parecía enfadado. Hiruko le dio un codazo para que le tradujera. Yo me sequé el sudor de la frente con el dorso de la mano y le indiqué al camarero que se fuera. ¿El lugar donde Osho transmitía sus enseñanzas y donde todos se reunían para meditar no era el ashram? La frivolidad de la palabra *resort* me saca de quicio. Y, encima, ¿la gente que va a allí come pizza? Knut le tradujo mi conversación a Hiruko y ella soltó una sucinta carcajada.

—¿Pizzas del Meditation Resort? ¿En serio? Qué interesante. ¡Probémoslas!

—No pasa nada —me consoló Knut, poniéndome una mano en el hombro para animarme—. Qué más da que sea de la India o de Italia. Al fin y al cabo, Marco Polo trajo la idea de la pasta de Asia a Europa, ¿no? Así que la comida italiana no deja de ser un tipo de comida asiática.

—Esto de que tenga que comerme una pizza que hacen para los turistas en Pune... Y encima en Alemania. ¡Es patético!

—¿Entiendes ahora un poco mejor cómo me siento? —me preguntó Hiruko, y yo la miré a los ojos, sorprendida.

La ligera reticencia que hasta aquel momento albergaba hacia ella se desvaneció.

Al final, nos sirvieron una pizza mediocre, como cualquiera de las que se pueden pedir por internet. Aunque era innegable que, si te fijabas bien, habían colocado los ingredientes como si fuera un mandala. Knut dio un mordisco a la pizza Iluminación.

—Siempre me ha molestado que, para expresar que algo está muy rico, no se pueda usar en primera persona del singular un verbo transitivo —dijo todo serio.

—Bastaría con usar un dativo en una frase del tipo «A mí me resulta rico», ¿no? —respondió Hiruko sin excesivo interés mientras movía el cuchillo adelante y atrás para separar un trozo de pizza.

Yo, en un ataque de rabia por tener que comer pizza como si fuese un plato indio, la desmenucé con los dedos, pasando del tenedor y el cuchillo, y me la metí en la boca. No sabía a absolutamente nada. Cuando las emociones intensas nos dominan, no percibimos el sabor de las cosas.

—El que percibe el sabor lo compara con experiencias anteriores y lo relaciona con la palabra *rico* en el cerebro; por tanto, debería haber una expresión adecuada para ello, ¿no? Sin embargo, que solo digamos «esta pizza está buena» o «está mala» es una muestra de la pobreza de nuestra civilización —comentó Knut, y después observó a Hiruko, pero ella tenía los ojos clavados en la pared de enfrente.

Dirigí la mirada hacia allí y vi que había un cartel colgado. Era del Festival Umami que se celebraba aquel día en la Casa Museo de Karl Marx a partir de las siete de la tarde. Al lado de aquella información, había también dos ideogramas.

—¿De modo que *Tenzo* es *tenzo*? —murmuró Hiruko.

Knut soltó una carcajada.

—Salta a la vista que en tu cabeza hay dos idiomas, pero, en el momento en que lo exteriorizas fonéticamente, a nosotros nos parece lo mismo. Seguro que a ti también te resultaría chistoso que alguien soltara algo como «así que *panda* es *panda*», ¿verdad?

—Si no hubiese visto esos dos ideogramas, no habría recordado que *tenzo* es una palabra especial.

—¿No es el nombre de un chef de cinco estrellas?

—Quizá sea su nombre artístico, pero en realidad es un nombre común.

Recordé la odiosa discusión que habíamos mantenido rato antes sobre si *osho* era un nombre común o un nombre propio, y agaché la cabeza alicaída, pero Knut siguió conversando con Hiruko en inglés.

–Como nombre común, ¿*tenzo* qué significa?

–Es como se llama a la persona que se encarga de la comida en los templos budistas zen.

–¿Los monjes budistas no viven solo de limosnas?

–Puede que sea así en el budismo menor, pero en el mayor es distinto. Los templos zen también tienen cocinas.

–¿A qué te refieres con «budismo menor»?

–Están el vehículo menor y el vehículo mayor, pero eso no significa que el mayor sea mejor.[1]

–¿Como un camión o un triciclo? Me pregunto cuál sería el vehículo mayor en el cristianismo, ¿el catolicismo o el protestantismo?

–¿Eres budista? –le pregunté a Hiruko, sorprendida porque cada vez me caía mejor.

–No. Soy lingüista.

–¿Es eso una religión?

–No, pero los idiomas pueden traer felicidad a las personas, y enseñarles lo que hay más allá de la muerte.

Knut acarició suavemente a Hiruko en la mejilla con el dorso de la mano. Fue solo un instante, pero la dulzura que desprende una pareja de enamorados flotó en el ambiente.

---

1. Referencia al budismo Mahayana, literalmente «vehículo mayor», y al budismo Hinayana, «vehículo menor». Por *vehículo* se entiende la enseñanza, el medio o el modo del que se sirven las personas para llegar a la iluminación. La diferencia principal es que el Mahayana prioriza la iluminación de todas las personas, mientras que el Hinayana, la individual.

—Si el festival empieza a las siete..., aún hay tiempo —dije mirando el reloj de mujer que llevaba en la muñeca.

—Me encantaría ver el Imperio romano —dijo Knut radiante de emoción.

Hiruko se quedó observando mi reloj de pulsera.

—Como eres vegetariana estricta, de las que no comen algas, pensé que quizá eras vegana, pero veo que llevas un reloj con una correa de piel de vaca, ¿verdad? —comentó con sarcasmo.

—Qué va. ¡Es cuero sintético! Tengo un certificado que acredita que no es piel de vaca. ¿Quieres verlo? —me defendí sin pudor.

No era mentira. Cuando todavía vivía en la India, un tío mío me regaló un reloj que había comprado en un viaje por Europa, con la correa de piel de vaca, pero cuando llegué a Alemania lo vendí con la intención de comprarme uno de cuero sintético. Estaba harta de justificarme cada vez que me preguntaban por qué llevaba un reloj de piel si era india. No sé si la historia será cierta, pero mi madre me contó que Gandhi comía carne cuando vivía en la India, y que no fue hasta que se fue a estudiar a Inglaterra cuando empezó a ser vegetariano estricto. Yo soy vegetariana desde pequeña, pero, al parecer, mis padres comían pescado antes de que yo naciera.

—En realidad, quería venir a Tréveris desde pequeño, para ver las ruinas romanas. Pero, como soy perezoso y odio viajar, no lo he hecho hasta ahora —comentó Knut.

—¿Odias viajar? —preguntó Hiruko con aire extrañado.

—Sí. ¡No como tú!

—Nunca me he planteado si me gusta viajar o no. Soy como una hoja arrastrada por el río.

—Entonces yo soy un insecto que se ha subido a esa hoja y ya no puede bajar. Y gracias a ella he podido venir a ver el Imperio romano –dijo Knut, alzando el vaso de agua como si fuera una copa de vino.

Yo también levanté el vaso a la misma altura.

–¡Salud! ¡Bienvenido al Imperio romano! ¡Cuidado no te vayas a convertir en esclavo y acabes devorado por los leones! –le dije toda animada.

Después le di una palmadita en el hombro, con cara de que podía confiar en mí.

–Hay otro favor que quisiera pedirte, Akash.

–Dime.

–¿Podrías reservarnos un hotel? Es que no tenemos dónde quedarnos esta noche.

–¿Qué tipo de hotel querríais?

–Uno que no sea muy caro. Pero que tampoco quede muy lejos. A poder ser, que esté cerca de aquí.

–De camino a la Casa Museo de Karl Marx hay varios, así que podemos parar a preguntar.

Cuando comprendí que más tarde sabría si tenían intención de compartir cama o de dormir en habitaciones separadas, se me aceleró un poco el corazón.

Knut se había terminado su pizza en menos de lo que canta un gallo, y se recostó en la silla con la mano derecha en los labios, como si estuviera fumando. Hiruko comía asombrosamente despacio.

–¿Está bueno? –le pregunté, y a ella se le ensombreció el rostro.

–En el país en que nací y crecí, el sabor de la comida era muy importante. Pero había un proverbio que decía que tener el paladar exigente era de enfermos –respondió.

–A los holandeses y los escandinavos les da igual lo que comen, y bien altos que son –dijo Knut riéndose–. Por cierto, Akash, ¿qué estudias en la universidad?

–Cultura comparada. Ya hace tiempo que la literatura comparada está de moda, pero a mí me gustaría hacer cine comparado. Aunque todavía no sé ni por dónde empezar.

–¡Anda! Cine... Pero ¡si el lenguaje sin imágenes es mucho más interesante! –bromeó Knut, y me guiñó un ojo. O quizá no bromeara. Los tres salimos del restaurante entre risas, jugueteando como niños.

Siempre que veo las ruinas de las termas imperiales de Tréveris, pienso que parecen un grupo de elefantes comunicándose entre ellos con las trompas. Aunque la parte superior, cuyas piedras cambian de color dependiendo de la posición del sol, es preciosa, estaba deseando enseñarles la parte subterránea: los pasadizos de túneles, que parecen un laberinto. Cuando me quedo inmóvil, en silencio, entre la humedad de la piedra, observando la luz que entra desde el exterior como si fuera leche, oigo los pasos y las voces de los que ya no están, de los ciudadanos de la antigua Roma. Y los visualizo hablando, con paños blancos alrededor de la cintura, sudando en la sauna y frotándose el cuerpo. Sus voces resuenan en las piedras con un rumor difuso.

–Si hubiese nacido en el Imperio romano, creo que habría sido un esclavo de los que transportaban agua, o un comerciante de los que hacían tratos en los baños públicos y después se iban a tomar un trago en un bar de regreso a casa. A veces me pregunto cuál de las dos cosas habría sido.

–Casta –murmuró Hiruko.

–No, es distinto. La ley romana permitía que los esclavos compraran su libertad con oro, mientras que las castas son de por vida.

–Entonces ¿puedes cambiar de género, pero no de casta? –preguntó Knut, sacando de repente a colación aquel tema por el que hasta ese momento no había mostrado ningún tipo de interés.

—Eso es —comenté nerviosa—. Nuestros cuerpos están en constante transformación. Los romanos también lo experimentaban aquí en los baños. Se depilaban, se cortaban el pelo y las uñas, se hacían masajes para relajar los músculos. Solo con sudar en la sauna y beber agua, nuestros cuerpos ya cambian, ¿verdad? Pero no es solo eso. Hasta nuestro cerebro cambia de género en cuestión de segundos, y nos convertimos en mujeres u hombres según el libro que estemos leyendo. En estos baños termales había una biblioteca e incluso una sala de conferencias como las de las universidades.

—¿La Universidad de los Baños Termales? Suena muy bien —comentó Hiruko toda convencida.

Proseguimos nuestro camino por aquel pasillo en forma de túnel y, tras un rato caminando, una luz brillante al final pareció indicar que delante de nosotros había una salida. A contraluz, vimos que alguien se nos acercaba. No le veíamos la cara, pero era una mujer con una figura imponente. Su cabello dorado, iluminado desde atrás, parecía en llamas. Me recordó a una escena de *El anillo del nibelungo*.

4. HABLA NORA

Estaba colgando un cartel que decía «Festival Umami / Cancelado el taller de dashi programado para hoy» en la entrada principal del edificio, cuando de repente me di cuenta de que un desconocido se había quedado plantado a mi derecha.

–¿Se ha cancelado? Qué lástima. Me hacía mucha ilusión asistir.

El hombre se atusó el pelo canoso, se subió un poco el cuello de la camisa de franela y se metió las manos en los bolsillos de la chaqueta, como si hubiese salido a dar un paseo y, de paso, hubiese aprovechado para asomarse por ahí, pero, al fijarme mejor, vi que llevaba los pantalones recién planchados y con la raya bien hecha, y que los zapatos le resplandecían como dos escarabajos negros. Como si quisiera pregonar a los cuatro vientos lo bien que se encontraba. Estaba tan bronceado que parecía que acabara de pasar una semana bajo el sol de Mallorca, y la rojez se veía incómoda en la superficie de la piel, toda inflamada, como resistiéndose a ella. Me fijé en que tenía los dedos más morenos que la punta de la nariz, y que en uno de ellos se veía la marca de un anillo. Es decir, la marca de un anillo que, durante aquellas vacaciones, todavía había llevado. Quizá se lo había quitado después de que saltara el tema del divorcio en pleno vuelo de regreso. Agotada por los numerosos detalles que podían leerse en el cuerpo de aquel hombre, volví la mirada al cartel para comprobar que no estuviera torcido.

—El ponente no ha podido venir. La situación política del país donde se encuentra actualmente es inestable y se han cancelado todos los vuelos procedentes de allí —le respondí con un tono algo agudo, si bien burocrático, y después me puse a aplastar con los pulgares las burbujas que habían quedado en la cinta adhesiva transparente.

El hombre se me quedó mirando.

—¿Inestabilidad política, dices? —repitió con lentitud, poniendo énfasis en cada sílaba, con el sarcasmo de un profesor autoritario que quiere insinuarte que la expresión «inestabilidad política» no es la adecuada y darte la oportunidad de que lo comprendas por ti misma sin apresurarse a corregirte.

Pensé que quizá era un profesor de *gymnasium* jubilado. En ese caso, seguro que su pensión era mucho más alta que mi salario mensual. Aunque debía de tener una vida sin complicaciones, seguro que echaba de menos que sus alumnos lo escucharan y, como su mujer lo habría abandonado, harta de su obstinación por educarla, ya solo le quedaba vagar por la ciudad en busca de nuevas víctimas. Corté ahí mi malicioso juego imaginativo y retrocedí unos pasos para observar una vez más el cartel que había colgado. Caí en la cuenta de que lo había escrito con un rotulador al agua, así que levanté la mirada al cielo preocupada por si llovía justo cuando un cuervo cruzó mi campo de visión batiendo las alas con lentitud.

—¿De qué país venía el cocinero que iba a impartir el

taller? —me preguntó el hombre, esta vez con la voz suave como un sauce, y no pude ignorarlo.

—Estaba en Noruega por trabajo. Todos los vuelos internacionales se han cancelado, de ahí que no haya podido venir.

—Diría que la situación política en Noruega no es inestable. No he leído nada al respecto en el periódico.

Seguro que aquel pensionista tenía tanto tiempo y energía que todas las mañanas se leía el periódico de cabo a rabo, y quizá hasta recortara los artículos y los archivara por países. Me molestó tanto que me tratara como si fuera alumna suya que consiguió desatar mi locuacidad.

—Seguro que en todos los países hay jóvenes que cometen actos terroristas para atraer la atención de los medios de comunicación.

—Pero, si hubiese ocurrido un incidente de esas características, habría aparecido en las noticias.

Obviamente, el hombre tenía razón, y al pensarlo afloró la incertidumbre que llevaba todo el día reprimiendo. Cuando aquella mañana Tenzo me había anunciado que no podía venir porque todos los vuelos internacionales se habían cancelado, con una respiración tan agitada como si se encontrara en medio de una tempestad de nieve, no tuve tiempo para suspicacias, porque lo primero que me vino a la cabeza fue que tenía que avisar cuanto antes al máximo número de gente posible de que el taller se había cancelado. Habría quienes estarían cansados después de una larga jornada laboral, personas sedientas de aprender algo nuevo o que habrían rechazado alguna invitación para acudir expresamente al taller. Me imaginé el desaliento que sentirían cuando llegaran todos ilusionados a la puerta del museo y se la encontraran cerrada con el irremediable cartel de la cancelación del acto. Por suerte, el director del museo estaba de vacaciones, porque, después de lo que me había costado que diera el visto bueno a la organización de aquel acto, me daba una vergüenza terrible tener que decirle que había que cancelarlo el mismo día.

—En fin, es una lástima que se haya cancelado. Me hacía verdadera ilusión. ¡Era increíble que se celebrara el Festival Umami en la Casa Museo de Karl Marx! De hecho, se ha investigado muy poco sobre la relación que hay entre gusto y pobreza o clase social. Existe un método de medición del grado de pobreza que se calcula según el porcentaje de gasto en comida y bebida en los gastos generales. ¿Sabes cómo se llama?

Ya volvía a la carga. Supongo que después de tantos años ejerciendo de profesor le costaba desprenderse del hábito de tratar a todo el mundo como si fueran sus alumnos. Le respondí con frialdad:

—Las nuevas formas de pobreza no pueden entenderse con el coeficiente de Engel. En la actualidad, el porcentaje de gasto en alimentación que tienen los pobres respecto al coste de vida es bajo. Si uno compra alimentos procesados baratos, guiándose por aquello del «Geist ist geil»,[1] por ejemplo, comer le sale por un euro. Ahora bien, si come así todos los días, enfermará, pero a nadie le importa. La pobreza es eso.

—Es decir, que, al percibir en el paladar la insipidez de dichos productos procesados, uno se da cuenta de la miserable situación en que se encuentra atrapado. Pensaba que la vida gourmet se consideraba burguesa y sin atractivo, pero no se trata de ser gourmet, sino de comprender ple-

---

1. Antiguo eslogan de la cadena alemana Saturn, que se tradujo por «La avaricia me vicia».

namente a qué sabe tu propia vida. O sea, que la intención de ese taller era propiciar una nueva revolución del arte proletario que empezara por el paladar. Maravilloso. Quizá usted y yo pensemos de un modo parecido. ¿Le apetecería ir a tomar un café o algo un día de estos? Permita que me presente: me llamo Reichmann. Reinhart Reichmann. Por favor, llámeme Reinhart.

Yo ya no lo estaba escuchando. Las palabras «la situación política en Noruega no es inestable» seguían retumbando en mi cabeza hueca. Quizá no era que se hubieran cancelado todos los vuelos internacionales, sino que el ponente no quería volver a Tréveris. Caí en la cuenta de que incluso cuando pensaba en él usaba el término *ponente*, porque si lo calificaba de *novio* me dolía en el alma. Me entraron ganas de ir a ver a Tenzo de inmediato para hablar con él en persona. Me había dicho que iría a un restaurante de sushi en Oslo cuyo nombre no recordaba. Estaba segura de que lo había escrito en una nota que me había metido en el bolsillo, pero no la encontraba. Quizá todo había sido un sueño. Di un paso adelante con el pie izquierdo y me tambaleé como si estuviera subida a un taburete con un tornillo suelto. El hombre me sujetó de inmediato.

–¿Estás bien? ¿Qué te pasa? –me preguntó con voz más grave.

Me sostuvo por la cintura, pero, al hacerlo, me dio un codazo en el pecho, y de pronto caí en la cuenta de lo parecidas que eran las expresiones «dar un codazo» y «dar esquinazo».

Todo se remontaba a un mes atrás. Iba paseando por las termas imperiales como de costumbre, con mi soledad como un cárdigan con una chaqueta encima. Últimamente he dejado de pasarme por los bares de vuelta del trabajo a casa; ya no me siento en la barra, encaramada al taburete como un canario y con un campari rojo atardecer en la mano, esperando a que algún hombre entable conversación conmigo; tampoco acudo a las fiestas a las que me invitan mis compañeros; y ni siquiera le echo un vistazo a la programación de las salas de cine. Ahora, cuando salgo de trabajar, me lanzo de cabeza al antiguo Imperio romano. En Tréveris se puede acceder a pie a múltiples ruinas: el anfiteatro, la basílica, las termas grandes, las termas pequeñas, el puente romano que cruza el río Mosela o la Porta Nigra. De las termas, fueron las Kaiserthermen, dignas de su nombre, que significa «termas imperiales», las que consiguieron expandir mi escasa imaginación, del tamaño de una taza de café, y devolver mi miserable vida cotidiana al gran cielo azul.

Una vez leí que, en alguna parte del mundo, hay jardines donde se han recreado paisajes de agua solo con piedras, sin usar una gota de líquido. Me encantaría ver una cascada o un mar hechos de piedra, aunque solo fuera una vez en la vida. En la actualidad, las Kaiserthermen son unas ruinas por las que no corre agua fría ni caliente, pero, si observas con atención sus paredes de piedra, parece que se oigan las salpicaduras de antaño, que suenan como *ja-pon, ja-pon*. Cuando sucede, la tensión de mi cuerpo se disipa y me relajo. No es que tenga un trabajo especialmente exigente. Aun así, a mi modo de ver, cuando trabajas para alguien siempre te marean por todos lados en mayor o menor medida, picándote, dándote palmaditas y molestándote.

Aquel día, cuando llegué a las Kaiserthermen, el cielo estaba tan cerrado que parecía que iba a llover en cualquier momento, pero de repente se abrió una fina brecha entre las nubes y las ruinas se iluminaron. Era una luz pálida y extraña. Las ruinas de las termas están formadas por unos muros de piedra y unos pasillos subterráneos, sin techo. En el pasado, para entrar al recinto había que pagar una entrada, pero desde que terminaron las últimas obras de restauración todo el mundo puede acceder a ellas gratis. La ciudad adoptó esa medida para que los jóvenes se familiarizaran con las ruinas y combatir así su creciente desinterés por la historia. Sin embargo, parece que los jóvenes prefieren los aparcamientos de hormigón y los clubs al Imperio romano, porque no es ahí precisamente donde se reúnen con sus amigos. La mayoría de quienes pasean por allí son turistas, muchos de ellos procedentes de países lejanos. Los días que hace buen tiempo, a veces oigo a mis espaldas el rumor de un idioma extranjero, y antes de que pueda distinguir si es eslavo, chino o alguna lengua romance, se desvanece de nuevo. Aquel día ni siquiera había turistas, quizá porque aquel inquietante cielo que auguraba tormenta los había asustado.

Oí un grito triste y agudo que provenía del subsuelo. Por un instante, pensé que quizá era un coyote, pero aquel pensamiento seguramente venía de la película ambientada en un bosque canadiense que vi la noche anterior en casa. No hay coyotes en Alemania. Tras un rato aguzando el oído, en aquella suerte de grito percibí un lenguaje extraño, como si alguien cantara. No entendí lo que decía. Unas vocales melancólicas tiñeron el ambiente de azul. Descendí por las escaleras empedradas de las ruinas para entrar en los pasillos subterráneos y me adentré en ellos cada vez más, a la caza de aquella voz. Entonces, fue debilitándose, como si huyera, hasta desvanecerse del todo. Me detuve y, justo en aquel momento, otro sonido llenó el espacio, el de una gran gota de agua: *ja-pon*. Y unos tres segundos más tarde cayó otra: *ja-pon*. Respiré hondo y eché a andar de nuevo, doblé una esquina y, en el suelo, a pocos metros, me encontré a un chico tumbado de lado, con el cuerpo enroscado como una gamba. Le dije hola, pero no se movió. El suelo que había entre nosotros era oscuro y brillante. Debía ir con cuidado de no resbalar, así que doblé las rodillas, me puse en cuclillas y me acerqué a él con suma lentitud. Llevaba unas zapatillas de deporte muy gastadas y se le marcaba la columna vertebral a través de la camiseta blanca. El cabello largo le tapaba el rostro. Alargué la mano con intención de tocarle, pero dudé y, luego, tras reunir valor suficiente, le toqué el hombro, cálido.

—¿Qué te pasa? ¿Te encuentras mal? —me esforcé en decir en voz alta.

El chico enderezó la espalda, se sentó y aquella melena negra se le posó sobre los hombros con ligereza, desvelando el rostro de un chico de veintitantos años.

—¿Quieres que llame a un médico?

Por un instante, se hizo un silencio que pareció unirnos.

—No, no hace falta. Solo me he torcido el tobillo y estaba descansando un rato —me respondió el chico en un alemán fluido, pese a que tenía un rostro muy exótico. Se expresaba con naturalidad incluso después de haberse caído, así que debía de estar acostumbrado a hablarlo. De ahí que me pareciese de mala educación preguntarle de dónde era solo porque tanto su rostro como todo él tuviesen un aire exótico. Parecía relajado pero atento. Desenfadado y serio a la vez.

Le pregunté cómo se llamaba pensando que su nombre podría darme alguna pista de su pasado, a lo que me respondió que se llamaba Tenzo. Yo no había oído nunca aquel nombre. *Tenzo* incluía los fonemas *e*, *n* y *o*, como Fernando. Quizá venía de un país que en el pasado había estado bajo influencia española. ¿Filipinas? ¿Sudamérica? Aunque su rostro también tenía algo que me transportaba a Siberia: la fortaleza de espíritu de quienes parecen tener el don de alimentarse del frío.

Soy de las que prefieren no pensar de dónde es la gente, porque considero que obsesionarse por los países es de personas con poca confianza en sí mismas. Sin embargo, también me sucede que, cuanto más intento no darle vueltas al asunto, más me pregunto de dónde provendrá alguien. El país de donde eres define tu pasado, como lo hace la educación básica que recibiste o si provienes de un país colonial. Preguntarle a una persona cómo se llama debería ser con miras a una futura amistad, pero hacerlo con el propósito de averiguar algo del pasado del otro realmente me preocupa.

Al parecer, Tenzo se había torcido el tobillo izquierdo, porque probó a levantarse sobre el pie derecho, pero, en cuanto tocó el suelo con el izquierdo, sintió un dolor penetrante que lo hizo contorsionarse, soltar un pequeño gemido y a punto estuvo de volver a caerse. Yo lo sujeté por el torso con una agilidad que me sorprendió incluso a mí misma.

—¿Quieres que vayamos al hospital?

—No, no es necesario.

—¿Por qué?

—Es que no tengo tarjeta sanitaria.

—¿Te la has dejado en casa?

Sin llegar a responder, Tenzo frunció los labios con hastío.

—¿Dónde vives?

Él levantó un brazo como indicándome que me estaba

propasando y me suplicó con los ojos que no hiciera más preguntas.

—No está roto, es solo un esguince. Con un poco de hielo se pondrá bien.

—¿Cómo lo sabes?

—Llevo mucho tiempo de vida errante, sin médicos, así que he aprendido a autodiagnosticarme.

Su piel encajaba con la palabra *errante*, porque estaba curtida por la lluvia, el viento y el sol, y parecía cuero fino. Sin embargo, el modo en que movía los ojos me decía que también le gustaban los ordenadores. Quizá fuera un nativo americano o un asiático que había nacido y crecido en alguna ciudad de Estados Unidos, y que se había escapado de casa a los quince años y había estado dando vueltas por Alaska o Siberia antes de llegar a Alemania. Estaba llevando mi imaginación a un territorio tan amplio que no conseguía recuperar el control. Cuando conozco a alguien, tengo la mala costumbre de empezar a escribir su biografía en mi mente. Y precisamente eso era lo que estaba haciendo, en lugar de llevar a aquel chico a casa de inmediato para curarle las heridas.

Para salir de los pasillos subterráneos de las ruinas había que subir unas escaleras. Acarreé con el peso de Tenzo sobre los hombros peldaño tras peldaño, consciente del sobresfuerzo que le estaba pidiendo a mi cuerpo y, cuando por fin llegamos a la superficie, me sentí aliviada. Aunque hacía fresco como para necesitar una chaqueta, el cuerpo del chico, dentro de aquella camiseta fina de algodón, desprendía calor. Los coches pasaban por nuestro lado como cubos metálicos sin nadie dentro. Iba con la intención de detener un taxi si lo veía, pero, sin darme ni cuenta, acabamos delante de mi bloque de apartamentos. En cuanto subimos al ascensor y se cerraron las puertas, me entraron una ansiedad y una furia propias de un animal salvaje encerrado en una jaula de acero. Era la primera vez que me sentía así. Tenzo quizá sentía lo mismo, porque mantuvo los ojos cerrados mientras el ascensor subía traqueteando hasta el tercer piso.

Abrí la puerta del apartamento haciendo repiquetear las llaves como para romper el hielo, y vi la mesa de la entrada en su lugar habitual. Encima había una taza manchada de carmín y un plato lleno de migas de pan. Alguien debía de haber desayunado allí antes de irse. Sin duda ese alguien había sido yo esa misma mañana, pero tuve la impresión de que la escena tenía que ver con otra persona de un pasado lejano.

Acostumbro a dejar la puerta de la habitación de la derecha de la cocina entreabierta, porque un haz de luz entra siempre por la rendija, incluso en los días nublados. En esa habitación tengo un sofá para las visitas, y la pared de detrás está repleta de títulos de libros. La habitación de la izquierda de la cocina la uso como dormitorio, y en esta la puerta la dejo siempre bien cerrada para que no entren los olores a comida. Bueno, no solo los olores. A veces también las palabras que me llaman la atención en los libros que leo se cuelan en mitad de la noche como mosquitos y me quitan el sueño. Por ejemplo, el otro día no conseguí pegar ojo hasta la mañana por culpa del alboroto que llegó a montar el topónimo de *Kamchatka*. Por eso tengo prohibida la entrada de cualquier tipo de material impreso en el dormitorio, incluidas las revistas. Mi cama es tan grande que en ella caben hasta tres personas. Aunque, en realidad, solo han dormido tres personas en ella una vez. Hay también una tercera habitación cuya puerta dejo entreabierta, con una cama individual, un escritorio y un taburete para los invitados. El mes pasado, vino a verme un amigo que vive en Colonia y pasó la noche ahí. Las sábanas, la colcha y las fundas de las almohadas que mi amigo usó aquella noche estaban ya lavadas, planchadas, dobladas y colocadas encima de la silla, listas para el siguiente invitado. Me gusta tenerlo todo siempre a punto, porque creo que funciona como una suerte de llamada para el próximo huésped, aunque todavía no sepa quién será.

Tenzo se quedó en el pasillo con la mirada perdida, esperando a que le diera instrucciones, lo opuesto a lo que hacían mis amigos cuando entraban en el piso por primera vez, que se ponían a husmearlo todo con ojos curiosos. Extendí una manta de lana de oveja sobre el sofá. Me la había regalado un amigo el año anterior para que me aliviara el dolor de una lesión en el ano al sentarme. Invité a Tenzo a que pasara a la habitación, lo ayudé a sentarse en el sofá con cuidado, a tumbarse de lado y a reposar el pie izquierdo de la torcedura encima de la manta. Pensé en ponerle un vendaje en el tobillo, pero recordé que no tenía vendas en el botiquín.

–Salgo un momento a comprar a la farmacia y vuelvo –le dije.

Tenzo se negó de inmediato sacudiendo la cabeza, y después contrajo el torso con dificultad para quitarse la camiseta que llevaba puesta y empezó a rasgarla desde una esquina que estaba deshilachada. Tenía buena mano, parecía que hiciera esas cosas cada dos por tres.

Tengo un pasado que oculto a mis conocidos actuales. Y, de hecho, mi habilidad para hacer vendajes guarda cierta relación con él. Fue en una etapa de extrema rebeldía, que no puede explicarse solo por una adolescencia en la que me desvié del buen camino a propósito. Como yo ganaba a mis profesores del *gymnasium* en los debates y era

88

de las que más leían en clase, todo el mundo de mi entorno daba por sentado que iría a la universidad. No obstante, a medida que se acercaban los exámenes de graduación del instituto, me entró una repentina e imperiosa necesidad de salir al mundo. Ir a la universidad me parecía tan infantil y aburrido como seguir siendo estudiante de *gymnasium*, orgullosa como estaba, además, de haber leído ya los libros que leen los universitarios. Justo por aquel entonces leí uno que comparaba la sociedad con un bloque de inquilinos. Los inquilinos no están juntos por sus ideales; aunque compartan el deseo de proteger el edificio del fuego, el sufrimiento de los demás les trae sin cuidado. Porque la igualdad y los derechos humanos nos importan un bledo. Los principios básicos que se respetaban en el Estado se han desmoronado, así que, aunque nuestro vecino esté hasta arriba de heces y orina, mientras no afecte a nuestro hogar, no intervenimos. Así, según el libro, los edificios se erigen sobre la degradación de la capacidad de las personas para empatizar con los demás. También decía que no podías saber qué siente un váter si no te convertías en uno, de modo que quise convertirme en un váter, o en la garita de un vigilante de seguridad, o en la cantina de una empresa o de cualquier otro lugar. Pensaba que convertirse en alguien con una *profesión* era una fantasía, porque en realidad la gente es el *lugar* donde se pone. Los hay de todo tipo: lugares que apestan, lugares tranquilos, lugares repletos de violencia verbal, lugares fríos, lugares protegidos. No quería ir a la universidad y que me mandaran automáticamente a un lugar donde me explotaran. Como en aquel momento mis padres estaban en proceso de divorcio y yo no les preocupaba, no hablamos sobre mi futuro. Por aquel entonces, mi ideal era convertirme en una auténtica miembro de la clase trabajadora. El primer empleo que se me pasó por la cabeza fue el de panadera, pero todas las panaderías que había en mi barrio eran de alguna cadena nacional. Me llevé una decepción, pero entonces alguien me habló de una pareja que hacía su propio pan a las afueras de Tréveris. Cuando fui a visitarlos, la pareja distaba mucho de la imagen que yo tenía de un trabajador. Habían cambiado una cuantiosa herencia de sus padres por harina, y todas las mañanas se dedicaban a hornear aquel ideal al que llamaban «pan». Ambos eran doctores en Filosofía. Solo por el modo en que pronunciaban *brot* (pan), la palabra ya reverberaba tintes ideológicos. Era realmente difícil discernir qué pensaban, porque, aunque ellos se dedicaban a hacer pan, a mí me sermoneaban para que fuese a la universidad.

Por si lo de trabajar en una panadería al final no resultaba, recorrí varias tiendas de ropa para ver si me contrataban en una fábrica textil o en algún taller de costura, pero descubrí que casi toda la ropa se importaba del extranjero. Cuando China dejó de exportar a gran escala, al principio se rumoreó que quizá resurgiría la confección textil nacional, pero, en realidad, el porcentaje de lo que se produce a escala nacional hoy en día sigue siendo mínimo, y el resto es importado. Me sugirieron que me hiciera diseñadora si verdaderamente quería coser ropa, pero el trabajo de diseñadora no casaba con la idea que yo tenía de persona currante. Atrapada en aquel callejón sin salida que yo misma me había creado, un día me encontré en el autobús con una amiga de la infancia que se llamaba Silke. Me contó que se había diplomado en Enfermería y que trabajaba en un hospital de la ciudad. Rápidamente la invité a cenar y le comenté que, en mi caso, era imposible ser enfermera, pero que lo que sí podía hacer era sacarme el título de auxiliar de enfermería. Cuando le dije aquello,

Silke frunció el ceño y me respondió que, si me gustaba leer, lo que debía hacer era ir a la universidad, porque ser enfermera o auxiliar no solo es agotador desde el punto de vista físico y mental, sino que, además, a menudo se las trata como si no tuvieran la suficiente personalidad para pensar y decidir por sí mismas. Silke me contó que, cuando tenían alguna idea de mejora para el hospital, siempre las ignoraban, pero que, cuando algo iba mal, las responsabilizaban a ellas por sistema. Eso era precisamente lo que mi yo de veinte años, ansiosa por experimentar en sus propias carnes la desigualdad del mundo, quería oír. Así que me saqué el título y empecé a trabajar en un hospital, pero no conseguía librarme de la angustia que me suponía pensar que alguien pudiera morir por mi culpa. Al mismo tiempo que recibía la cálida gratitud de un paciente, otro me recordaba que había cometido un fallo. También había médicos jóvenes que me llenaban de elogios, pero, cuando más prendada y relajada me tenían, me asestaban de golpe un bofetón verbal para dejar bien claro quién mandaba allí. Transcurridos unos meses, ya acostumbrada al trabajo, se me planteó un nuevo dilema. «Lo único que hacemos es poner a los pacientes en una cinta transportadora y repararlos, o rociarlos con fármacos para causarles una reacción química, y después escribir un informe para cumplir con nuestro cupo», me comentó un día un compañero. Aquellas palabras me alteraron tanto que me provocaron insomnio. Ese mismo colega de trabajo dimitió un tiempo después, tras informar a un periodista sobre la connivencia del hospital con cierta empresa farmacéutica, y otra compañera me informó inesperadamente de que iba a presentar su dimisión porque había recibido una beca para estudiar Medicina. Yo, en realidad, no tenía ningún interés en la medicina y, cuando por fin me di cuenta de que lo mío no era cuidar a enfermos, ancianos ni niños, dejé el hospital, convencida de que no me quedaba otra alternativa que ir a la universidad. Así fue como terminé estudiando Ciencias Políticas y Filosofía y, una vez graduada, conseguí un trabajo en un museo local al que me adapté con rapidez, con lo que la época en que trabajé en el hospital quedó totalmente en el olvido. Yo tenía la intención de continuar así hasta la jubilación, y después dedicarme a leer y viajar los años que me quedaran para alcanzar esa cifra que llamamos «esperanza de vida». De vez en cuando, me pasaba por la cabeza la idea de formar una familia, pero desde que Klemens y yo nos separamos, los astros no habían vuelto a alinearse.

Así que ahí me encontraba yo, haciendo un vendaje fortuito con un jirón de tela sucia y, encima, a un chico tan misterioso como un coyote. Sé que es discriminatorio por mi parte comparar a alguien con un animal por el mero hecho de ser exótico, pero admiro sinceramente a los coyotes. Porque me da la impresión de que tengo el cuerpo envuelto en una venda, como una momia, y que, si alguien la desenrollara, no encontraría más que un cadáver arrugado.

Cuando terminé de vendarle el tobillo a Tenzo, fui al congelador a por hielo, lo metí en una bolsita de plástico para bocadillos y la cerré por arriba con una goma. Tenzo se recostó en el sofá y cerró los ojos. Así, sin verle los ojos, sus cejas se me antojaron más gruesas. Aunque tenía el pelo largo, espeso y brillante hasta las puntas, en su fino torso desnudo no había ni rastro de vello corporal. Cuando le puse la bolsa de hielo en el tobillo, abrió los ojos, asustado. Después saqué un jersey de lana holgado de una cajonera de mi habitación y se lo di.

–Ponte esto. Si aun así tuvieras frío, también puedo darte una bolsa de agua caliente.

–Gracias, pero no tengo nada de frío. Casi que hace calor. Por cierto, antes olvidé preguntarte... ¿Cómo te llamas?

–Nora.

–¿Cómo la de Ibsen? Es la única obra que leí en la escuela.

–Qué escuela más rara. ¿No leísteis a Shakespeare?

–No. Será algo cultural, me imagino. Muchos de nuestros profesores rechazaban el Imperio británico, pero exaltaban la cultura nórdica. Por cierto, lo estoy pasando mal por algo de lo más mundano.

–Cuéntame, sea lo que sea.

–Llevo mucho tiempo con el estómago vacío. Tanto, de hecho, que los jugos gástricos me están corroyendo por dentro.

–¡Ay, perdona! No lo había pensado. ¿Qué quieres comer? Tengo la nevera vacía, pero puedo pedir algo. ¿Te gusta la pizza siciliana? Se me ocurre también un restaurante balcánico con cosas a la parrilla que no está mal. Aunque a mí lo que más me gusta es el sushi.

Tenzo se rió.

–¿De qué te ríes? ¿Te parece raro?

–Es que, de hecho, yo he trabajado como chef en un restaurante de sushi.

–¿En serio?

Fue entonces cuando caí en la cuenta de que aquel chico venía del país del sushi. Por fin había resuelto el misterio. La neblina que hasta entonces me turbaba la mente se desvaneció y me sentí aliviada.

–¿Trabajabas en un restaurante de sushi en Tréveris?

–A Tréveris llegué ayer. No había estado nunca. Comencé en una pequeña ciudad de Dinamarca. Luego me trasladé a Alemania y estuve trabajando en Husum.

—En ese caso, no creo que te guste el sushi que yo pido.

—¡No te creas! La sopa de miso que sirven en los locales de sushi de tres al cuarto no la soporto, pero que el sushi sea malo no me importa. De hecho, estoy estudiando sobre el dashi.

—*Dashi*. Ahora que lo dices, el otro día contaban en un programa de televisión que el dashi es importante para hacer un buen caldo, pero ¿qué es exactamente? Ahora está de moda y lo oigo mencionar mucho, como umami, o satori, pero me sorprende que muy poca gente sepa lo que significa en realidad, ¿no te parece?

—Es el sabor que se obtiene del pescado seco o de las plantas que crecen en el fondo del mar.

—¿Creciste cerca del mar?

—Supongo que podría decirse que sí... El mar está por todo el mundo.

—Bueno, en Tréveris el mar brilla por su ausencia, pero restaurantes de sushi sí que tenemos. ¡Voy a llamar!

Me dirigí canturreando al recibidor y llamé a un restaurante de sushi del barrio para pedir comida a domicilio. Para mi sorpresa, aquel inesperado cometido de cuidar y alimentar a Tenzo me hacía mucha ilusión. Levanté el Buda decorativo que tenía en la mesa auxiliar, junto al teléfono, y le di un beso en la frente.

El pedido tardó más de lo habitual en llegar. Tenzo se quedó dormido sentado en el sofá y pensé que, solo por el mero hecho de dormirse con el torso erguido, ya merecía mi respeto. Recordé que mi abuelo decía siempre que los asiáticos tenían la capacidad de dormirse incluso de pie, porque había practicantes de yoga que dormían sobre una sola pierna bajo el árbol Bodhi. Y también había oído hablar de personas que dormían de pie en trenes abarrotados, pero diría que esa historia guardaba relación con la gente del país del sushi, ¿puede ser? De niña, me dejó tan impresionada que en cierta ocasión probé a dormir de pie. Me metí en la cama y apagué la luz para no preocupar a mi madre, pero al cabo de un rato me levanté y me planté en medio de la oscuridad. Sin embargo, el mero hecho de estar allí a oscuras me puso tan nerviosa que me desvelé. Al poco rato, perdí el equilibrio y me caí al suelo haciendo un ruido estrepitoso, y después me las vi y me las deseé para darle una explicación a mi madre, que vino volando a mi habitación al oírlo.

Cuando sonó el timbre, Tenzo abrió los ojos sobresaltado. Yo me quejé al repartidor por la demora, pero, aun así, le di una propina con una sonrisa. Tenzo tenía un hambre atroz, porque se afanó en separar los palillos desechables y empezó a comer sin esperar siquiera a que yo le sirviera un té con la comida. Añadió tan solo un chorrito de salsa de soja, y dejó intactos tanto el jengibre como el wasabi.

—Este gari es horrible. Es pura química —comentó Tenzo con cierto desprecio, señalando el jengibre con los palillos.

Yo siempre cojo todo el jengibre que puedo con los palillos y me lo meto directamente en la boca, pero al oír aquello se me pasaron las ganas de hacerlo.

—Y el wasabi tampoco vale nada. Parece una pasta de dientes verde de esas que gustan tanto a los niños, ¿no crees?

Yo normalmente ponía mucho wasabi en la salsa de soja y después sumergía todo el sushi antes de comérmelo, pero esta vez también descarté la idea. Cuando como con

95

un chef, me pongo tan nerviosa que ni siquiera consigo percibir los sabores.

—¿Seguro que no necesitas ir al hospital?

—Ya estoy mejor.

—¿Dónde estuviste ayer?

—Me pasé el día andando. He venido a pie desde Husum.

—¡Venga ya! No se puede venir andando desde tan lejos.

—Bueno, es obvio que no lo hice en un día. Me recogió un coche por el camino.

—¿Llevas dinero?

—Lo suficiente para vivir durante un tiempo.

—¿No tienes equipaje?

—Me lo robaron anteayer. No era más que una mochila sin nada de valor.

—¿Qué vas a hacer ahora?

—Buscar trabajo.

—Por mí, puedes quedarte aquí hasta que te recuperes.

Tenzo me lo agradeció en voz baja, sin mostrarse sorprendido ni indeciso, quizá porque estaba acostumbrado a que le ofrecieran cobijo.

Y así fue como a partir de aquel día empezamos a vivir juntos. Curiosa por escuchar historias sobre su infancia, de vez en cuando le lanzaba preguntas capciosas.

—¿Qué te gustaba de pequeño?

—Hum... ¿Jugar fuera?

—¿A qué jugabas? ¿A luchadores de sumo? ¿A béisbol?

—Me gustaban los animales. Me pasaba el día observándolos.

—¿Había muchos animales donde vivías? Entonces, no eres de ciudad, ¿no? ¿De dónde eres?

—De Kumamoto —me respondió con un susurro, y acto seguido torció el gesto, como arrepentido de haberlo dicho.

—¿Eso está en el norte? ¿O más hacia el sur?

—Hacia el sur, pero la zona dejó de ser habitable por culpa de un accidente en una fábrica cercana, así que mi familia y yo nos mudamos al norte.

—¿A qué parte del norte?

Tenzo parpadeó como si la pregunta lo hubiese molestado.

—Karafuto —contestó como si se le hubiese ocurrido en ese mismo momento.

—Es la primera vez que lo oigo.

Tuve la impresión de que Tenzo no quería seguir con aquella conversación, porque en aquel momento se levantó de un arrebato y se marchó a buscar trabajo.

En el centro había varios establecimientos donde servían sushi, pero la mayoría eran restaurantes de curri tailandés, o vietnamitas que solo lo servían como reclamo extra. Si les sumábamos el Tapas y Sushi, regentado por un español, o el Siete Mares, que sirve platos de pescado de todo el mundo, eran unos cuantos los restaurantes que ofrecían sushi, pero al parecer ninguno de ellos quería contratar a Tenzo. Apenada al verlo desanimado, tuve una idea. Quizá fuera una ocurrencia disparatada de novata, pero pensé que merecía la pena intentarlo. Resulta que en el ayuntamiento andaban siempre buscando ideas para nuevos festivales de pequeño formato. Como Tréveris no es una ciudad muy grande, los festivales suelen ser de barrio y, cuando se presenta una propuesta, es muy probable que la acepten. Hacía nada había visto un programa de televisión en el que hablaban del dashi y el umami, y sabía que había un interés creciente en el tema. Así que se me ocurrió proponer que Tenzo ofreciese una conferencia y una demostración al respecto. Cuando le conté la idea no le hizo especial gracia, pero una semana más tarde seguía sin encontrar trabajo y se vio en la obligación de intentarlo, así que me puse a redactar la propuesta de inmediato.

–Hay que poner tu nombre completo en el formulario.

–Tenzo.

–¿Eso es tu apellido o tu nombre de pila?

–Ambas cosas. ¿No lo sabías? Hace tiempo había también una violinista llamada Midori y un jugador de béisbol que se llamaba Ichiro. A veces solo tenemos un nombre.

La propuesta que presenté era bastante vaga, pero al final aceptaron el proyecto y hasta nos concedieron fondos, así que fuimos definiendo toda la jornada. Como acto principal, Tenzo explicaría qué eran el dashi y el umami, prepararía un dashi de algas y pescado seco allí mismo, en el escenario, con el que cocinaría unos guisos sencillos. A continuación, el público podría degustar los platos y hacerle preguntas. Para completar el festival, también habíamos invitado a otros ponentes, como un cocinero que haría una demostración de cómo usar el dashi en la gastronomía italiana, o un nutricionista especializado en el tema. Al principio, el director del museo se mostró reticente a ceder el espacio. Yo misma me encargué de imprimir los carteles, de recorrer restaurantes y bibliotecas y pedirles que los colgaran. Sin embargo, cuando ya lo teníamos todo preparado, una mañana, a cinco días del acto, Tenzo me anunció de repente que se marchaba a Noruega. Al parecer, varios cocineros selectos competirían para demostrar su talento en una cena pública que se iba a celebrar en Oslo, y era un secreto a voces que de aquella cena, en realidad, saldría el comité de preparación de la cena de los Nobel. Tenzo no podía rechazar la invitación.

–Volveré a Tréveris el día del acto. Y después ya decidiré qué hacer –comentó con aplomo.

Después me enseñó el billete de avión. Volaba aquel

mismo día por la noche, y había reservado un vuelo de regreso para la mañana del día del festival.

No es que no lo creyera, pero me sorprendió ver cuánto me alteraba la noticia. Pese a que estaba acostumbrada a vivir sola, después de compartir piso con él durante un tiempo también me había acostumbrado a tener a otra persona en casa. «Acostumbrada» quizá sea un término un poco vago, pero, cuando te separas de alguien a quien te has acostumbrado, descubres de repente que un gran árbol de emociones ha crecido en tu interior sin que te dieras cuenta. Estoy segura de que Tenzo albergaba algún sentimiento hacia mí. Y ese sentimiento era como un río negro y pesado que se abre camino con lentitud entre los campos cubiertos de nieve. Por la noche, el fluir del río se calentaba y me embestía, y un viento tempestuoso empezaba a soplar hasta que mi consciencia se apagaba como la llama de una vela. A la mañana siguiente, no recordaba exactamente qué había sucedido. No tenía imágenes. Solo me venían a la cabeza escenas de películas de otras personas acostándose. Cuando trataba de rememorar nuestros polvos, lo único que bailaba por mi mente eran verbos jocosos sin sujeto ni complementos, como *empujar*, *lamer*, *chupar*, *toquetear*, *enredarse* o *temblar*. Incapaz de retener y reproducir aquellos recuerdos, solo cabía esperar que el sexo en sí se repitiera una noche tras otra. Tenzo no se pronunciaba al respecto ni tampoco me daba la oportunidad de que yo lo hiciese. A Klemens, mi anterior pareja, le encantaba poner palabras a cada detalle. Me preguntaba si la curva ascendente del clímax antes de la eyaculación había sido demasiado abrupta, o me decía que prefería que me depilara menos las piernas, o que le excitaba que yo me sentara encima sin quitarme la parte de arriba. En el caso de Tenzo, había pasado a un mundo sin palabras en el que avanzaba a ciegas. Aunque tampoco es que yo lo viviera con especial ansiedad. Simplemente me dedicaba a improvisar el día a día sin tener la más remota idea de lo que me depararía el mañana. Era como vivir en medio de un campo de nieve sin comercios cerca ni reserva de víveres. No tenía un contrato vinculante con él, de modo que, si Tenzo desaparecía de repente, me quedaría sin nada. Porque, por su parte, tampoco habían salido nunca las palabras *novia* ni *relación*.

Yo tenía intención de acompañarlo al aeropuerto, pero Tenzo desapareció en el lapso de media hora en que salí a comprar. Ni siquiera dejó una nota. Si le hubiese contado a alguien que un chico llamado Tenzo había estado viviendo conmigo durante un tiempo, me habría preguntado si estaba segura de no haberlo soñado. Tenzo era extremadamente tímido y, cada vez que había propuesto presentarle a algún amigo o ir a conocer al director del museo, se había limitado a negarse, sacudiendo la cabeza con rotundidad, de modo que nadie de mi entorno lo conocía.

Había prometido decirme algo en cuanto llegara a Oslo, pero no se había vuelto a poner en contacto conmigo desde aquel día. La mañana del acto recibí por primera vez noticias suyas.

Una vez que hube colgado el cartel que anunciaba la cancelación del festival, le di el teléfono de mi casa a aquel jubilado que parecía seguir con ganas de hablar y me dispuse a recorrer la ciudad con unas pegatinas que llevaban la palabra CANCELADO impresa. Sería imposible pegarlas en todos los carteles, pero me dije que pondría todo mi empeño en ello. Primero fui al restaurante de sushi del barrio y me encontré con que el cartel estaba ya arrancado y solo quedaban unos trocitos de papel alrededor de las chinchetas. En el pub irlandés, el cartel estaba medio tapado por otro póster de un concierto de rock católico y apenas se leía. El único lugar en que permanecía intacto era la biblioteca de la ciudad. Aquello me puso de muy mal humor, pero al mismo tiempo me sentí aliviada, porque, aunque la operación resultase fallida, tampoco se habría enterado mucha gente. Tal vez porque me había tranquilizado, en aquel momento me entró hambre, así que decidí comprarme un kebab y dirigirme a las Kaiserthermen. La antigua Roma ya no era solo mi lugar preferido, sino también el lugar donde albergaba los recuerdos de haber conocido a Tenzo. Me senté en una piedra cubierta de hierba entre las ruinas y pegué unos mordiscos al pan, primero por la derecha y después por la izquierda. Aquel modo de morder me recordó a un perro que tuve. Deseé volver a tener uno. Cuando me terminé el kebab, sentí ganas de regresar al lugar donde me había encontrado con Tenzo, así que me adentré en los pasillos subterráneos. Estaba convencida de que no habría nadie allí dentro, pero en un momento dado vi a tres personas que se acercaban a mí. Como la luz brillaba a mis espaldas, yo podía verles el rostro con claridad, pero ellos seguramente no veían más que una silueta oscura. Había un chico rubio, una chica con un rostro similar al de Tenzo y una tercera persona vestida de mujer pero que, a juzgar por sus facciones, probablemente era un hombre indio. No sé por qué, pero los tres parecían un poco asustados, así que los saludé para tranquilizarlos. Espero que no pensaran que yo era un fantasma de la época romana o algo así. Nos detuvimos a más o menos un metro de distancia.

–¿Estáis haciendo turismo? –pregunté en alemán, dirigiéndome al chico rubio, pero él se mostró inseguro y, para mi sorpresa, quien me respondió con un fluido alemán fue la persona de aspecto indio que lo acompañaba.

—Yo vivo en Tréveris, pero ellos dos han venido de Dinamarca a..., no sé si lo llamaría turismo, la verdad.

—¿No sois turistas, entonces?

—Bueno, es que no han venido con el propósito de ver las ruinas romanas. En realidad, han llegado esta mañana a la ciudad para asistir a un acto que se celebra hoy en la Casa Museo de Karl Marx. —Yo me quedé atónita, con el rostro agarrotado y sin poder articular palabra—. Me llamo Akash —añadió con tono suave, como para tranquilizarme.

A pesar de que no hablaba alemán, el chico rubio pareció entender lo que decíamos y me tendió la mano.

—Soy Knut —se presentó.

Al verlo, la chica cuyo rostro guardaba cierta relación con el de Tenzo hizo una ligera reverencia con la cabeza.

—Hiruko —pronunció con voz tristona, y deduje que se llamaba así.

Agaché la cabeza ligeramente para reunir fuerzas y explicarles la situación en inglés.

—Soy Nora. Trabajo en la Casa Museo de Karl Marx. En realidad, soy la organizadora del acto. Tenzo, el ponente, no ha podido volver de Oslo esta mañana, y ahora estoy en un apuro tremendo porque no me ha quedado más opción que cancelar el festival.

A pesar de que los rasgos de Knut y Hiruko eran muy distintos, ambos ahogaron un suspiro a la vez. Akash enarcó las cejas y preguntó:

—¿Por qué no ha podido volver de Oslo el maestro Tenzo?

—Todos los vuelos internacionales se han cancelado por culpa de la inestabilidad política.

—¿Es inestable la situación política en Noruega? —me preguntó Knut con tono vehemente, pero, a diferencia del jubilado de la mañana, sin andarse con rodeos.

A mí me dio un vuelco el corazón. Estaba claro que Noruega no se encontraba en ninguna situación de inestabilidad política, y que Tenzo me había mentido para huir de mí. ¿Por qué no me había dicho la verdad? Akash sacó su Smilephone del bolsillo, pero no pudo usarlo porque dentro de los túneles no había cobertura.

—Vamos afuera.

Nos apresuramos a salir y entramos en una cafetería. Akash se puso a buscar información en su Smilephone con tenacidad.

—Parece que es verdad que ha sucedido algo en Oslo. Un ataque terrorista —dijo en inglés en un momento dado. Yo me sentí aliviada: Tenzo no me había engañado—. Pero parece que los aviones internacionales vuelan con normalidad —añadió mientras seguía deslizando los dedos en busca de información.

De repente me vino a la cabeza algo que no verbalicé. Aunque los vuelos internacionales estuviesen despegando, los controles en las fronteras se habrían endurecido a causa del ataque terrorista y quizá Tenzo no podía salir del país. No me lo había explicado en detalle, pero había tenido algún tipo de problema con el permiso de residencia o el pasaporte. Aunque por lo general podía moverse libremente por Europa, en caso de ataque terrorista igual no le permitían cruzar las fronteras. ¿Quizá por eso no había podido volver a Tréveris?

—Tal vez Tenzo no tenga pasaporte, ¿no? —dijo de repente Hiruko en inglés, rompiendo el silencio que había guardado hasta entonces—. Como nuestro país ha desaparecido, no tenemos pasaportes válidos. En condiciones normales, podemos movernos por Europa sin problema, pero, cuando hay un ataque terrorista, a la mínima que pones un pie en el aeropuerto te piden un documento identificativo.

—Me voy a Oslo —solté de improviso toda temblorosa.

—Yo también —respondió rápidamente Hiruko.

—Disculpa la pregunta, pero ¿eres pariente de Tenzo? —le pregunté a Hiruko, decidida a no perder aquella oportunidad.

—No, no nos conocemos, pero creo que Tenzo se encuentra en una situación similar a la mía. Por eso quiero encontrarlo.

—Yo también iré —dijo Knut—, aunque antes regresaré a Copenhague para pedir unos días libres. Trabajo en un departamento de investigación y no habrá ningún tipo de problema, pero prefiero solicitarlo oficialmente para que no me pongan pegas. Me será imposible llegar hoy mismo a Oslo, pero creo que sí podría llegar mañana o pasado.

Se comportaba como si fuera la pareja de Hiruko.

—Yo también debería regresar a Odense para ausentarme oficialmente del trabajo durante unos días. Por lo general no me dejarían pedirlo así de repente, pero tengo muchas horas extra acumuladas. Volveré hoy a Odense y trataré de volar mañana a Oslo —nos dijo Hiruko.

—Yo no podré —anunció Akash con tristeza—. Viajar a Oslo es demasiado caro para una estudiante como yo. Pero, por favor, mantenedme informada de cómo va todo.

Me supo mal por Akash.

—Yo, si puedo, volveré pronto a Tréveris. Y también puedes llamarme siempre que quieras para que te cuente cómo va —le dije con ánimo de consolarla, pero me pareció extraño que la entristeciera tanto no poder ir a Oslo.

Entendía que Hiruko quisiera encontrarse con su compatriota Tenzo. Y supuse que Knut la quería acompañar porque la chica le gustaba. Pero me preguntaba qué relación guardaba Akash con ellos dos.

—¿Sabes en qué parte de Oslo se encuentra Tenzo? —preguntó Knut con serenidad.

—Si no recuerdo mal, me dijo que iba a participar en una especie de concurso que se celebraba en un restaurante llamado Nise Fuji —respondí, y, en ese momento, la expresión hasta entonces angustiada de Hiruko se esfumó y rompió a reír desde lo más profundo de su ser.

Knut y Akash se quedaron mirándola extrañados.

—*Nise Fuji* significa «imitación del monte Fuji» —nos explicó Hiruko cuando por fin consiguió parar de reír, y a mí me entró una cierta inseguridad.

—Cuando me llamó había ruido de fondo, como de viento, y no oía bien lo que me decía. Podría ser que, en lugar de decir Nise Fuji, dijera Shinise Fuji —me excusé.

—Nise Fuji es más divertido —contestó Hiruko de muy buen humor, como agradecida de que aquello la hubiese hecho reír.

—¿Cuándo volveremos a vernos? —preguntó Akash con sentimentalismo, mirando fijamente el perfil de Knut.

Knut apoyó una palma de la mano en uno de los esbeltos hombros de Akash.

—Todos vivimos en el mismo globo. No hay lugar que quede demasiado lejos. Podríamos encontrarnos en cualquier momento. Un sinfín de veces. Akash, tú quédate en Tréveris por si Tenzo regresara. Nosotros tres volaremos a Oslo y trataremos de encontrarnos pasado mañana, al mediodía o por la noche, en el Nise Fuji.

5. HABLA TENZO/NANUK

Nora me había malinterpretado. Y yo no le aclaré el malentendido.

En realidad, ya había empezado a actuar como si fuera del país del sushi mucho antes de conocerla. Bien es verdad que me había visto empujado a ello desde fuera, pero fui incapaz de dejarlo en una mera idea, y aquella actuación se convirtió para mí en una suerte de obra de arte en la que había invertido mucho estudio y esfuerzo.

De hecho, el país en que nací y crecí no tiene nada que ver con el país del sushi. Allí, por ejemplo, la población crecía a un ritmo tan acelerado que, a pesar de que por el centro de las ciudades pasaban trenes cada pocos minutos, estos seguían siendo insuficientes para transportar a todo el mundo. Recuerdo todavía vívidamente la voz de aquel presentador de la televisión danesa explicando entusiasmado que había personas encargadas de empujar a los pasajeros por la espalda para que cupieran en los vagones. De pequeño, a mí aquel país me parecía de cuento de hadas. Dentro de los trenes la gente iba tan apretujada que, según decían, hasta podían dormir de pie. Si no recuerdo mal, a esto de ir así de apiñados lo llamaban *sushizume*, como el sushi en cajitas. Cómo no, tratándose del país del sushi. Qué envidia me daban.

El pueblo pesquero en el que crecí yo era el polo totalmente opuesto a aquello, y la población iba en tal descenso que incluso la escuela primaria peligraba. Con las ganas que tenía yo de empezar el colegio, y justo aquel año todas las familias con hijos de mi edad se mudaron, de manera que fui el único alumno nuevo. Además, el curso anterior solo se habían graduado en la escuela siete alumnos. De seguir así, cerraría. Y, si cerraba, aquello acabaría siendo un pueblo fantasma. Los adultos lo consultaron con los sabios del pueblo y decidieron escribir una carta al Gobierno danés. Por suerte, aquel año se incrementó el presupuesto para salvar la cultura ártica y no solo se decidió que las escuelas primarias no se cerrarían por muy pocos alumnos que tuvieran, sino que también se trasladarían varias decenas de familias desde Copenhague.

Nos preguntábamos qué tipo de personas de la capital querrían mudarse a Groenlandia. Si era que se habían cansado de la gran ciudad y les apetecía vivir tranquilos, rodeados de naturaleza, no supondría ningún problema, pero a algunos adultos les preocupaba que se tratara de convictos. Aunque Dinamarca es un país con una criminalidad baja, un delito en concreto había ido en aumento en los últimos tiempos: el de incitación al odio. Que quienes se trasladaban resultaran ser personas que odiaban a cualquiera que no fuese de raza blanca, eso sí que sería un problema. Yo todavía era un niño, pero, cuando me quedaba solo por las noches, me embestían unas olas alternas de expectativa y preocupación que me quitaban el sueño y me tenían dando vueltas en la cama.

Al final, los que vinieron a nuestro pueblo no eran daneses. Tenían el pelo oscuro, las facciones del rostro muy marcadas y unos ojos tan grandes que era imposible tenerlos más abiertos. Los hombres llevaban barba y las mujeres se cubrían la cabeza con pañuelos. Con el tiempo nos contaron que habían llegado a Copenhague huyendo de guerras en países lejanos del norte de África, pero que en la ciudad no había viviendas para todo el mundo y el Gobierno les había prometido que, si emigraban a Groenlandia, les pagarían los gastos de manutención y otros subsidios. Llegaron en verano, pero los veranos allí duran poco, como la esperanza, y pronto entró el interminable invierno. Los niños empezaron a aprender groenlandés a través de los juegos y se acostumbraron al frío. Pronto olvidaron su habitual aversión a los perros y empezaron a divertirse jugando con ellos. Los adultos, en cambio, se pasaban todo el día encerrados en casa. De vez en cuando, entreabrían la puerta inquietos y observaban la nieve y los perros con ojos temerosos. Vivir de subsidios sin tener que trabajar ni ningún otro quehacer debía de ser muy duro para ellos.

Por supuesto, no eran solo inmigrantes los que estaban desempleados. Mis padres llevaban viviendo allí toda la vida, pero tampoco habían encontrado trabajo de jóvenes. En primer lugar, porque ya no quedaban peces y, por tanto, no podíamos pescar, ni tampoco cazar nutrias, y habíamos llegado al punto de que, cuando alguien mataba una foca, aparecía en las noticias. Como las temperaturas habían ido paulatinamente en aumento, pudimos comenzar a cultivar la tierra, y mi madre fue una de las primeras en plantar patatas y coles en el huerto, con cosechas más abundantes año tras año. A mi padre nunca le había gustado la verdura, así que empezó a pedir salchichas y jamón en lata de Holanda por internet, pero para eso era necesario tener ingresos, de modo que se puso al día con el inglés y encontró trabajo en una firma estadounidense. Pero eso no lo obligó a mudarse a Estados Unidos, sino que se ocupaba del servicio de atención al cliente desde casa. Cuando alguien que había comprado un aspirador en alguna ciudad estadounidense llamaba para presentar una reclamación, era mi padre el que respondía.

Recuerdo que hubo un tiempo en el que recibió una avalancha de quejas porque la gente quería sacar la bolsa del aspirador para desecharla y no había manera. En el manual de instrucciones de aquel nuevo modelo venía bien indicado que no llevaba ninguna bolsa incorporada, pero me imagino que la mayoría de la gente no leía las instrucciones de los aparatos. Pues bien, al parecer en dicho manual se explicaba que los residuos aspirados se quemaban a baja temperatura en el interior de la máquina y desaparecían de modo automático. Y, después, los restos de ceniza se compactaban en una bola que debía extraerse al cabo de diez años. Pero mi padre me explicó que, como los modelos de las aspiradoras estaban en constante desarrollo, nunca nadie llegaba a usar diez años el mismo aparato. A mí me parecía muy gracioso que el pobre hombre se dedicara a responder con tanta amabilidad todas aquellas preguntas sobre un nuevo modelo de aspirador que jamás había visto con sus propios ojos. Y, mientras, iba aprendiendo inglés de oído. Cuando le hacían la misma pregunta repetidas veces, él se desesperaba y, con toda la educación del mundo, soltaba comentarios sarcásticos como «Si se leyera las instrucciones, acabaríamos antes». A lo que los interlocutores, en ciertas ocasiones, le daban respuestas del tipo «Odio leer esos manuales de instrucciones. Están tan mal escritos, con ese estilo robótico. En cambio, con usted me pasa totalmente lo contrario, me animo solo de escucharlo hablar». Y entonces él se ponía de buen humor y podía alargar la conversación hasta el infinito. Más allá de las aspiradoras, había quienes llamaban porque se sentían solos y querían hablar. Había una mujer que llamaba todas las semanas preguntando por mi padre. Yo le tomaba el pelo diciéndole que era «el chico de las llamadas» y él se ponía realmente furioso.

Como es natural, la empresa comprobaba en remoto que la línea telefónica estuviese siempre conectada, pero también el grado de satisfacción de los clientes. Mi padre, que tenía un contrato de dieciséis horas diarias, llevaba la diadema de los auriculares puesta incluso mientras comía o iba al baño. Yo llegué a tener la sensación de que el aspirador era como un hermano pequeño con el que me había criado.

Por su parte, mi madre encontró trabajo en un hotel de *wellness* que había en las montañas suizas. Registraba y analizaba la presión arterial y las calorías que consumían los huéspedes, creaba rutinas para cada uno de ellos y, para que las cumplieran, les mandaba mensajes del estilo «Son las ocho menos diez. ¿Estás listo para salir a correr?». Cuando le llegaban mensajes del tipo «Hoy no me apetece», tenía que ingeniarse respuestas nuevas que los animaran, porque, si mandaba siempre la misma, podían pensar que era un programa informático. De ahí que tuviese que escribir mensajes distintos cada vez e introducir algún error ortográfico esporádico, para que parecieran más humanos. Ahora bien, tenía prohibido establecer relaciones amistosas con los clientes.

Gracias a eso, en casa siempre tuvimos dinero en el banco y crecí sin conocer las penurias de la vida. Podía comprar por internet y recibir lo que se me antojara, ya fuera piña en conserva, un hámster o un balón de fútbol. Me pregunto si, de seguir así, acabaremos viviendo sin salir de casa durante generaciones, conectados a la economía global solo mediante internet. Aunque ¿y si el mundo que aparece en las pantallas fuera el constructo de alguien y no existiera en realidad? Vale, nos mandan los pedidos que hacemos, pero ¿y si al otro lado del mar únicamente hubiese una fábrica que produce nuestros pedidos y el mundo hubiese desaparecido?

Cuando caía la noche y salía solo a pasear, oía los aullidos de los perros y el corazón se me aceleraba, deseoso de tierras lejanas. Quería viajar. Cuando pensaba en lugares remotos, me imaginaba dando un paseo entre las preciosas hileras de casas de Reikiavik, la capital de Islandia, desde donde después trataría de llegar a Dinamarca, e incluso más al sur, a la vasta Alemania. Quizá en comparación con Groenlandia Alemania sea un país muy pequeño, pero culturalmente es muy diversa, con descendientes de vikingos en el norte, ruinas del antiguo Imperio romano en el suroeste y aromas eslavos en el sur.

En cierta ocasión, mientras contemplaba absorto un mapa del mundo, mi padre me dijo con preocupación en el semblante:

—Nanuk, irás a la Universidad de Copenhague con una beca.

Nanuk es como me llamo. Al parecer, había muchos tipos de becas y conseguir una no era excesivamente difícil.

A diferencia de mi padre, mi madre no era del todo partidaria de que estudiara fuera, porque era muy habitual que los jóvenes que se marchaban a estudiar a universidades danesas no regresaran después.

—En un futuro, cuando seamos mayores, estaremos muy solos si no tenemos a nuestro hijo cerca —se quejó mi madre.

–Los padres no pueden depender de sus hijos –la reprendió mi padre–. Además, si se quedara aquí, solo podría dedicarse a un trabajo similar al nuestro, mientras que allí fuera le esperan infinidad de posibilidades. Imagínate, por ejemplo, que tu hijo se convirtiera en director del Hospital del Reino de Copenhague –añadió con brillo en los ojos, aunque en realidad solo conocía el nombre de dicho hospital por una serie de televisión y ni siquiera había estado en la capital danesa.

Para más inri, en aquella serie, el hospital no se retrataba precisamente como una institución médica de excelencia, sino como un sitio horrible en el que los enfermos eran víctimas del afán de éxito de los médicos y de las luchas internas de poder, y había fantasmas de antiguos pacientes fallecidos que se aparecían en el ascensor. Pero mi padre lo debía de haber olvidado porque, de lo contrario, no me cabe la menor duda de que no habría querido que yo fuera el director de semejante hospital, repleto de espectros. Que me imaginase convertido en un chamán de esos que calman a los espíritus, en cambio, no me habría parecido mal, pero mi padre era un cristiano más bien tibio, y quizá porque él mismo nunca había ido a ningún médico tenía una fe ciega en la medicina moderna.

Aunque a mí no me gustaba demasiado la tele, aquella serie titulada *Riget* que dirigió hacía muchísimo tiempo Lars von Trier era la única que volvía a ver siempre que la reponían. Al final de cada episodio, el director aparecía en pantalla y, dirigiéndose a los espectadores con cara de pícaro, preguntaba: «¿Os ha gustado?». Quizá por eso siempre le he tenido cariño al nombre de la ciudad alemana de Tréveris. Porque, al parecer, la familia de dicho director había emigrado al norte desde allí, y por eso se apellida Trier, Tréveris en alemán.

Me saqué el bachillerato por correspondencia y después decidí seguir estudiando en Copenhague. Como el plazo para presentar la solicitud de las becas del Gobierno había expirado, pedí otra de una organización benéfica privada. Pronto recibí una respuesta afirmativa en la que se me anunciaba que una mujer llamada Inga Nielsen cubriría los gastos de matrícula y manutención. «Primero quisiera mejorar mi danés en una escuela de idiomas y después estudiar algo de ciencias en la universidad», le escribí. No tenía ninguna intención de estudiar Medicina y trabajar en un hospital lleno de fantasmas, pero en Groenlandia se necesitaban médicos, y había oído que era más fácil estudiar en el extranjero si decías que aspirabas a estudiar Medicina. De modo que, aunque quizá fuese un poco ruin por mi parte, al final de aquella frase escribí entre paréntesis: «por ejemplo, Medicina». Yo en realidad quería estudiar Zoología o algo parecido y regresar a mi pueblo natal para dedicarme a la observación de nutrias, osos polares o ballenas.

—Si ves que te sientes solo, vuelve a casa —me dijo un amigo frunciendo el ceño con un gesto muy de adulto, pero yo jamás había experimentado la soledad y no era algo que me preocupara.

—Qué suerte tienes de irte a un país cálido —me comentó una amiga.

Para nosotros, Dinamarca es un país casi tropical. A pesar de que se encuentra en un punto septentrional, está afectado por corrientes cálidas que hacen que haya poca nieve y los inviernos sean cortos.

No tenemos vuelos directos a Copenhague, de modo que el viaje debe hacerse vía Reikiavik, destino al que tampoco se puede volar hasta la primavera. Seguramente, los turistas ricos y los políticos dispongan de vuelos chárter, pero yo tuve que comprar un billete barato con la tarjeta de crédito de mi padre. Formalicé la matrícula de la escuela de idiomas por internet y busqué una habitación. Metí a todo correr algo de ropa y un diccionario en una bolsa de deporte, y me guardé el pasaporte y la cartera en el bolsillo interior de la chaqueta.

Un cielo encapotado cubría el aeropuerto como la tapa de aluminio de una olla gigantesca. Daba la impresión de que la tapa descendería sobre mi memoria y que, una vez que la cubriera por completo y yo dejase de ver, aquel enorme avión que tenía delante de mí me engulliría. La gente cree, se diría, que los aviones no son más que unas máquinas que el hombre ha hecho ensamblando unas placas de acero con cuatro tornillos, pero ¿acaso los humanos no se han inspirado en el espíritu de los pájaros para crear la hermosa forma de los aviones y los han reproducido a su imagen y semejanza? Aun así, los humanos están convencidos de que han creado la máquina ideal para volar solo por méritos propios. Pero también podría ser que los aviones, en realidad, fueran unos pájaros míticos que han venido a salvarnos. Al irme, mi madre me dio un crucifijo como amuleto, y mi padre se limitó a decirme con una voz inusualmente queda: «Cuídate».

Lo primero que me asombró de Copenhague fue que, por mucho que la ciudad me sorprendiera a mí, yo a ella no la sorprendía ni lo más mínimo. Nadie se detenía a mirarme, ningún niño me señalaba con el dedo ni exclamaba nada como: «¡Mira, por ahí va un esquimal!».

Me había figurado que la ciudad estaría llena de coches, pero, en realidad, por el centro no circulaba ni uno. En su lugar, las bicicletas transitaban por las calles a una velocidad de vértigo. La gente se bajaba de ellas con agilidad para entrar en una librería o una cafetería, y todo el mundo estaba muy delgado. Como en la ciudad abundan los dulces y los platos de carne, yo estaba convencido de que, en general, todos estarían gordos, pero resultó ser lo contrario. Además, se veían carteles de SIN AZÚCAR o VEGETARIANO por todos lados. Y las cosas eran increíblemente baratas. Cuando vi el precio de las salchichas que vendía un hombre en un tenderete que llevaba enganchado a la bicicleta, me quedé atónito. Pensé en lo que nos costaba a nosotros una lata de salchichas y me pregunté si la empresa conservera no nos estaría timando.

Hubo otra cosa que también me sorprendió: el hecho de que, en este país, las bebidas calientes nunca se enfrían por mucho que esperes. Entré en una cafetería cuyo interior podía verse desde fuera, y pedí una bebida que llamaban «soy latte». La parte superior era una gruesa capa de espuma blanca, y el líquido que escondía debajo estaba tan caliente que te quemaba la lengua. De repente me vino un recuerdo de antes de empezar la primaria. Un día, mi abuelo me llevó a pescar, retiró la nieve del suelo e hizo un agujero en el hielo por el que se veía el mar oscuro. El agua estaba mucho más caliente que el aire exterior. Sin embargo, aquel día solo conseguimos pescar un mísero pez. En aquel entonces, yo no era más que un niño, pero recuerdo que pensé que vivir de la pesca ya no tenía futuro.

No me gustan las bebidas calientes, así que esperé un buen rato antes de llevarme la taza de café a los labios para intentar dar otro sorbo, pero el café que había bajo la espuma apenas se había enfriado. Como no tenía otra alternativa que seguir esperando, me puse a mirar por el gran ventanal que daba a la calle.

–¿Puedo sentarme aquí? –oí que me decía una voz y, al levantar la vista, me encontré con una chica rubia que tendría más o menos mi edad.

Sin esperar a que le respondiera, se sentó en el espacio vacío que había a mi lado, llenándolo con su perfume de rosas.

–¿Qué estás tomando? ¿Es un soy latte? Aquí es mejor el capuchino clásico. Me llamo Anna. ¿Hoy es martes o miércoles? Por cierto, el resultado de las últimas elecciones...

La conversación avanzaba a una velocidad de vértigo. La chica hablaba a toda mecha, saltando de un tema a otro como quien salta de témpano de hielo en témpano de hielo. Me imagino que debió de darse cuenta enseguida de que el danés no era mi lengua materna, pero en ningún momento me preguntó de dónde era, sino que me miraba como si ya lo supiera.

Como Anna era universitaria, dio por sentado que yo también lo era, pero no me lo tomé a malas.

–Hoy me han cancelado el seminario de Terminología budista –me comentó con tanta naturalidad como si fuéramos familia.

Me habían advertido que fuera cauteloso porque en la ciudad había estafadores, de modo que al principio estuve un poco tenso con ella, pero enseguida bajé la guardia. Los ojos de Anna eran como un espejo mágico y, al verme reflejado en ellos, descubrí un chico atractivo en quien jamás había reparado hasta entonces. Me lo estaba pasando como nunca.

Al cabo de un rato me sinceré con ella y le conté que todavía no iba a la universidad, sino a una escuela de idiomas, pero ella no se mostró especialmente decepcionada al saberlo.

—Soy miembro de la Sociedad de Manga Clásico, y mi sueño es leer algún día el original de *Buda*, de Osamu Tezuka. ¿Te gustaría hacer tándem conmigo? ¿Dónde vives? Ostras, ¡qué tarde se ha hecho! Llegaré tarde a clase. Llámame —dijo, y se apresuró a escribirme su número de teléfono en un trozo de papel.

Como la palabra *tándem* me sonó un poco esotérica y sexual, fui cauto y no la llamé. Al cabo de un tiempo me contaron que dicha expresión se usa cuando dos personas se enseñan mutuamente su lengua materna, pero yo seguía sin saber quién era Tezuka y, sobre todo, para qué querría aquella chica aprender groenlandés.

La primera vez que fui a visitar a la señora Nielsen, la que pagaba mis gastos de matrícula y manutención, me puse tan nervioso que el cuerpo casi no me respondía y apenas pude subir las escaleras de su piso. Hasta entonces jamás había ido a casa de una persona desconocida, y era la primera vez que me encontraba con una mujer que vivía sola. Al principio pensé que quizá fuera viuda, pero no tenía ninguna fotografía del que pudiese haber sido su marido. Así que quizá estuviera divorciada. Lo que sí tenía era una foto de un niño muy mono encima de una cómoda. Me contó que aquella fotografía era de su hijo cuando tenía cinco años, ahora ya adulto e investigador en Lingüística. Tenía el cabello rubio y rizado, unos buenos mofletes y los ojos rebosantes de azul.

Después de aquel día, visité a la señora Nielsen en distintas ocasiones. Llamaba al timbre y, mientras empujaba la pesada puerta para abrirla y subía las escaleras hasta el tercer piso, varias fragancias me invadían la nariz, pero, una vez delante de su puerta, ya solo se percibía una. Abría la pesada puerta de un empujón, la cerraba detrás de mí y, ya dentro del piso, pasaba a la sala del fondo. Ella siempre estaba junto a la ventana, agarrada a las cortinas, mirando hacia abajo con el rostro sombrío. En el momento en que cruzaba el umbral de la puerta del salón y la saludaba, ella se volvía hacia mí y en su rostro florecía la alegría. Y en ese instante, curiosamente, siempre me fijaba en un ramo de flores frescas naranjas y amarillas que tenía sobre la cómoda.

—¿Vas a estudiar Medicina en la universidad? —me preguntó la señora Nielsen en una de aquellas visitas, y yo asentí con la cabeza de inmediato.

En mi siguiente visita, mientras tomábamos un té, la señora Nielsen recibió una llamada que, a juzgar por su tono de voz, parecía ser de alguien muy cercano, y a quien le contó, entre otras cosas, que yo estudiaría Medicina.

—Todavía no he terminado la escuela de idiomas y sigo sin decidir qué especialidad haré al final. Además, por mucho que quiera estudiar Medicina, no sé si conseguiré cumplir mi sueño —le dije tan pronto como colgó el teléfono, porque tenía la sensación de que aquello no estaba bien.

—Sea cual sea tu sueño, lo conseguirás —me respondió ella enseguida con una sonrisa.

A decir verdad, yo no tenía ni la más remota intención de estudiar Medicina. Me había empezado a interesar la biología medioambiental, porque George, un chico estadounidense que conocía de la escuela de idiomas, me había hablado de la existencia de dicha especialidad. Un día, después de clase, se había acercado para entablar conversación conmigo.

—¿Eres de Groenlandia? —me preguntó y, al ver que asentía con la cabeza, se le iluminó el rostro y añadió—: ¡Seamos amigos!

George me dijo que había nacido y crecido en la costa

oeste de Estados Unidos; le pregunté qué lo había traído a Dinamarca.

—Me cansé de la supremacía de los países grandes, quería probar a vivir en uno pequeño —me contestó.

A mí me sorprendió que un americano considerara Estados Unidos un «gran país». Las mentes ajenas están llenas de ideas inesperadas y, cuando verbalizan algo así por primera vez, pueden llegar a sorprenderte.

La superficie de Groenlandia es como cincuenta veces la de Dinamarca. Sin embargo, en Copenhague nunca tuve la sensación de encontrarme en un país pequeño. Al principio todavía no tenía clara la noción de país en mi cabeza y, cuando me preguntaban de dónde venía, yo respondía: «Del círculo polar ártico», con lo que me gané unas cuantas miradas de extrañeza.

De George aprendí un sinfín de cosas. Fue él quien me habló por primera vez del poscolonialismo. Y también fue quien me contó que hay mucha gente que cree que el término *esquimal* es discriminatorio y se contenta con sustituirlo por la palabra *inuit*, pero que, si nos atenemos al sentido estricto de la palabra, de hecho, no todos los esquimales son inuit. Del mismo modo que no todos los gitanos son rumanos.

En el pasado, había mucha gente que consideraba la palabra *esquimal* despectiva porque estaban convencidos de que significaba «persona que come pescado crudo». Más tarde, la teoría que empezó a predominar fue la de que *esquimal* significa «persona que se ata los cordones de las raquetas de nieve». Dicho así, parece hasta poético. Como en Asia es inimaginable que las raquetas se fabriquen con piel de reno, al parecer a dicha palabra también se le dio la interpretación de «persona que teje raquetas de nieve con paja», como para sentirse más cercanos a no-

120

sotros, aunque donde vivimos no hay nada que se le parezca.

Con todo, nunca entendí por qué era despectivo que se le atribuyera el significado de «persona que come pescado crudo». A mi parecer, comer carne o pescado en crudo, si son frescos, es mucho más civilizado que hervir la comida hasta que se hace papilla.

George y yo solo discutimos acaloradamente en una ocasión. Todo empezó porque él dejó caer la opinión de que la cultura de la caza de los esquimales se veía amenazada por el calentamiento global.

–Pero, gracias al calentamiento global, ahora podemos cultivar verduras y no tenemos que seguir viviendo como antes –le espeté como poseído por el espíritu viviente de mi madre.

George se mostró un poco sorprendido.

–Pero ¿vuestra vida tradicional no giraba en torno a la cultura de la caza? Y ¿no la estáis perdiendo por culpa del calentamiento global y de los grupos ecologistas que defienden los derechos de los animales? –objetó.

Entonces, quien se apoderó de mí fue el espíritu viviente de mi padre y le repliqué:

–Originariamente, más que cazar por gusto, los esquimales matábamos el mínimo de animales solo por necesidad, conservábamos la carne, la comíamos con respeto y usábamos su piel para confeccionar nuestra propia ropa y calzado. Con el tiempo, llegó un momento en que empezamos a matar animales engañados y amenazados por comerciantes extranjeros, que vendían pieles de animales como las nutrias a precios muy elevados. Cuando ya no hubo presas cerca, se emprendieron expediciones a tierras lejanas. Aquella época fue una pesadilla que no queremos recordar. Al terminar todo aquello, al fin pudimos respirar tranquilos.

121

Era extraño. Cuando mi padre me habló de todo eso, la conversación me dio tanta pereza que lo escuché solo a medias, pero en aquel momento reviví todas y cada una de sus palabras con total claridad, y encima las expresé en primera persona del plural, como si estuviese hablando en representación de todo el colectivo.

–Vale, vale. Lo que dices es profundo –me respondió George, asombrado de la vehemencia con la que le había hablado.

George veneraba la cultura esquimal porque, según decía, no había ninguna otra que hubiese cruzado tantas fronteras y se hubiese extendido por una zona tan extensa, que incluía Canadá, Alaska, Rusia y Groenlandia. En una civilización erigida en torno a la nieve y el hielo, para mantener unido el país no era necesario forzar el amor por la patria ni tratar de antipatriotas a los que tenían un espíritu crítico. Por el contrario, el país de George se basaba en la competitividad y la avaricia, todo el mundo pensaba únicamente en sí mismo, y la sociedad en su conjunto estaba siempre en riesgo de desmoronarse. De ahí que los políticos intentaran mejorar su dialéctica y carisma con el fin de alimentar el patriotismo.

En cuanto a mí, no tenía motivo alguno para criticar un país al otro lado del océano que ni siquiera conocía, del mismo modo que no estaba especialmente orgulloso ni había idealizado la idea de ser esquimal, ni tampoco, al revés, me sentía inferior por serlo. Sin embargo, viviendo en Copenhague empecé a sentirme atrapado en una suerte de callejón étnico sin salida. En cuanto la gente me veía, me metía inmediatamente en un saco. Y, si tuviera que ponerle nombre a ese saco, no sería el de «asiático», «musulmán», «persona de color» o «inmigrante», sino, sin duda alguna, el de «esquimal». Cuando el vendedor ambulante de perritos calientes me daba el cambio, atisbaba cierta sorpresa en su mirada, como diciéndome: «Anda, ¿los esquimales también coméis salchichas de estas?». O, cuando iba al barbero y señalaba un corte de pelo en el catálogo, y le decía que quería algo de ese estilo, las tijeras murmuraban: «No sabía que a vosotros también os gustaba este tipo de corte de pelo a lo personaje de anime». O, cuando pedía una copa en una discoteca, los ojos del camarero rezaban: «A vosotros os falta una enzima en el hígado que hace que no digiráis el alcohol, ¿verdad? Tomarte esto te tumbará». Yo habría preferido que se dirigieran a mí con un «¡Eh, tú, esquimal!», pero eso no lo hacía nadie. No es que me trataran mal, pero daba la impresión de que les parecía más prudente no interactuar a menos que fuera necesario, y evitaban establecer contacto visual conmigo. Era como si todo yo estuviese envuelto por una película que dijera «esquimal» y sus miradas se detuvieran en la superficie de esa película sin lograr ver más allá.

George regresó a Estados Unidos sin llegar a terminar el curso de la escuela de idiomas.

—La pronunciación del danés es tan difícil que, por mucho que estudie, jamás conseguiré mejorar. No tiene ningún sentido que siga esforzándome —me dijo.

Sin embargo, si todo el mundo que estudia inglés lo dejara a la primera de cambio porque es difícil de pronunciar, el inglés no se habría extendido tanto como lo ha hecho, ¿no? Así que George ya podría haberse esforzado un poco más.

Cuando se marchó, me quedé sin nadie con quien hablar. Necesitaba un amigo. Por la calle a menudo se paraban a hablarme, pero por desgracia siempre eran chicas, todas con los labios de un color carmín tan intenso que parecían arándanos rojos que me soplaban su dulce aliento a la cara. Al parecer, yo gustaba. Y cuanto más me acariciaban con las miradas, más fue cambiando mi aspecto. Me dejé crecer el pelo hasta las orejas, y me empecé a perfilar las cejas y la barba con meticulosidad. Las pestañas las tengo bien pobladas, para proteger los ojos del frío. Preocupados por su nívea piel, los hombres daneses se tumban desnudos una vez por semana bajo una máquina gigantesca parecida a una tostadora que les quema la tez, pero mi piel presenta naturalmente una mezcla de tonos dorados, marrones y melocotón. Todas las mañanas me ponía delante del espejo e imitaba la expresión del protagonista de un anime que me gustaba de niño.

Ser popular entre las chicas me divertía, pero quedar con ellas me daba pavor. Yo tenía entendido que todas las mujeres danesas trabajaban y contaban con ingresos propios. Y que no había una gran brecha entre ricos y pobres, fueran hombres o mujeres, por lo que poca gente tenía particular influencia o poder. Por eso mismo, creía que, cuando las mujeres elegían a un hombre como compañero sentimental, les daba igual el poder adquisitivo o el estatus que tuviese. De hecho, los hombres autoritarios o con un marcado interés por hacer dinero o tener una carrera de éxito estaban mal vistos. Más aún: según me habían contado, lo que querían la mayoría de las mujeres era un hombre amable al que le gustaran los niños para quedarse embarazadas lo antes posible. Así que mi mayor miedo era enamorarme de una chica, dejarla embarazada y no poder regresar a Groenlandia.

Con el tiempo, hice migas con un tipo que se llamaba Jorn y era estudiante de Antropología, aunque en el futuro quería ser director de cine. Como con Jorn podía hablar de cualquier cosa, le confesé mi pánico a quedar con chicas y él se echó a reír.

—Hoy en día, ninguna chica danesa te va a presionar para que te cases con ella solo porque se haya quedado embarazada. Hay quienes opinan que las madres solteras son la única clase alta que queda en esta sociedad en la que las clases ya no existen. Aunque, hace tan solo una década, todavía pasaban muchas penurias —comentó.

—Pero a mí no me gustaría dejar aquí a mi hijo y a su madre, y tener que regresar solo a Groenlandia. Me gustaría vivir allí con mi familia. Me pregunto si habrá alguna danesa interesada en venirse a Groenlandia conmigo.

—Pero ¿qué necesidad hay de vivir en el mismo lugar? —dijo Jorn con cara de sorpresa—. Cuando yo era pequeño, mi madre creó una empresa en Los Ángeles y mi padre encontró trabajo en Hong Kong, pero no se divorciaron, sino que yo iba y venía en avión cada dos semanas. Y, después, cuando me tocó ir a la universidad, decidí que no estudiaría en un sitio ni en el otro, sino en Dinamarca. A pesar de que mis padres son suecos los dos, el único que ahora vive en un país escandinavo soy yo. Ambos están muy ocupados, pero en Navidad siempre vienen a Copenhague. Groenlandia está a tiro de piedra, ¿no crees? Podrían ir a verte todas las semanas —dijo.

A medida que escuchaba a Jorn, la imagen del mapa del mundo que tenía en mi mente fue transformándose. Visto de aquel modo, algunos lugares que a mí me parecían lejanos quizá no lo eran tanto. Además, al pensar en mi hogar, me venía a la cabeza un pequeño pueblo pesquero, pero también podría llamar a toda Groenlandia o Escandinavia mi hogar.

Hasta entonces no había añorado mi pueblo natal, pero de repente empecé a echar de menos ciertos sabores. El sabor del mar y de los animales que lo habitaban. En casa, a menudo comíamos salchichas y jamón en lata, pero todos los meses, cada tantos días, mi madre sacaba carne de foca del congelador, que mi padre y yo comíamos una vez descongelada. Cuando lográbamos pescar algo, también tomábamos pescado, y a menudo pedíamos salmón de piscifactoría por internet. Me pregunto si las mujeres se adaptan mejor a los cambios de los tiempos, porque llegó un momento en que mi madre prácticamente dejó de comer carne y amplió el huerto, donde ya no solo cultivaba coles y patatas, sino también tomates y lechugas para las ensaladas que había empezado a hacer.

En cierta ocasión, le conté a una chica india llamada Anira que había conocido en la escuela de idiomas que echaba de menos el sabor del mar, y ella me recomendó un restaurante llamado El Samurái, en el que servían pescado crudo. Como me comentó que era relativamente barato a la hora del almuerzo, fui a probarlo un día sobre la una del mediodía. El restaurante estaba abarrotado e incluso tenía gente haciendo cola en la entrada. Tras unos diez minutos me sentaron a una mesa de dos; mientras esperaba distraído a que me trajeran el menú de mediodía número cinco, se me acercó una chica trajeada con aspecto de ser todavía estudiante y me pidió si podía sentarse conmigo. Me incomodaba comer delante de una desconocida, pero fui incapaz de decirle que no porque pensé que a mí me entristecería que me negaran una silla en un restaurante atestado de gente.

Cuando llegó mi comida, la chica se quedó observando fijamente cómo comía sin ningún tipo de reparo, y me sonreía cada vez que nuestras miradas se cruzaban. Por suerte, yo había aprendido a usar los palillos con pericia, pero, si había más reglas de protocolo, seguro que me las estaba saltando.

–Cuando se corta el sashimi, la dirección del corte es

importante, ¿verdad? –me preguntó la chica al cabo de un rato en un danés con cierto acento.

Por su tono de voz, parecía creer que yo conocía la respuesta. Pero ¿qué era el sashimi? Yo pensaba que aquello era un plato de sushi, pero al parecer era otra cosa. Como me había limitado a pedir un número de menú a partir de una fotografía, no recordaba exactamente qué incluía. Por suerte, en aquel momento me acordé de que, en cierta ocasión, mi abuelo me había comentado que cortar el salmón era fácil si sabías el ángulo adecuado en que hundir el cuchillo. Dado que, a lo largo de mi vida, no había comido más que salmón de piscifactoría ya fileteado, aquel recuerdo había quedado enterrado bajo una gruesa capa de hielo, pero, por alguna extraña razón, aquel hielo se derritió y el salmón pegó un vigoroso brinco bailando en el aire.

–¡En efecto! Si no se inserta el cuchillo en el pescado con el ángulo correcto, no se conseguirá un corte limpio. Como también hay que tener en cuenta la fuerza que se ejerce al hacerlo –respondí con toda la seguridad del mundo.

–Y para sacarle toda la humedad al cuchillo, se envuelve en un sarashi[1] antes de ir a dormir, ¿verdad?

–¿En un sarashi?

–A mí también me hubiese gustado nacer en un país que tuviera una cultura tradicional.

Según me contó, sus padres eran daneses y de jóvenes se habían trasladado a Estados Unidos. Ella había nacido en Texas y en aquel momento estaba viajando por Europa. La chica pensó que yo era del país del sushi, supongo que porque era la primera vez que veía a un esquimal. Sin

1. Tela blanca de múltiples usos, generalmente hecha de algodón.

embargo, por más que fuera un malentendido, me gustó que mostrara interés por mí. Resultaba más divertido que me tomaran por una persona exótica que ser ignorado como esquimal. Eso mismo me comentó en cierta ocasión Anira, que era de Manila. En su caso, había terminado en Copenhague porque estaba harta de vivir en Londres. Allí ya hacía mucho que había gente de raíces indias y por la calle nadie prestaba atención a las mujeres como ella. Tampoco era que la tratasen como a cualquier otra mujer, pues, cuando la veían, parecía que se les encendiera una lucecita en los ojos que decía «¡Anda, una india!» y ya no necesitaban saber nada más. Como si pensaran que, tras cuatrocientos años y pico de relación con los indios, no tenían nada más que preguntarles. De modo que, aunque, de hecho, la cultura india era casi una total desconocida, ya no se consideraba objeto de curiosidad. En realidad, Anira no se sentía discriminada, pero sí que tenía la sensación de que la trataban como si fuera invisible, como si fuera una ciudadana de segunda. En comparación con Londres, en Copenhague había poca población india y solían preguntarle muchas cosas sobre su país. Además, como los daneses no tienen un pasado oscuro de colonización en la India, tampoco hay ninguna mala conciencia que frene su ingenua curiosidad. Algunos piensan que es discriminatorio preguntarle a alguien sobre la India por el mero hecho de ser de allí, pero, aquel día, Anira también me comentó entre risas que no le veía ningún problema a aquel tipo de discriminación. Observé de reojo el rostro del personal de El Samurái. Un joven que, por su semblante, bien podía ser compatriota mío estaba sirviendo un té. Y también el chico de la caja se parecía mucho, cuando se quitaba las gafas, a un amigo mío de la infancia.

Al mediodía siguiente, regresé al mismo restaurante y

me senté a la barra a pesar de que había muchas mesas vacías. Me fijé en que, al otro lado, el chico que preparaba el sushi conversaba en inglés con otro que estaba llenando los cuencos de sopa miso.

—¿Por qué no habláis en vuestro propio idioma? —les pregunté en inglés.

El chef de sushi se rió.

—Porque yo soy americano, y él, vietnamita —me contestó.

—Entonces ¿en este restaurante contrataríais a un esquimal? —pregunté.

—Por supuesto. Ahora mismo nos faltan manos, así que nuestro jefe estaría encantado con la idea —me respondió, y zanjamos la conversación.

Y así fue como empecé a compaginar mis estudios en la escuela de idiomas con un trabajo a tiempo parcial en El Samurái. O, mejor dicho, a compaginar aquel trabajo parcial con la escuela de idiomas.

Por suerte, gracias a los genes de mis padres los idiomas se me daban bien. Así que, aun saltándome clases, no solo seguí mejorando mi nivel de danés en las conversaciones cotidianas, sino que también me dediqué a memorizar vocabulario difícil que leía en periódicos o libros técnicos, y después lo usaba *motu proprio*. Con mis compañeros del restaurante hablaba en inglés, y empecé a ser capaz de imitar varios acentos, de modo que podía pasar por un hombre de negocios hongkonés o un músico californiano.

A la señora Nielsen no le conté que tenía un trabajo a tiempo parcial. No creía que estuviese haciendo nada malo, pero tampoco quería que se inquietara innecesariamente. Si supiera cuánto me interesaban la cocina y la gestión de restaurantes, seguro que le preocuparía que abandonase la idea de ir a la universidad.

Al principio, mi trabajo consistía solo en servir, lo que me resultaba tedioso, pero me entretenía hablar con los clientes, que estaban convencidos de que yo provenía del país del sushi. Cuando me preguntaban de qué ciudad era, como solo conocía Tokio y Kioto, fingía ser tokiota o kiotense, pero pronto me cansé, así que tras estudiar un poco comencé a diversificar mis respuestas para divertirme, y les decía que era de Shimonoseki o Asahikawa. En cierta ocasión, un cliente me señaló un reposa-palillos y me preguntó cómo se llamaba aquello. A mí me entró un sudor frío y a partir de aquel momento empecé a tener siempre un diccionario a mano y a memorizar los nombres de las cosas. Si bien había hecho unos cursos intensivos de alemán y francés, y los hablaba con bastante fluidez, por mucho que estudiara lenguas europeas nadie me tomaría nunca por europeo. Aprender un idioma y a su vez adquirir una segunda identidad era mucho más divertido. Sin duda alguna, si un nativo me oyera decir palabras como *hashioki*,[1] mi acento me delataría, pero estaba convencido de que podía mejorar lo suficiente como para engañar a la gente de mi alrededor.

Así pues, adquirir una segunda identidad a la vez que aprendía otro idioma no podía gustarme más. De hecho, *identidad* era otra de esas palabras importantes que me había enseñado George. A mí, en realidad, no me avergonzaba ni pizca ser esquimal, pero pasarme la vida con una única identidad me parecía un aburrimiento.

Hashioki, urushi, misoshiro, wakame, konbu, negi.[2] Todo sonaba extraño. Aquellas palabras tenían ecos de un lugar

1. Reposa-palillos.
2. Reposa-palillos, lacado, sopa miso, alga *wakame*, alga *konbu* y cebolla, respectivamente.

remoto, pero en ellas también había algo que me provocaba nostalgia. Era como si pronunciarlas me evocara el vago recuerdo de ciertas escenas de mi infancia que hacía tiempo que había olvidado. Sin embargo, esas escenas se esfumaban antes de que llegaran a componer una imagen que pudiese visualizar.

Cuando ya me había acostumbrado al trabajo, me permitieron pasar a la cocina para ayudar a lavar las ollas y preparar los ingredientes. Chou, el cocinero, provenía de la provincia de Fujian. Era un hombre que sabía mucho y le encantaba conversar. Como él ya hablaba por los codos, a mí no me daba ningún tipo de reparo hacerle consultas mientras trabajaba. Poco a poco le fui haciendo preguntas sobre cómo se preparaba un buen dashi para la sopa miso, qué tipo de algas había, las características de cada pescado o cómo se manipulaban, y por la noche, metido en la cama, lo apuntaba todo en una libreta. Fuera cual fuera mi pregunta, Chou siempre compartía todos sus conocimientos conmigo.

En cierta ocasión le pregunté de quién había aprendido a preparar el sushi y a hacer un dashi tan delicioso para la sopa miso y un tofu frito tan perfecto, y él me respondió que de un francés que trabajaba en un hotel de París. Y después añadió con tono enigmático: «Cuando el original ya no existe, no queda más remedio que buscar la mejor imitación». A mí aquel comentario me sorprendió, pero no indagué más por miedo a saber qué podía significar.

En el restaurante, muchas de las clientas me hacían preguntas relacionadas con el budismo. Al parecer, por alguna extraña razón, un montón de danesas tenían sus casas u oficinas decoradas con estatuillas de Buda. «¿Qué significa este mudra?», me preguntaban doblando los dedos de modos muy complejos. Y es que muchas de ellas también practicaban meditación zazen.

—A mí me cuesta cruzar las piernas en la postura del loto. ¿Crees que también se puede alcanzar la iluminación sentada en la postura de medio loto? —me preguntó una mujer en cierta ocasión.

A medida que investigaba por internet y ampliaba mis conocimientos, fui siendo capaz de responder con soltura la mayoría de las preguntas que me hacían. Sin embargo, sucedía algo extraño: abría una página web y esta dejaba de existir al cabo de unos días. Me costaba creerlo, pero parecía que hubiese alguien que borraba las páginas web después de que yo las visitara. Así que, cuando daba con algo importante, lo anotaba en mi cuaderno.

En realidad, los genes de los esquimales son prácticamente idénticos a los de la gente del país del sushi, por lo que no es de extrañar que nuestros rostros guarden cierto parecido, un parecido oculto durante mucho tiempo bajo una profunda capa de nieve llamada Historia. Nuestro rostro, expuesto al frío y alimentado a base de carne y pescado, era muy distinto al de los habitantes del país del sushi, que comían arroz y verduras y se quedaban en sus casas dedicados al estudio o al trabajo. Sin embargo, desde que dispusimos de calefacción, empezamos a comer verduras y, sobre todo, pasamos la vida delante del ordenador, ha aflorado en nuestra tez una similitud indudable. Sobre todo porque algunos de nosotros nos esforzamos por parecernos a ciertos protagonistas de anime.

En la escuela de idiomas, las clases eran demasiado fáciles y yo empezaba a aburrirme. Previa consulta con mi profesor, decidí presentarme a los exámenes antes de lo previsto. Cuando le conté a la señora Nielsen que estaba pensando en viajar para ampliar mis horizontes, porque faltaban todavía tres meses para que empezara el curso universitario, a ella no solo le gustó la idea, sino que se ofreció a pagarme los gastos del viaje. En dinero genómico, no en efectivo, lo que significaba que, aunque viajara por el extranjero, podría ir a cualquier banco y bastaría con que me arrancara un pelo para demostrar genéticamente que era yo y sacar dinero de la cuenta de la señora Nielsen.

Primero pensé en recorrerme Dinamarca, pero pronto acabé cruzando la frontera con Alemania. De no ser por los perros, no me habría dado cuenta de que aquello era un paso fronterizo y habría seguido adelante pensando que se trataba de un paso a nivel en desuso o algo parecido. Pero resulta que, tan pronto como crucé la línea de la carretera, tres pastores alemanes saltaron de detrás de un arbusto.

Por suerte, me había criado entre perros y comprendo el lenguaje canino sin ninguna dificultad. Así que, como percibí rápidamente que aquellos perros no tenían ninguna intención de atacarme, los recibí con un abrazo y les acaricié la cabeza. Y cuando después les pregunté si estaban aburridos y si querían jugar, menearon tanto la cola que temí que se la fueran a romper, y me llenaron de lametazos con sus largas y húmedas lenguas. Según me dijeron, aquellos perros eran expolicías y, desde que dejaron el trabajo, jugaban a vigilar la frontera porque se aburrían.

Pasé por tres ciudades distintas del norte de Alemania, hasta que encontré un restaurante de sushi en el que pedí trabajo a cambio de comida y un lugar donde dormir durante un tiempo. Me costaba más hablar el alemán que el danés, pero por suerte me resultaba fácil de entender. Las frases pronto empezaron a transitar con la soltura de un tren por los raíles gramaticales que ya tenía asentados en la cabeza. Y cuando me preguntaban mi nombre, empecé a decirles que me llamaba Tenzo.

Desconocía si Tenzo era un nombre real, pero tampoco tenía a nadie que me lo pudiera confirmar. Así era como llamaban a los encargados de la cocina en los templos zen vegetarianos. En realidad, más que el sushi, a mí lo que me interesaba eran los platos vegetarianos hechos con algas. Siempre que consigamos extraer el umami de las algas, quedaremos igual de satisfechos que cuando comemos pescado, pero sin comerlo. En el futuro, cuando los peces se hayan extinguido, seguro que uno de los grandes temas de los que hablarán los chefs será cómo extraer de especies vegetales marinas el recuerdo del sabor del pescado. Decidí titularlo: *Investigación del dashi*. Si alguien repasaba algún día la larga historia de la cultura esquimal, seguro que descubriría que yo fui el primer investigador sobre el tema.

Todavía recuerdo una anécdota que me contaron en aquel restaurante de sushi de Husum. El local lo regentaba un hombre alemán llamado Heino Fisch, nieto de Wolf Fisch, fundador del restaurante. En sus tiempos, el viejo Wolf había estudiado Construcción naval en la Universidad de Kiel, donde entabló amistad con varios alumnos extranjeros. Entre ellos había un tal Susanoo, de Fukui, que fue quien le habló por primera vez de la existencia de un plato llamado sushi. Según me dijeron, el *fuku* de Fukui significa *Glück* (felicidad), palabra habitual en muchos topónimos originalmente bendecidos por sus riquezas naturales.

En Alemania también hay una pequeña localidad llamada Glückstadt (ciudad de la felicidad), que se hizo famosa por la fuerte oposición que mostró frente a los planes de construcción de una central nuclear a diez kilómetros de allí. Desde entonces, cuando alguien menciona la «ciudad de la felicidad», todo el mundo piensa en la central nuclear.

La ciudad natal de Susanoo era conocida por sus delicias del mar, y sus habitantes se dedicaban a la pesca de todo tipo de seres marinos: peces planos, peces puntiagudos, criaturas con concha, moluscos con diez patas, peces de rayas llamativas, peces de color rojo revolucionario o peces barbudos que se arrastraban por el fondo del mar. Los pescaban como alimento, pero también para mandarlos a Kioto en grandes cantidades. Sin embargo, el litoral tomó un desgraciado rumbo de la noche a la mañana, porque pasó a conocerse como el «corredor nuclear» y aquello supuso el declive de la industria pesquera.

La familia de Susanoo tenía una pequeña fábrica de robots cuidadores, pero en un momento dado les encargaron la fabricación de todos los robots del Centro de Relaciones Públicas del pueblo y el dinero empezó a entrarles a raudales, como las aguas residuales de las fábricas. A raíz de aquello ampliaron los talleres y contrataron a mucho personal nuevo. En el Centro de Relaciones Públicas del pueblo, los robots pescaban en la piscina con redes y cañas y enseñaban a los niños el nombre de los peces. De lo contrario, los niños no podrían hacerse una idea de la historia de su pueblo natal, porque los pescadores habían desaparecido. Y no solo los pescadores: también los agricultores estaban en vías de extinción porque, según decían, había robots que empujaban las máquinas que sembraban el arroz y lo cosechaban. Aquel Centro de Relaciones Públicas, con ese despliegue de robots recreando las industrias que en su día habían hecho brillar al pueblo, atrajo también al turismo.

Susanoo empezó a cuestionarse el Centro de Relaciones Públicas en la época en que iba al instituto. El detonante fue un nuevo robot científico que llevaba una bata blanca y tenía cara de buena persona. Aquel robot explicaba a los niños que la desaparición de la pesca y la agricultura era inevitable para el desarrollo de la civilización humana. Pero ¿por qué no eran científicos auténticos los que respondían a sus preguntas? O ¿por qué no lo hacían los políticos, en lugar de unos robots científicos? ¿No sería para eludir responsabilidades y dejar que las máquinas mintieran sin escrúpulos éticos? Susanoo no quería dedicarse a fabricar robots embusteros. Lo que a él realmente le atraía era la idea de construir un gran barco que transportara a gente allende los mares. Por eso acabó yendo a la famosa Universidad de Kiel a estudiar Construcción naval. Allí se hizo amigo de Wolf: salían juntos a pescar, a navegar y de excursión. Su desagrado por las máquinas fue en aumento. Al final se licenció en la universidad, pero, en lugar de regresar a su pueblo natal, acabó abriendo un restaurante en Husum con Wolf. Porque, como era curioso y de espíritu aventurero, quiso probar algo nuevo. Pese a que lo llamaron restaurante de sushi, al principio la carta se componía prácticamente solo de platos de cerdo, aunque habían incluido la frase «¡También servimos sushi!». Emprendieron el negocio sin muchas pretensiones, pero fueron haciéndose populares, y el restaurante llegó a ser tan conocido que todas las noches colgaban el cartel de COMPLETO.

La vida siguió así un tiempo, con mucho trabajo y cierta tranquilidad, hasta que un día, de repente, Susanoo decidió marcharse al sur de Francia. Wolf se quedó triste y desganado, asando cerdo y preparando sushi tal como Susanoo le había enseñado. Al poco tiempo se casó y tuvo tres hijos; el menor de ellos fue el que siguió con el negocio familiar y, cuando pasó a la generación actual, uno de los nietos se quedó al cargo. Wolf había fallecido el año anterior, y aunque llevaban mucho tiempo sin tener noticias de Susanoo, pensaban que quizá todavía siguiera vivo. Cuando le pregunté por qué Susanoo se había ido al sur de Francia de un modo tan repentino, el nieto de Wolf se encogió de hombros.

—Se enamoró de una mujer de Arlés y se fue con ella —explicó—. Sea como sea, lo siento por ti y también por Susanoo. Me cuesta creer que el país donde nacisteis y crecisteis haya desaparecido. ¿Los pocos que seguís vivos en el extranjero mantenéis el contacto entre vosotros o tenéis alguna red de apoyo?

Aquel comentario me sorprendió tanto que por poco me quedo sin aliento. Yo no había estado nunca en el país del sushi ni conocía a nadie de allí, así que por ese lado no era tan triste, pero descubrir que no existía justo cuando yo lo había elegido como mi segundo hogar me dejó algo tocado. También me molestó que ninguna de las personas con las que había hablado hasta entonces lo hubiese mencionado en mi presencia, que se hubieran limitado a escuchar lo que yo les decía, compadeciéndose de mí en secreto.

Por supuesto, aquello de que el país ya no existiera también podía ser solo un rumor. Quizá se había aislado del resto del mundo por razones políticas y había dejado de tener contacto con otros países. Quería conocer a ese tal Susanoo y hablar con él. Arlés parecía quedar muy lejos de donde me encontraba, pero, dado que ya iba en dirección sur, no había nada que me impidiera seguir bajando. Eso es: ¡iría a Arlés!

Por las noches, a veces, la palabra *sur* me invadía el cerebro mientras dormía. Yo la cortaba una y otra vez, pero aquella mala hierba llamada sur seguía naciendo en la tierra y se hacía tan alta que por fuera llegaba a envolver toda la habitación, hasta el punto de que no podía abrir la puerta ni salir, y dentro del cuarto la temperatura y la humedad subían una barbaridad, las paredes sudaban, la cabeza me daba vueltas, el olor del sudor que me salía por los poros se convertía en olor a semen, y oía el buaaa, buaaa del llanto de niños recién nacidos desde todas direcciones. Y todos eran míos.

Al terminar de trabajar, de vez en cuando salía a pasear de noche por el puerto de Husum y contemplaba durante horas cómo las luces de los barcos se reflejaban en el agua dibujando columnas. Todas las ciudades del norte de Alemania son bonitas a su manera, pero con el tiempo todas parecen iguales. De hecho, había empezado a pensar que Dinamarca y el norte de Alemania tampoco eran tan diferentes. El mundo con el que yo soñaba era totalmente distinto.

Cierto día, un cliente se dejó una novela olvidada en una silla. Era un libro de bolsillo con la cubierta doblada y las páginas amarillentas y suaves como la seda. Lo dejé junto a la caja registradora con la intención de devolvérselo al cliente en cuestión la próxima vez que viniese, pero en mis ratos libres lo fui hojeando y me cautivó. Se trataba de una novela romántica histórica, ambientada en el Imperio romano, que contenía el siguiente pasaje: «Una chiquilla bárbara robó el corazón de Julio, y su amor se propagó por doquier, igual que el Imperio romano, expandiéndose sin tregua allende las fronteras. La línea entre los bárbaros y el Imperio de Roma era difusa, pues este estaba rodeado de zonas grises que fueron expandiéndose de un modo ambiguo. Incluso hubo bárbaros de tierras lejanas que consiguieron entrar en el corazón de Roma y acceder a los cargos más altos». Si existía una comunidad como aquella, yo quería conocerla. Aunque fuese una historia del pasado, si dicha comunidad había existido, tampoco podía haber desaparecido por completo. Así que me dije a mí mismo que seguro que el Imperio romano seguía existiendo en algún lugar de Europa, y que solo tenía que buscarlo.

Aquella noche, un viento estrepitoso auguraba tormenta en las calles de la ciudad. El restaurante estaba vacío a pesar de que habíamos colgado el cartel de ABIERTO. Al rato empezaron a caer chuzos de punta y, como una hora más tarde, un cliente con un abrigo negro y brillante de lo empapado que estaba entró sin aliento, como quien huye de alguien. Era el mismo que se había dejado el libro. El hombre se quitó el abrigo, lo colgó en el perchero, se sentó al fondo del restaurante y pidió un sake y un California roll. Parecía alicaído, pero, al ver que con la jarrita y el vasito de sake le llevaba también el libro, se le iluminó la cara de repente.

–Llevas ya bastante tiempo trabajando aquí, ¿verdad? –me dijo con tono amistoso–. ¿Sabes? En realidad, a mí no me gustan las gambas, el marisco, el calamar ni las huevas de salmón. El sushi que más me gusta es el de aguacate y, después, el de tamagoyaki.[1] De pescado, prácticamente lo único que como es salmón. Creerás que soy el peor cliente que un restaurante de sushi pueda tener. Pero a mí me encanta venir aquí.

Como apenas tenía trabajo, le seguí la conversación.

Se llamaba Fabian, tenía treinta años y era de una ciudad llamada Tréveris, pero, al parecer, por circunstancias de la vida, trabajaba en el norte de Alemania. Yo creía que

---

1. Tipo de tortilla japonesa que se hace enrollando varios huevos batidos en una sartén comúnmente rectangular.

uno empezaba a alardear de su ciudad natal a partir de los cincuenta, pero, por alguna razón, Fabian se puso a hablar de Tréveris con mucho fervor, como un amante que no se olvida a pesar de la distancia. Quizá aquel día le había sucedido algo malo y sentía una repentina nostalgia.

Fabian me contó que en su ciudad había una basílica ante la que uno tenía la sensación de estar viviendo en el mismísimo Imperio romano con solo detenerse a mirarla. Mientras que, en Husum, donde vivía en aquel momento, no tenía la sensación de estar viviendo nada. Cuando terminaba de trabajar volvía directamente a su piso y se echaba a dormir. Sin embargo, al recordar la basílica, sentía los adoquines en la planta de los pies y los muros de piedra en las palmas de las manos. Y, entonces, le envolvía el olor de la tierra mezclada con el hierro, la deslumbrante luz del sol, las hojas de color verde oscuro, el olor de la carne asada y del vino intenso, de un áspero vinagre, o el aroma del cuerpo de las mujeres. Según me dijo, además de aquella basílica, en Tréveris también había muchas otras ruinas que podían transportarte a otro mundo solo con detenerte frente a ellas. Escuchándolo, me entraron unas ganas tremendas de visitar aquella ciudad.

Así que me despedí de Husum y me puse a hacer autostop con destino a Tréveris. Un camionero que casi no dijo palabra me llevó hasta Fulda, pero después no conseguí encontrar ningún coche que fuera en la misma dirección, así que tuve que desviarme un poco, y acabé montado en un Audi cuyo conductor se detuvo en medio de una extensa pradera sin previo aviso.

–Tengo que ir a visitar a mi madre, que ya está mayor. Su casa está girando por este camino. No tenía intención de parar, pero he cambiado de idea. Me sabe mal, pero tendrás que bajarte aquí –me dijo.

Estaba empezando a oscurecer y no parecía que fuera a pasar ningún coche, así que le pedí que me permitiera acompañarlo, pero él se negó en redondo. Seguramente porque, en lugar de con su madre, iba a encontrarse con alguna mujer casada cuyo marido estaba de viaje.

Andaba yo pesaroso por la carretera con la esperanza de encontrar un granero cálido donde pasar la noche, cuando vi que se acercaban las luces de un coche pequeño. Me planté de un salto en mitad de la carretera y, para que se detuviese, me puse a hacer aspavientos con las manos como un limpiaparabrisas. El coche se paró con un buen chirrido de frenos. El conductor era rubio, con el pelo corto y, a juzgar por cómo iba vestido, parecía un hombre de negocios.

–¿Podría llevarme? –le pregunté con voz implorante.

–¿Adónde vas?

–A Tréveris –le respondí directamente.

El hombre rompió su tenso semblante con una sonrisa.

–¡Ya es casualidad! Adelante, sube.

Que fuera una «casualidad» solo pude interpretarlo como que él también se dirigía hacia allí, así que me subí al coche, agradecido al destino.

El hombre no me contó nada de él, salvo que se llamaba Julius, ni tampoco me hizo ningún tipo de pregunta de por qué iba a Tréveris ni de dónde era. A nuestro alrededor, lo único que alcanzaba a ver era un extenso y lóbrego mar de praderas, y me estremeció pensar lo oscuro que sería el mundo si no existiera la nieve. De vez en cuando, me veía reflejado en la sombra oscura de algún animalito que se salvaba por los pelos después de saltar frente a la luz de los faros que iluminaban la monótona carretera. Al rato me entró el sueño y me quedé profundamente dormido sin darme ni cuenta. Cuando volví a abrir los ojos, el coche estaba parado y el conductor había desaparecido. A mi alrededor estaba todo muy oscuro. No había ninguna casa con luz, solo las tenues sombras de los árboles. Supuse que habría bajado a hacer sus necesidades, así que esperé allí un rato, pero el hombre no regresó. ¿Cómo se llamaba? ¿Julius? Un miedo indescriptible se apoderó de mí cuando abrí la guantera y, en lugar de encontrarme con un mapa y los documentos del coche, vi que había un vaso con cenizas. Cerré la guantera y bajé del coche con sensación de asfixia. El aire era fresco, y se entremezclaba con un leve olor a humo. Entonces miré el interior del coche a través del cristal de una de las ventanillas, y vi que la mochila que yo había dejado en el asiento de atrás había desaparecido. No podía creerme que hubiera abandonado el coche por robar aquello. Dentro de la mochila no había más que algo de ropa y unos libros. Entonces recordé sobresaltado una novela policiaca que había leído hacía tiempo. ¿Y si Julius estaba huyendo con todo el botín de un atraco, y los otros atracadores lo habían sacado del coche a rastras y ahora yacía ensangrentado en medio de la noche en algún lugar de la pradera? Los otros atracadores debían de haber pensado que mi mochila contenía objetos robados y se la habrían llevado al huir. Aquello era lo único que se me ocurría. Eché a andar sin ni siquiera cerrar la puerta del coche. En el horizonte se divisaba una tenue luz. Era el único punto de referencia que tenía. Seguí hacia delante sin pensar en nada, tambaleándome, sintiendo cómo la oscuridad me pesaba sobre los hombros y la ansiedad me agarrotaba las articulaciones de las rodillas.

Cuando el cielo por fin empezaba a clarear, vi ante mí un cartel con el nombre de la ciudad de Tréveris. Poco a poco fueron apareciendo algunas casas, se oyó el rugido del motor de los coches, y el piar de los pájaros me punzó el cerebro como si tuviera jaqueca. Una mujer en bicicleta se detuvo unos pasos delante de mí, apoyó un pie en la calzada, volvió la cabeza y me preguntó:

–¿Estás bien?

–Anoche alargué demasiado en el bar, mal que me pese. No se preocupe, vivo cerca –le respondí todo ofuscado, forzando una sonrisa.

Quería tumbarme en algún lado, pero por ahí no había ningún banco ni hotel.

Fue entonces cuando aparecieron ante mí los muros de los baños públicos del antiguo Imperio romano. Me pareció que estaba en un sueño. Entré como abducido por ellos. Tenían una escalera de piedra que emitía un brillo antiguo. Allí abajo estaban los baños públicos donde hombres ataviados con túnicas blancas bebían vino y discutían sobre política. Oí el goteo constante del agua sobre la piedra. Y, entonces, se me nubló la vista y, al flaquearme las fuerzas, me torcí el tobillo y caí rodando escaleras abajo. No era una escalera muy larga, pero, al tratar de levantarme, el pie me ardió tanto que instintivamente aullé como un lobo. Además, parecía que alguien me estuviese revolviendo los sesos con una cuchara. Traté de avanzar con la pierna a rastras hasta que me quedé sin fuerzas y perdí el conocimiento. Más tarde sabría que aquel lugar en ruinas eran los Kaiserthermen, los mismísimos baños públicos del antiguo Imperio romano. Nora, la chica que me encontró por casualidad y después me ayudó, era muy distinta a cualquiera que hubiese conocido. Tenía el poder de que todo lo que la rodeaba bailara a su son. En el instante en que cogió una manta, dicha manta se convirtió en su sirvienta y se puso a trabajar para calentarme. Hasta que ella no pronunció la palabra *venda*, esta no adquirió el carácter de venda como tal. Del mismo modo que, cuando Nora entraba en la habitación, su propio cuerpo se convertía en mi espacio, y los muebles y las ventanas se retiraban con discreción como dibujos animados. Estaba abrumado. Todos los halagos del tipo «mona», «dulce» o «guapa» que hasta entonces había usado tan a la ligera con las chicas con ella se quedaban muy cortos. Si yo ponía una mano sobre la mesa, sin intención alguna, y Nora reposaba la suya encima, la mesa se quedaba preñada y empezaba a brillar desde dentro, y de un vaso volcado manaba el río Mosela, en cuyas aguas nadaban un sinfín de niños luminosos. Todos ellos eran nuestra familia. Estaba inmerso en un río de placer, pero también había empezado a sentirme incómodo, porque me estaba convirtiendo en una parte de aquel Imperio romano en miniatura que ella dirigía, y ya no sabía si hacía las cosas por voluntad propia o porque Nora lo había planeado de aquel modo. El único lugar en el que seguía siendo yo mismo era en mis recuerdos anteriores a la llegada a Copenhague. Nora se convenció desde el inicio de que yo era del país del sushi, y nunca cayó en la cuenta de que, en realidad, era esquimal.

Es tremendo ver cómo dos personas se convierten en una. Solo con ver a Nora tomar un sorbo de café, su sabor se extendía por mi boca. Cuando Nora se despertaba, yo también lo hacía. Cuando Nora se daba cuenta de que tenía hambre, mi estómago rugía. Éramos un dos en uno. De ahí que bastara con que Nora tuviera un trabajo respetable aunque yo no consiguiera encontrar ninguno. Era la primera vez que me ocurría. Había empezado a impacientarme. Nora me daba dinero para todo, incluso para comprarme un plátano. Podría haber sacado dinero de la cuenta bancaria de la señora Nielsen, pero hacía ya mucho tiempo que había pasado la fecha en que le había prometido volver a Copenhague y, si seguía por ese camino, aquello sería un fraude para la beca. ¿Era Nora la que me había secuestrado? ¿O había sido el Imperio romano? Tenía que liberarme y volver a Escandinavia cuanto antes.

Nora se dio cuenta de que no encontrar trabajo me estaba empezando a corroer por dentro, y me propuso que organizáramos el Festival Umami. Yo acepté porque confiaba en poder explicar muchísimas cosas interesantes sobre el umami, y porque albergaba la ilusión de no seguir siendo un compañero de piso inútil para Nora durante demasiado tiempo. Tan solo había una cuestión que me preocupaba. ¿Qué haría si alguien que realmente fuera del país del sushi venía al festival? Mi verdadera identidad quedaría al descubierto. Y Nora seguro que rompería conmigo al descubrir mi gran mentira. Así, por extraño que parezca, el deseo de alejarme de Nora fue en aumento, de forma proporcional al miedo que me daba la idea de que ella me abandonara, hasta llegar a unos niveles insoportables.

Por las noches tenía insomnio, estaba atrapado en un callejón sin salida. Me devané los sesos para decidir cómo huir, hasta que al final le dije a Nora que tenía que marcharme a Oslo. Eso me permitiría no romper del todo con ella, pero sí poner un poco de distancia durante un tiempo. Tras investigar en internet, descubrí que allí había un restaurante llamado Shinise Fuji, donde se iba a celebrar un concurso para cocineros. Si huía a Copenhague y Nora me seguía, corría el riesgo de que alguien me descubriera; si iba a Arlés, primero tendría que tomar el tren a París, y corría el riesgo de que Nora se empeñara en acompañarme hasta la estación y llegara incluso a subir a bordo. No tenía dinero para huir a Mumbai o Hong Kong, pero tampoco quería irme tan lejos. Noruega estaba a la distancia perfecta.

No me daría cuenta de la verdadera razón por la que decidí ir a Noruega hasta mucho después. El *no* inicial de la palabra *Noruega*, que coincidía exactamente con aquel sentimiento de negación que yo albergaba.

6. HABLA HIRUKO (II)

Mientras miraba el cielo, el azul se me metió dentro y me vació el pecho. Las ventanas cuadradas de un edificio de cinco plantas blanco como la nieve me observaban como los ojos de un robot, con el mismo azul reflejándose en los cristales. Aunque allí seguramente viviera gente, para mí eran unos desconocidos a los que probablemente tampoco llegaría a conocer jamás. Al lado había otro edificio de la misma altura, pero de aspecto totalmente distinto, puesto que tenía unos balcones acristalados con mesitas a intervalos regulares en su fachada granate. Aquella ciudad, en la que yo no conocía a nadie con quien sentarme en aquellos balcones para tomar un té en silencio fingiendo no oír el ruido de los coches, tan repleta de líneas y ángulos calculados con aplomo, carentes de emociones alteradas, huía con destreza de la fealdad.

Los transeúntes andaban con cierta premura y despreocupación. Las tiendas estaban a oscuras o tenían las persianas bajadas. Había hombres con miradas penetrantes que observaban la calle desde sus coches aparcados.

Nada más llegar al aeropuerto de Oslo ya percibí que algo extraño sucedía. Caminando por la terminal, vi a po-

147

licías por todos lados, y delante de las ventanillas del control de fronteras la cola era larguísima. Que hubiese controles de inmigración en vuelos internos por Escandinavia no era habitual.

—Este pasaporte está caducado, ¿verdad?

—Renovación imposible.

—¿Por qué razón?

—País desaparecido. Tengo permiso de residencia danés.

Le mostré toda la documentación que llevaba al inspector. Cuando hablo con funcionarios, el panska suena poco convincente. Como si la belleza de ese lenguaje artesanal, cuyos finos hilos están trenzados con esmero para permitir la comunicación, se viera pisoteada por un insolente lenguaje autoritario.

—¿Dónde trabaja?

—En Centro Märchen.

—¿Es oficinista?

—Dibujo láminas de animales. Cuento cuentos a niños extranjeros.

El funcionario debió de cansarse de escuchar mis explicaciones, porque apartó la mirada y, ¡pam!, estampó su sello con estrépito.

Había hombres con uniforme y pistola por los pasillos. Por los uniformes que llevaban, debían de ser del ejército, no de la policía. Pasé con la cabeza un poco gacha, para no mirarlos. Una suerte de rigidez me envolvía las piernas como una escayola invisible.

Me bajé del tren delante del teatro y encontré un quiosco. El colorido de los paquetes de chicles y las fotografías de los periódicos que tenía delante la joven quiosquera resaltaba la belleza de la constelación de pecas de su rostro fresco. Le pregunté si sabía dónde estaba el Shinise Fuji, y ella lo buscó y me imprimió un mapa.

148

–Gracias. Noruegos muy amables –le dije, y ella frunció el ceño.

–Aquí también hay asesinos. ¡Anda con cuidado!

No me esperaba esa respuesta.

En un rincón de esta ciudad, donde confluyen la tierra y el agua, había una gran terraza de madera rojiza. Un edificio octogonal de cristal se alzaba sobre ella como una niña sentada con la falda extendida. El tejado parecía un fajín rígido, un kakuobi de esos que llevaban los hombres con el kimono. Hacía mucho que no me venía a la cabeza la palabra kakuobi. Pensar que en breve podría encontrarme con Tenzo y hablar con él removía la laguna de mi cerebro: quizá eso haría salir a la superficie algunas palabras que habían quedado sumergidas en el fondo.

A medida que me fui acercando, vi un cartel con la palabra RESTAURANTE. El sitio parecía cerrado. A través del ventanal, vi que dentro unos hombres y mujeres vestidos de negro montaban una tarima en una de las esquinas del local. Al fondo, había una barra con sillas y una cortina noren de color azul marino con la palabra SUSHI detrás. *Noren* era otra de las palabras que hacía mucho tiempo que no usaba. Más allá del noren estaba la zona de la cocina, donde trabajaba un hombre con una cinta en la frente. Me acerqué tanto para ver si se trataba de Tenzo que mi nariz chocó contra el vidrio y, en aquel mismo instante, el hombre desapareció. Reflejada en el cristal, vi que por detrás se acercaba la figura de un policía. Aunque no tenía nada que ocultar, entré en el restaurante como huyendo de él. Un chico que estaba moviendo mesas se volvió hacia mí.

–¿Está Tenzo aquí? –le pregunté, pronunciando el nombre de Tenzo con especial lentitud y respeto.

El chico negó con la cabeza sin inmutarse lo más mínimo.

–¿Hay acto esta noche? ¿Qué acto?

El chico se limitó a encogerse de hombros en silencio. Me di por vencida y salí del restaurante. Aliviada por el hecho de que ya no hubiese ningún hombre uniformado, me senté en un banco, cogí un periódico que se habían dejado allí y lo desplegué. En la portada había una fotografía de unos hombres vestidos con uniforme naranja limpiando unos escombros grises. Al parecer había habido un atentado con bomba. Dejé allí el periódico, y volví a entrar en el restaurante en busca de refugio. Dos chicos estaban colocando sillas. Los observé distraída hasta que terminaron su trabajo y me senté en una de las sillas de la última fila. Esperé allí un buen rato, pero Tenzo no aparecía, y Knut y Nora tampoco. Como fuera estaba empezando a caer la tarde, decidí buscar un lugar donde pasar la noche.

Pregunté a uno de los trabajadores, que estaba aprovechando un descanso para tomarse un café en la barra, si conocía algún lugar barato donde alojarme por allí cerca, y él enseguida sacó un lápiz y me dibujó un mapa con suma pericia. Hacía mucho tiempo que no veía a nadie hacer un esbozo con tanta facilidad. Pensé que quizá era estudiante de Arquitectura. Todas sus líneas eran precisas, y los nombres de las calles que añadió se leían con total claridad. Con aquel mapa era imposible perderse.

Las casas que había a ambos lados de la calle parecían estudiantes modélicos y bien vestidos, pero no nuevos ricos. Aunque les sobraba el dinero, no lo derrochaban y rezumaban buen gusto. Sin embargo, en un momento dado del trayecto, vi una casa que parecía la hija de una familia pobre. El rojo pardo de su revestimiento estaba descolorido, tenía el blanco del marco de las ventanas desconchado, y la madera, llena de astillas que parecían dolorosas. Sus ventanas eran tan pequeñas que, ahora que se compite por hacerlas lo más grandes posible aunque después siempre tengan los cristales empañados, se hacían hasta extrañas de ver. Me acerqué para mirar dentro y vi a un hombre con una barba larga sentado al fondo de una habitación de techo bajo. Doblé la esquina y me encontré con la entrada de la casa, donde habían escrito con tiza blanca la palabra HOTEL, cuyas cinco letras bailaban como si fueran un garabato infantil.

Me armé de valor para llamar al timbre, pero no lo había, así que golpeé la puerta con los nudillos. El hombre me respondió desde dentro y, aunque no entendí ni siquiera en qué idioma hablaba, interpreté que me había invitado a entrar, porque nadie responde con un «No pase» cuando llaman a su puerta, de modo que empujé el portón y entré. Una vez dentro, recordé que también hay quienes responden con un «Está cerrado» gruñón, pero ya era demasiado tarde para recular.

El hombre tenía la piel suave y sonrosada, y la barba le colgaba del mentón como una estalactita. Tenía la mirada clavada en un cuaderno abierto que había encima de una mesa de roble. El hombre no levantó la vista ni siquiera cuando me acerqué a él. Me pregunté si quizá no debería haber entrado. La inquietud de tener que encontrar un lugar donde dormir antes de que cayera la noche en una ciudad en la que no conocía a nadie me había hecho ser atrevida.

—¿Es hotel? —pregunté, y el hombre asintió con la cabeza.

—Habitación número tres —dijo después, señalando con el mentón hacia una puerta que había al fondo de la estancia.

Era un hombre parco en palabras.

Cuando abrí la puerta en cuestión, tuve la impresión de que el techo era todavía más bajo. Había una hilera de puertecitas a ambos lados. De más cerca podía apreciarse que cada una de las habitaciones tenía un cartelito del tamaño de un sello con una numeración desordenada: uno, nueve, dos, cinco... Me apresuré a buscar el número tres.

La habitación número tres era la que estaba al fondo de todo, y tenía la llave colocada en la cerradura. Dentro, había un ventanuco que no parecía que dejase entrar mucha luz, pero al mismo tiempo no daba la impresión de ser oscura, quizá por la calidez brillante de la madera. Dejé el equipaje sobre una silla, regresé adonde estaba el hombre y me encontré el cuaderno cerrado con una postal en la cubierta. Hice ademán de fijarme mejor en la postal, nuestros ojos se cruzaron y yo aparté la mirada, confusa, pero entonces él me la tendió.

Era de un paisaje invernal nevado, una nieve de un color amarillento pálido y dulce, y había una urraca posada sobre lo que parecía una escalera rota; me quedé con la mirada fija en las suaves plumas, que le ocultaban las patas.

—¿Qué miras?

Levanté la cabeza y me encontré con la mirada curiosa del hombre. De repente el panska emanó a borbotones de mis labios.

—Este pájaro sin piernas. El artista no las ha pintado.

Yo tampoco las pinté a mi pájaro. Mi pájaro era grulla. Mi compañera de trabajo dijo que era pato. Dibujé patas, y entendió que era grulla. Pero dar a entender que era grulla no es arte. Me equivoqué.

El hombre se quedó mirándome con los ojos repletos de sorpresa y, como si fuera la primera vez que veía un humano, me tendió la mano derecha y se presentó: Claude. Yo se la estreché y me presenté también: Hiruko.

—Mis antepasados vinieron a Oslo desde el sur de Francia. Aquí la luz es bonita. La luz del mar Mediterráneo es verdaderamente hermosa, pero también tranquila, brumosa y aletargante. En cambio, en Escandinavia, la luz es clara y siempre cambiante —dijo en un noruego fácil de entender.

—¿Por qué Oslo?

—Porque aquí está el monte Fuji.

Me quedé desconcertada. Era imposible que el monte Fuji estuviera en Oslo. Aunque no tenía por qué haber un único monte Fuji. Al fin y al cabo, la propia Nora se había confundido con el nombre del restaurante y lo había llamado *Nise Fuji*, es decir, «imitación del monte Fuji». Tenía todo el sentido del mundo que el verdadero estuviese en algún otro lugar y que aquí hubiese uno falso. Pero ¿y si existía un único monte Fuji? No sé por qué, pero me daba miedo preguntar qué hacía el monte Fuji en Oslo.

—Salgo. Voy a encontrarme con amigo —me limité a decir, y me marché despavorida en busca, realmente, de un amigo.

Caminaba a paso ligero con la idea de que Knut quizá ya habría llegado. En la entrada del restaurante, un hombre vestido de traje charlaba con un policía. Ambos tenían el ceño fruncido y llevaban guantes, como si estuvieran manipulando algo peligroso. El agente de policía estuvo asintiendo durante un rato y, cuando por fin se marchó, el hombre trajeado también se dio la vuelta y entró en el restaurante. Estaba plantada delante de la puerta, dudando si entrar o no, cuando, ¡pam!, alguien me dio una enérgica palmada en el hombro. Me volví sobresaltada y vi que era Nora.

Nora me saca una cabeza de alto y es de constitución robusta. La vigorosidad con la que expulsaba las palabras en inglés mostraba también una gran capacidad pulmonar. Pensé que no estaba sola, hitori bocchi, como se decía en mi país. Que tenía una amiga. Pero de repente me asaltó la duda de si *bocchi* era realmente una palabra.

–Hola, Hiruko. ¿Cuándo has llegado? ¿Llevas mucho tiempo esperando? ¿Y los demás?

–Parece que Knut no ha llegado todavía.

–¿Y Tenzo?

–Creo que tampoco. Como no lo he visto nunca, no sé qué cara tiene.

–Entremos. Se está haciendo de noche y va a empezar a hacer frío.

Una vez dentro, Nora se sentó toda decidida en una de las sillas. Yo me senté a su lado, pero Nora se puso a hablar con mucha exaltación y tuve la impresión de estar demasiado cerca de ella, así que retiré mi silla un poco hacia atrás.

–Me chocó tanto que Tenzo se marchara... Fue muy inesperado. Aunque, visto en retrospectiva, quizá era de esperar. Tenzo y yo conectamos al instante. Quizá fuera todo demasiado repentino para él. Así que entiendo que quisiera huir.

Yo no conseguía entrar en la historia de Nora y, cuando lo hacía, al cabo de un instante volvía a pensar en otra cosa: ya fuera el ataque terrorista que había habido en Oslo, el propietario del hostal, el monte Fuji o lo preocupada que estaba por saber cuándo llegaría Knut. Pero habría sido perfectamente lógico que pensara sobre todo en Tenzo. Si aparecía, por fin, después de tantos años, podría hablar en mi lengua materna. Aquel era el propósito de mi viaje, a fin de cuentas. Mi pasado me quedaba ahora tan lejos que me resultaba imposible alcanzarlo o tocarlo. Estaba a punto de tener ante mí a alguien que entendía aquel idioma que antaño me entraba por la boca al respirar, me bajaba por la garganta con el intenso sabor de la mezcla del mirin y la salsa de soja, y después me llenaba los pulmones y se filtraba entre los algodones de mi vientre para colarse sin cesar en mis venas y llegarme al cerebro.

El intercambio de unas pocas palabras revelaría el sinfín de hilos que nos unían a Tenzo y a mí. Los hilos del lenguaje.

Me pregunté cómo sería el reencuentro entre Tenzo y Nora, cuya unión se basaba en corrientes hormonales. La expresión angustiada de Nora mientras hablaba de él me irritó tanto que retiré la silla todavía un poco más para alejarme de ella. Fue entonces cuando entre las tablas de madera marrón de la terraza y el azul resplandeciente del cielo apareció un hilito de agua.

El color del agua fue virando poco a poco de un azul marino a un azul verdoso, y luego a un azul que era casi gris. Las nubes, en constante movimiento, iban cambiando el color del agua en la que se reflejaban. Me pregunté si la expresión del rostro humano tornaría con la misma delicadeza que la superficie del agua.

Nora se dio cuenta de que no la estaba escuchando.

–¿En qué piensas? ¿Te preocupa algo? –me preguntó.

Su voz hasta entonces pastosa sonaba ahora mucho más nítida.

—Las personas ahora estamos contentas, ahora tristes. Los sentimientos son muy cambiantes. Como el cielo de esta ciudad. Cuando el cielo cambia, cambia también el color del agua en que se refleja.

Después de decir aquello, caí en la cuenta de que, a pesar de que estaba hablando en inglés, parecía que me estuviese expresando en panska, pero tampoco tenía ninguna intención de remediarlo. Igual no hablo bien inglés, aunque dé la impresión de estar acostumbrada. Sin embargo, el panska era una obra que yo misma había creado y por la que lo estaba dando todo; el panska era yo, no podía plegarme a los demás en cada pincelada con la que golpeaba el lienzo. Los trazos del pincel, vistos de cerca, tal vez parecieran manchas desordenadas carentes de sentido; sin embargo, si se observaba todo el lienzo desde cierta distancia, podía apreciarse un hermoso estanque con nenúfares.

—¿Conoces los cuadros de los nenúfares de Monet? Las emociones de las personas son más evidentes en la superficie del estanque que en su rostro. Pero con el agua no basta. La luz es necesaria.

Me adentré en la galería de arte de mi corazón, y admiré uno de los cuadros que tenía allí expuestos. Cuando el azul del cielo brilla, el verde luce todavía más verde. De modo que el verde y el azul deberían quedar bien juntos, pero ambos colores guardan una suerte de discordancia oculta que hace que den la impresión de chocar entre sí. El cielo reflejado en el estanque y las hojas de los nenúfares están en contacto en el lienzo, pero en la realidad no se tocan. Es extraño cómo expresa esto un cuadro que solo existe en la superficie de una tela.

Como Nora no conseguía sacarse de la cabeza a Tenzo, cuando oyó la palabra *nenúfar* la asoció más con el budismo que con Monet.

—Buda está sentado sobre la flor de un nenúfar, ¿verdad? ¿Por qué será?

Me sorprendió que de repente me preguntara aquello.

—Los nenúfares florecen en los estanques. Lo que hay bajo los pies de Buda es el lodazal del mundo terrenal –le respondí, recordando una interpretación que había llegado a mis oídos en el pasado.

Nora asintió repetidas veces totalmente impresionada, pero en mi mente el estanque de nenúfares de Monet era tan claro que no parecía un lodazal. Le informé de que tenía que ir al baño y me levanté de la mesa.

Los espejos no son estanques. Me miré en el reflejo mientras me lavaba las manos y vi otro estanque y, al adentrarme en aquella profundidad, el tiempo empezó a caer a toda prisa y, al regresar, me encontré en un futuro distante en el que ya no conocía a nadie. Si no recordaba mal, había un cuento popular que iba de eso, de un chico que salvaba a una tortuga de unos niños que la estaban maltratando. No recordaba cómo se llamaba. ¿Kame Tarō? ¿El príncipe Ryūgyū? Cuando el chico volvía a casa después de un tiempo divirtiéndose en el Palacio del Dragón, su mundo se había transformado por completo.[1] Como cuando a veces regresas del baño y la gente

1. Se refiere al cuento tradicional de Urashima Tarō que relata la historia de un joven pescador que salva a una tortuga de unos niños que la están maltratando en la playa. Agradecida, la tortuga invita al muchacho a visitar el Ryūgyū-jo, el Palacio del Dragón, que se encuentra en el fondo del mar, donde la tortuga se convierte en una princesa y Urashima Tarō se queda con ella. Tres años más tarde, decide regresar a su pueblo y la princesa le da una caja misteriosa lla-

que habías dejado en la mesa ha sufrido un cambio inexplicable.

Cuando regresé, encontré una Nora totalmente distinta a la que había dejado allí. Había un chico de pie frente a ella, y estaba inclinada hacia él, hablándole en voz baja, y cada vez que trataba de tocarle el brazo, él daba un paso atrás con un respingo. Medían casi lo mismo, pero Nora parecía un poco más alta. Como hablaban en alemán, la única palabra que comprendí fue «umami». Me sentía culpable por escucharlos sin que me vieran, así que carraspeé, al tiempo que me acercaba, y a Nora se le iluminó el rostro cuando me vio.

–Dejad que os presente. Este es Tenzo. Y ella, Hiruko –dijo en inglés toda contenta, mirándonos primero al uno y después al otro, y luego añadió–: Venís del mismo país...

Aquella última frase quedó como suspendida en el aire. El chico me observó con ojos escrutadores, como un gato salvaje en estado de alerta.

–Por fin puedes hablar en tu propio idioma, Tenzo. No te preocupes por mí, habla todo lo que quieras con Hiruko –le instó Nora en inglés, pletórica.

–Ha-ji-me-mashite[1] –dijo Tenzo, forzando una sonrisa.

Tenzo había pronunciado el primer *ha* de aquel impetuoso *hajimemashite* con un exabrupto teatral que cortaba el aire; el *ji* como un *ju*, el *me* con demasiado énfasis; y, a

---

mada *tamatebako*, que le pide que no abra. Pero al regresar a su pueblo, ya no hay nadie que él conozca y se da cuenta de que en realidad han pasado más de trescientos años desde que se marchó. Entonces, abre la caja y en ese mismo instante se convierte en un anciano.

1. «Encantado», en japonés.

partir de ahí, la entonación había ido cuesta abajo. Recordé la nostálgica palabra que usábamos para extranjero: *gaikokujin*, aunque era muy probable que hubiese caído en desuso. ¿Sería Tenzo medio extranjero? Aunque tampoco tenía por qué. Me acordé de la anécdota de un chico del instituto que cuando conversaba con las chicas se ponía tan nervioso que hablaba de un modo extraño.

–Así que, ¿tú eres Tenzo? Tengo entendido que vas a participar en una contienda culinaria en este restaurante –dije, y acto seguido pensé que la palabra *contienda* quizá sonaba anticuada, más acorde a la competición de transformaciones del tanuki y el zorro. ¿Cómo debían llamarse las contiendas culinarias? Un número sorprendente de gente usaría el vocablo inglés *talent show* para evitar aquel término. Así que, muy a mi pesar, hice lo mismo.

–¿Es un talent show de dashi? –pregunté, y el rostro de Tenzo se relajó, aliviado.

–Así es. ¡Ganbarimasu![1]

Según tenía entendido, el verbo *ganbaru* había caído en desuso, pero imaginé que Tenzo debía de llevar mucho tiempo viviendo en el extranjero y que por eso seguía usándolo.

Tenzo tenía un acento muy marcado; de hecho, era un acento que no había oído nunca. No tenía nada que ver con el dialecto de Hokuetsu que yo recordaba de mis abuelos. Del mismo modo que tampoco guardaba ninguna relación con el ritmo del dialecto de Osaka que hablaba mi mejor amiga de la primaria, Tomi-chan. Me pregunté de dónde sería Tenzo.

–¿De qué país eres? –le pregunté.

–¿País? ¿Mi país, dices...? No existe –me respondió.

1. «Daré lo mejor de mí», en japonés.

Entendí que quizá, por no tener, Tenzo no tenía siquiera una prefectura a la que llamar hogar. De pequeña solía envidiar a la gente como él. A las personas cuyos padres trabajaban como banqueros, apicultores, jueces o actores, que se trasladaban de lugar por trabajo con frecuencia y hablaban en un particular batiburrillo de palabras, con ecos de muchos lugares.

En aquel momento, Nora reposó su mano en el hombro de Tenzo como gesto de apoyo y le dijo algo en alemán. Me figuré que le preguntaba: «¿Qué te pasa? No seas tímido. Habla más con ella, ¡anda!».

Tenzo me miraba con la seriedad con la que mira un alumno a un examinador. Yo tampoco conseguía hablar con naturalidad. Quizá si en el pasado hubiese sido amiga de Tenzo, podría volver a hablarle como antes. Pero, dado que era la primera vez que lo veía, no se me ocurría una forma natural de dirigirme a él en esa situación. Además, Tenzo me observaba fijamente, decidido a no perderse ni una sola palabra que saliera de mi boca, y me resultaba difícil hablar percibiendo su nerviosismo.

–¿A-qué-ho-ra-em-pie-za-el-*ta-lent-show*? –le pregunté, hablando sin darme cuenta como si fuera una estudiante de nivel inicial de mi propia lengua, separando las palabras y pronunciándolas con claridad, sin muletillas innecesarias.

–Mañana a partir de las diez de la mañana es cuando –respondió Tenzo, aliviado.

Yo ya había oído en alguna parte ese tipo de estructuras gramaticales en las que ante la pregunta «¿Quién?» la respuesta era «El señor Suzuki es quien»; o ante un «¿Dónde?», «Tokio es donde». No recordaba en qué lugar, pero pensé que aquello no era un dialecto, sino un modo de hablar influenciado por un lenguaje extranjero. Además, la forma en que había pronunciado la palabra *maña-na*, alargando la segunda sílaba como en «ma-niaaa-na», me recordó al acento de un estudiante escandinavo que conocí una vez. Eso era: para Tenzo aquel *mañana* era una palabra extranjera. No era una lengua que hubiese aprendido de niño. Pero, por alguna razón que yo desconocía, no quería que Nora lo descubriese.

—¿Tienes dónde hospedarte? —le pregunté, y después pensé que quizá no entendiera el verbo *hospedarse* y añadí—: ¿Tienes hotel?

Nora entendió la palabra *hotel*.

—¡Tenemos que buscar un hotel! ¡Cierto! Yo tampoco he hecho ninguna reserva —dijo ella, volviéndose a mirar su maleta.

Entonces les expliqué en inglés que había encontrado un hostal regentado por un extraño señor de raíces francesas.

—¡Qué pensión más interesante! Yo me hospedaría allí, pero ¿y tú, Tenzo? ¿Dónde te alojas? —le preguntó Nora en inglés.

Él señaló hacia el fondo del restaurante con el mentón y después ambos se pusieron a hablar en alemán. Supuse que ella lo estaba presionando porque quería pasar la noche allí con él, pero que Tenzo le contestaba que no era posible. Nora se volvió hacia mí con aire disgustado.

—Reservaré una habitación para mí en esa pensión. ¿Podrías decirme dónde es? —me pidió.

Me saqué del bolsillo aquel mapa que me habían dibujado, que salió todo arrugado como una cara llorosa. Después, Nora hinchó el pecho con afectación y se marchó del restaurante dando zancadas y tirando de la maleta como si llevara un perrito de la correa.

Una vez solos, Tenzo y yo nos miramos.

—Estás actuando delante de Nora, ¿verdad?

—¿Actuando?

—Sí, haciendo teatro: Ibsen, Strindberg, Shakespeare...

—Ah... Fue malentendido. Yo no mentí.

—Es decir, que hubo un malentendido y no lo aclaraste. Pero ¿por qué? Como maestro del dashi, ¿qué sentido tiene ponerle una venda en los ojos?

—¿Yo venda ojos? No.

—Porque sí que eres cocinero, ¿no?

—Trabajé en restaurante sushi en Alemania. Pero yo más interés en dashi que en sushi.

—¿Por qué estás engañando a Nora? ¿Por qué finges?

—Segunda identidad, útil. Yo, feliz.

De repente pensé que, a oídos de los escandinavos, quizá mi panska sonaba como Tenzo en aquel momento.

—¿Tenzo es tu verdadero nombre?

—No.

—¿Y cuál es? ¿Cómo te llamas en realidad?

—Nanuk. Disculpe molestias causadas; un placer conocerla.

—Los libros de texto con los que has estudiado están un poco anticuados, ¿no? Nanuk es un nombre muy bonito. ¿Eres de Groenlandia?

—El paisaje de Groenlandia muy bello. Venga algún día a visitarlo.

—¿Esta frase también salía en tu libro de texto? ¿Eres autodidacta? La verdad es que me encantaría ir a Groenlandia algún día. De pequeña tenía un cuento ilustrado en el que salía un esquimal. Lo leí un sinfín de veces hasta que el libro quedó hecho un guiñapo. El niño del cuento podía hablar con las nutrias. Tenía una cara igualita a la de mi vecino. Es curioso. Cuando recuerdo mi infancia, es como si las personas de carne y hueso y las que aparecían en los cuentos ilustrados fueran igual de reales. En los libros salía gente de toda clase de países. Y no solo personas, sino también un sinfín de animales distintos. Quizá los álbumes ilustrados sean mi hogar.

Nanuk me miraba con perplejidad. Aunque no me entendiera, parecía contento de recibir aquel aluvión de palabras.

–Pero me alegro mucho de haberte conocido. No tienes por qué entender todo lo que te digo. Siento que estas palabras que estoy pronunciando ya no son un mero fluir de sonidos sin sentido, sino un idioma como tal. Y eso es también gracias a ti. ¿Te parece bien que le cuente la verdad a Nora?

Al oír el nombre de Nora, Nanuk agachó la cabeza y se detuvo a pensar unos instantes.

–Mentir, malo. Decir verdad a Nora. Yo mismo –dijo al final, y esbozó una leve sonrisa.

–Eso es. Es mejor que se lo digas tú mismo. Si se lo dijera yo, sería como criticarte a las espaldas. Pero ¡anímate! No creo que mentir sea necesariamente algo malo. El teatro es una mentira ¡pero también un arte! El Tenzo que has construido es una obra de arte. Y en ese sentido, Tenzo existe.

A Nanuk se le volvió a iluminar ligeramente el rostro. Aunque no creo que le quedara totalmente claro el significado de todo lo que le había dicho, me dio la sensación de que había captado lo que le quería transmitir, así que me alegré de no habérselo dicho en inglés.

En aquel momento, una seda roja carmín entró en el restaurante revoloteando como una mariposa. Era Akash en su sari.

–Pero ¿tú qué haces aquí, Akash? ¿No habías dicho que no vendrías a Oslo?

163

–¡Knut se puso en contacto conmigo para decirme que no podría venir y me pidió que viniera yo en su lugar! ¡Él mismo me ha pagado el billete! –soltó, hilvanando las palabras con la respiración entrecortada.

En el instante en que supe que Knut no vendría, sentí un peso en los pulmones. Mi corazón todavía no podía decir que era primavera, pero notaba que la frescura del blanco y el amarillo del azafrán empezaban a aflorar en el suelo invernal. Todavía no podía llamarlo amor, pero sabía que ya no había retorno al invierno. Akash y Nanuk se miraron con perplejidad.

–Akash, te presento a Tenzo, el maestro del dashi. Su verdadero nombre es Nanuk, y es de Groenlandia. Es un chef de sushi en toda regla, con experiencia en varios restaurantes por Alemania. Su interés por el dashi lo ha llevado a investigar sobre el tema.

Akash se quedó observando a Nanuk y, de repente, soltó algo en alemán. Nanuk le contestó en voz baja, como con sentimiento de culpa. Al oír la respuesta, Akash lo avasalló con una retahíla de preguntas, con el ceño fruncido como un dios asura, y Nanuk se encogió de hombros sonriendo tímidamente. Al ver su reacción, Akash se puso colorada como un pimiento y, de repente, sacó sus delicados y bronceados brazos de debajo del sari rojo de seda y agarró a Nanuk por el cuello. Yo me interpuse rápidamente entre ellos.

–¿Qué está pasando? ¿De qué habláis? Traducidme –les pedí en inglés.

Al oír que les pedía que tradujeran, el ardor de la pelea se aplacó. No hay nada más aburrido que discutir con una traducción de por medio. Akash me lo explicó en inglés.

–Pues le he pedido que asuma responsabilidades, porque hemos venido todos a Oslo desde muy lejos por sus mentiras.

Nanuk objetó.

—Le mentí a Nora. Pero a vosotros no.

—Veamos —dije suspirando—, repasemos de nuevo por qué estamos en Oslo. Yo quería conocer a alguien que hablara mi mismo idioma. Knut quería venir conmigo porque es lingüista y el tema le interesaba. Nora quería encontrar a su novio. Pero tú, Akash, ¿tú a qué has venido?

—Quería ser amiga de Knut —contestó con un hilillo de voz, avergonzada.

—Pero Knut no ha podido venir, ¿no? Entonces ¿por qué has venido?

—Pues porque él me lo pidió y no pude negarme.

—O sea, que has cumplido con tu objetivo de hacerle un favor a Knut. Entonces ¿por qué estás tan enfadada? Y, a todo esto, ¿por qué Knut no ha podido venir?

—Al parecer, su madre ha enfermado. Tiene un hijo adoptivo o algo así que ha huido y anda en paradero desconocido, y está tan preocupada que ha caído enferma. Le pidió por teléfono a Knut que fuera a verla de inmediato, pero él le dijo que no podía ser porque venía a Oslo. Entonces, la madre de Knut, que supuestamente estaba enferma, dijo que ella también venía y se compró un billete de avión. Y Knut, presa del pánico, decidió anular el viaje. Estaba enfadadísimo. Por cierto, ¿qué es de Nora?

—Ha ido a registrarse al hotel. Y tú, Akash, ¿tienes dónde hospedarte?

—Me quedaré en casa de un amigo de un amigo de otro amigo, que también es de Pune.

—¡Qué maravilla! Tienes una red de contactos por todo el mundo. Yo en cambio no consigo encontrar a nadie, ni a una sola persona de mi país.

Recordé con pesar que Nora regresaría pronto, y que Akash y yo habíamos descubierto antes que ella que Tenzo era en realidad Nanuk. Me pregunté si estallaría en cólera cuando lo supiera y si regresaría a Tréveris. Si ya no teníamos un objetivo, nuestro extraño grupo itinerante quizá se disolviera.

–¿Podríais explicarme de nuevo cuál era el propósito de vuestro viaje? –preguntó Nanuk en inglés.

–Sabes que dicen que mi país ha desaparecido, ¿verdad? Quería encontrar gente de allí que viva en Europa para poder volver a hablar mi idioma después de mucho tiempo sin hacerlo. Eso es todo.

–En ese caso, ¡sé de alguien! –respondió Nanuk de repente con voz enérgica y los ojos muy abiertos, probablemente emocionado por la inesperada idea de poder ayudarnos.

–Me hablaron de él en el restaurante de sushi de Husum en el que trabajé. Esa persona ahora debe de vivir en Arlés.

–¿Cómo se llama?

Nanuk miró al techo unos instantes hasta que por fin lo recordó.

–Susanoo..., creo –dijo con tono poco convencido.

–Seguro que no es de Groenlandia, ¿no?

–No, es de una ciudad llamada Fukui, o algo así.

–Fukui no es una ciudad, sino una prefectura. Y, como nombre, Susanoo es igual de raro que Tenzo.

–¿No será un nombre antiguo? Si sigue vivo, debe de ser muy mayor.

–A juzgar por su nombre, podría tener unos dos mil seiscientos años.

–¿Eh?

–¡Es broma! ¿Tienes su dirección?

166

—Se la puedo pedir a Heino Fisch, el tipo que lleva el restaurante de sushi en Husum.

En aquel punto de la conversación, Nora volvió de la pensión con una ancha sonrisa.

—¡Hola! Así que al final tú también has venido a Oslo, Akash. ¡Me alegro! Ahora ya solo falta Knut.

—Knut no viene.

—¿Y eso?

—Su madre está enferma.

—Pero, Nora, Tenzo tiene algo importante que decirte. Será mejor que habléis en privado. Akash y yo te esperaremos fuera.

Aunque Nora puso cara de circunstancias, yo cogí a Akash del brazo sin más explicaciones y me la llevé afuera a toda prisa.

—¿Qué pasará con esos dos?

—A saber. Si un día me enterara de que mi novio es danés y no noruego, no sé si podría dejar de quererlo —dijo Akash con un brillo como de niña traviesa en la mirada que en parte me alivió.

—Qué pena que Knut no haya podido venir, ¿verdad?

—Sí. Habría sido genial que viniera.

—Me encantaría que estuviera aquí.

—A mí también. Ojalá.

De algún modo, el mero hecho de oír el nombre de Knut ya me reconfortaba un poco.

A los veinte minutos, Nora y Nanuk salieron del restaurante. Haciendo caso omiso a la conversación que habían mantenido, Nanuk se dirigió a nosotras con rostro inexpresivo:

—El concurso es mañana, de diez de la mañana a cinco de la tarde, y participarán muchos cocineros. Si tenéis tiempo, no os lo perdáis —dijo.

Akash puso cara de ir a decir algo, pero Nora me agarró del brazo y tiró de mí para alejarnos de allí cuanto antes.

—¡Vale! ¡Mañana a las diez! —dijo Akash a modo de despedida, y nos siguió a toda prisa.

—Aquí ya no tenemos nada que hacer, ¡volvamos a la pensión! —dijo Nora con tono firme y decidido, y emprendió la marcha cual soldadito de plomo.

Yo fui detrás entre tropiezos hasta que conseguí seguirle el ritmo. Se estaba haciendo de noche y en una esquina vi hombres armados con uniforme.

—¿Sabes algo del ataque terrorista?

Como no veía forma de sacarle el tema de Nanuk, preferí irme por esos otros derroteros.

—¿Un ataque terrorista? ¿Te refieres al trágico incidente racista ese que ha habido?

—¿Crees que es peligroso que alguien con rostro exótico, como yo, ande por la calle?

—No creo. El tipo que lo ha hecho era un supremacista blanco, pero todos a los que se ha cargado eran blancos también. Primero ha puesto una bomba en un edificio del Gobierno y después ha matado a tiros a varios chicos noruegos como él. Me lo ha dicho antes alguien que iba leyendo el periódico, de camino a la pensión.

—Qué nos deparará mañana...

—A saber...

—Eso sí, iremos a ver ganar a Nanuk, ¿no?

Nora guardó silencio unos instantes con una mezcla de emociones en el rostro. Apurada, repetí lo que Akash me acababa de decir hacía tan solo unos instantes.

—Si un día me enterara de que mi novio es danés y no noruego, no sé si podría dejar de quererlo —le dije y, para mi sorpresa, ella se echó a reír despreocupada.

168

—Seguir queriéndolo creo que puedo, pero me ha dolido que me mienta. Además, nunca había pensado en Groenlandia, y ahora no me la puedo sacar de la cabeza. El mapa del mundo que tenía en mi mente ha cambiado, y me está dando jaqueca —dijo, y yo me tranquilicé.

—Me apetece mucho ir al acto de mañana —comenté—. Mientras el dashi sepa rico, qué más da de dónde venga la persona que lo prepara.

Cuando llegamos a la pensión, Claude debía de estar ya durmiendo, porque no lo vimos. Así que nosotras también decidimos irnos cada una a su habitación y meternos en la cama.

Soñé que estaban tostando algo. Olía muy bien. La punta de mi nariz recorría el aire como si persiguiera a una mariposa, respirando el aroma que se filtraba con calma hasta mi cerebro desde el fondo de la nariz. Era el olor del café. Claude y Nora ya estaban desayunando en la mesa.

—¡Buenos días! Hacía mucho que un café no me olía así de bien.

—El aroma es muy fugaz —dijo Claude—. Igual que la luz. De hecho, la luz lo es todavía más. Se atenúa a cada instante. Por eso mis antepasados ponían varios lienzos de lado para pintar el mismo paisaje, que se transformaba según iba cambiando la luz. El paisaje de la una, el de la una y media, el de las dos. En lugar de terminar un óleo y pasar al siguiente, volvían al mismo cuadro todos los días a la misma hora.

Pero no había ninguna garantía de que el pintor que estaba allí a la una un día siguiera siendo el mismo del día anterior, pensé sin llegar a verbalizarlo.

El día anterior, Nora lucía un suéter blanco suavecito, mientras que ese llevaba una blusa azul marino de seda con el cuello levantado y el rostro bien maquillado. A mí no me gustaba acicalarme como a ella. Si pudiera, saldría a la calle vestida con un saco viejo de yute. Me apetecía deambular por la ciudad, abrigada con ropa holgada y agradable. Por fin había conseguido tener una vida tranquila en Dinamarca y pensaba que podría seguir viviendo de aquel modo, pero ya volvía a estar en tránsito casi sin darme cuenta. Y, encima, con un efecto de bola de nieve cada vez más grande, llevándome a otras personas por delante y haciendo que fuésemos cada vez más. Pensé que, si por lo menos estuviera Knut, haría que todo aquel embrollo cobrara sentido y yo me tranquilizaría, pero era el único que se había quedado atrás. Dejé de pensar en lo que ocurriría a partir de aquel momento. El tiempo en que podía diseñar el futuro se había acabado. Así que decidí que, aquel día, ganara Nanuk el concurso o no, iría a verlo de la mano de Nora y Akash, y después nos divertiríamos cenando todos juntos. Aquello era prácticamente lo único que podía augurar.

Sin embargo, incluso aquel nimio vaticinio del que tan segura estaba falló por completo. En el momento en que Nora y yo llegamos a la puerta del Shinise Fuji, Nanuk y Akash salieron, como si estuviesen esperándonos y se dirigieron hacia el canal con la cabeza gacha, sin darnos los buenos días siquiera.

–¿Qué pasa? Esto está a punto de empezar, ¿no?

Como me resultaba más fácil hablar con Akash que con Nanuk, fui detrás de ella. Lo que me gustaba de Akash era que, aunque estuviese decepcionada o enfadada, era como una habitación con la luz encendida en la que siempre podías entrar.

—El acto se ha cancelado.

—¿Por qué?

—Es complicado. Aquí no podemos hablar. Vamos todos a tomar un café.

Me di la vuelta y vi que Nora estaba tratando de sacarle información a Nanuk, pero él seguía sin articular palabra, con la cabeza tan gacha que parecía que se le fuera a romper el cuello.

Entramos en una cafetería cercana y, como Nanuk había enmudecido, Akash nos explicó la situación con su voz luminosa.

Una organización internacional que lucha por el medio ambiente había llamado al patrocinador, un noruego con mucho temperamento de nombre Breivik, para protestar por el uso de atún de aleta amarilla en el concurso y recordarle que, de seguir así las cosas, el atún de aleta amarilla seguiría la suerte del atún rojo del Pacífico y sería la próxima especie en extinguirse. Pero Breivik se había puesto hecho una furia, y no solo había respondido que el atún era un ingrediente irreemplazable y que lo usaría fuera del tipo que fuera, sino que, además, en la primera parte del acto reivindicaría que comer ballena era una tradición noruega. Resulta que Breivik era ultranacionalista y le costaba diferenciar los valores noruegos de los del resto de los países europeos. Para él, la única diferencia radicaba en la larga relación de Noruega con las ballenas.

Así pues, Breivik había decidido anunciar que en el acto habría comida tradicional noruega hecha con ballena solo para cabrear a aquella organización ecologista, pero, a la hora de la verdad, no encontró a nadie que supiera cocinarla. Hasta que oyó hablar de Tenzo, el único concursante que, según decía, sabía preparar varias recetas con

171

ballena, por lo que, apenas el día antes, decidió abrir el acto con su presentación. Y así, la noche anterior se había emitido un comunicado electrónico por toda la ciudad con el provocativo título de «El placer de comer ballena».

Esa mañana, la policía había llamado a Breivik para informarle de que había aparecido una ballena muerta en la playa y pedirle que se presentara en comisaría para interrogarlo.

—¡Yo no tengo nada que ver con eso! —se negó él en redondo.

—Ya, pero usted es el responsable del acto en el que se va a cocinar ballena, ¿no? —le preguntaron.

—Sí, pero esa carne hace muchos meses que la tengo en el congelador, y tengo pruebas de la compra. Además, ¿de verdad creen que alguien organizaría una muestra de platos de ballena y planearía matarla la noche antes? —refutó Breivik todo bravucón, aunque en el fondo temía a la policía, y no solo canceló la presentación de Tenzo, sino todo el acto en sí.

Al final, Breivik se vio incapaz de desobedecer, y en aquel momento se encontraba de camino a la comisaría. Al parecer, Nanuk también debía comparecer ante las autoridades a mediodía para que le hicieran unas preguntas.

—Iremos junto a ti —dije yo, dándome cuenta de que aquella frase sonaba tan extraña como las de los libros de texto. Pero él debió de entenderme, porque relajó un poco su tenso semblante. Miré a Akash y a Nora—: ¡Deberíamos ir todos a comisaría! —les dije en inglés—. Desde luego, Nanuk no es el responsable de la muerte de esa ballena, pero los inmigrantes vivimos siempre con el temor constante de que nos arresten por tonterías. Es mejor que tenga a sus amigos cerca.

172

–¡Por supuesto! ¡Yo también iré! –dijo Akash, y sonrió con su dulzura femenina.

Nora asintió, mostrándose también claramente partidaria de acompañarlo. Y Nanuk, que parecía una planta marchita, se enderezó. Cuando debatíamos en inglés éramos como las cuatro patas de una mesa que no podía tambalearse ni volcar.

Sin embargo, cuando se hizo de nuevo el silencio, los pensamientos de cada uno de nosotros debieron de desviarse por caminos muy distintos. Por un lado, seguro que Nora todavía tenía cosas que decirle, no a Nanuk, sino a Tenzo. Pero, como giraban en torno a su vínculo amoroso, no quería tener esa conversación allí. Por otro lado, Akash debía de querer hablar conmigo sobre Knut, aunque, en realidad, apenas habíamos compartido tiempo con él, así que lo único que podíamos hacer era nombrarlo y soñar con aquel anhelo desconocido. Mientras, por otro lado, yo también quería hablar a solas con Nanuk para continuar con la torpe conversación que habíamos iniciado el día anterior. No estaba en mis planes, pero se me ocurrió que quizá sería buena idea charlar, no con Tenzo, sino con Nanuk.

Sumida en tales pensamientos, me llevé a la boca una tostadita de pan en la que había untado un queso de cabra de color marrón caramelo. Nora y Akash se habían pedido una ensalada, y Nanuk solo bebía agua porque no quería comer nada.

–¿Qué demonios es eso? –me preguntó Akash.

–Gjetost –respondí.

Al observar su cara de desconcierto caí en la cuenta de que yo era la única que había vivido en aquel país, aunque solo durante un breve periodo de tiempo. Al recordarlo, se me antojó que podría decirle al ultranacionalista de Breivik que yo era la más noruega de todos.

Nanuk sacó la notificación que había recibido de la policía, y examinó el mapa que la acompañaba con nerviosismo.

–Si hay algo que te preocupa, dímelo –le empezó a decir Nora en inglés–. Sea lo que sea, cuenta conmigo.

Sin embargo, me dio la sensación de que, más que animarlo, aquellas palabras lo agobiaban.

Al llegar a la entrada de la comisaría, nos encontramos con un grupo de unos quince jóvenes con banderas y carteles. En las pancartas había un dibujo horrible de una ballena. Mis ilustraciones para el kamishibai eran mucho mejores. Si por lo menos hubieran hecho unos trazos más sencillos..., pero los habían distorsionado a propósito, como homenajeando a Munch. Además, en su afán por transmitir aquel único mensaje habían reducido la ballena a una mera metáfora. Le habían dibujado los ojos y la boca superabiertos, supuestamente sorprendida por el impacto de unas ondas de radio emitidas por unos fajos de billetes.

Aquellos chicos y chicas, de pelo largo y rubio y rostro pueril, levantaban y bajaban los carteles repitiendo rítmicos lemas. Me acerqué a uno de ellos que se había agachado a atarse los cordones de los zapatos para preguntarle qué estaba sucediendo, y él rápidamente me lo explicó todo.

El cuerpo de la ballena que había aparecido en la playa no presentaba heridas externas, por lo que la policía afirmaba que había muerto por causas naturales. Sin embargo, según me contó aquel chico joven con mucho ímpetu, en realidad había muerto a causa del impacto de los rayos láser que había disparado un barco en busca de yacimientos de petróleo en el fondo del mar. Aunque esos métodos estaban prohibidos, ante la bajada drástica del precio del petróleo en el mercado internacional y el pánico consiguiente de las empresas petrolíferas, el Gobierno hacía la vista gorda a sus irregularidades.

Nos quedamos observando la desoladora imagen de la espalda de Nanuk desapareciendo dentro de aquel imponente edificio. En Noruega, la caza de ballenas estaba permitida, pero, dadas las fuertes críticas internacionales, cabía la posibilidad de que lo acusaran de haber matado aquella ballena y de que culparan a Groenlandia. Sin embargo, los esquimales eran meras víctimas de la economía global y, si consideraban aquello un caso aislado de recaída en sus antiguos hábitos de caza, se trataría como un delito leve. Pero ¿qué ocurriría si el hecho de haber mentido sobre su nacionalidad le fuera en contra y no creyeran que era esquimal? ¿Y si lo condenaban a cadena perpetua por matar mamíferos en peligro de extinción con el pretexto de estar llevando a cabo una investigación marina, cuando en su país comer guiso de ballena con setas enoki y hojas de mostaza, o ballena frita, o lengua de ballena fileteada en sashimi, en sushi, en tempura o a la plancha se consideraba un placer? La cabeza se me embaló y pensé que, si aquello ocurría, el peso de la culpabilidad podría conmigo y sería capaz de aceptar cualquier tipo de trabajo para quedarme allí e ir a verlo todos los días, pero después recordé que, en verdad, Nanuk no había matado a ninguna ballena, e irrumpí en una suerte de llanto carcajada.

Nora, naturalmente, estaba triste, pero también Akash parecía pálida mientras deambulaban arriba y abajo a la entrada de comisaría. Yo me levantaba y me sentaba sin parar. No hacía frío, pero sentía escalofríos en los hombros y, por mucho que me secara la frente, seguía empapada en sudor. Las nubes atravesaban el cielo dejando rastros blancos.

Transcurrida justo una hora, Nanuk salió de la comisaría de policía con el rostro totalmente inexpresivo. Las tres corrimos a su encuentro desde nuestras distintas posiciones y él levantó las manos al cielo.

–¡Soy inocente! –exclamó con una amplia sonrisa de delfín.

7. HABLA KNUT (II)

Separarme de Hiruko significó poner punto y seguido a una vida primaveral de ensueño. A aquel punto debía seguirle una frase que, por el momento, no había llegado, aunque tal vez ni siquiera se la podía llamar «frase», porque, por mucho que avanzara, nunca llegaba el punto final. Tendría que existir un idioma sin puntos finales. Como un viaje sin fin. O sin sujetos. Un viaje que no se sabe quién lo empieza ni quién lo sigue. A un país lejano. Me gustaría visitar un país lejano donde los adjetivos tuviesen pasado y las preposiciones se pospusieran.

Estuvo muy bien viajar a Tréveris. Lo siguiente iba a ser Oslo. Me hacía mucha ilusión. Y esperaba rendirle honor a Roma algún día. Justo cuando había dejado volar mi alma de pájaro sobre océanos, aeropuertos y cimas de montañas, y más emocionado estaba, el cielo se cerró y retumbó un trueno. O eso pensé. Porque no fue un trueno, sino una llamada telefónica.

–¿Te gustaría cenar conmigo esta noche? –me propuso mi madre desde el otro lado de la línea.

Me puse nervioso porque me vi incapaz de rechazar la propuesta. Luché contra mi propia indecisión.

177

—Esta noche no puedo. Mañana vuelo a Oslo a las seis y cuarto de la mañana —dije con voz grave, presionándome la parte superior de la cabeza.

Sin embargo, ella fingió no percibir esa gravedad en mi voz y, para mi disgusto, volvió a la carga como si estuviera tratando con un niño al que todavía no le ha cambiado la voz.

—¿Qué vas a hacer en Oslo?

—Investigar —dije con la voz todavía más grave, conteniendo una oleada de desasosiego.

—¿Y qué vas a investigar?

—Ya te lo contaré. Te voy a tener que dejar porque ahora estoy liado. Te llamo la semana que viene —respondí con intención de colgar.

—¡Espera! —me retuvo ella—. Es que... estoy enferma.

Llegados a aquel punto de la conversación, no podía colgar. No es que me preocupara en exceso: pensé que seguramente no sería nada nuevo, sino lo que tenía de siempre, pero como lo que «tenía» carecía de un nombre concreto, mi madre siempre terminaba por describirme detalladamente todos los síntomas desde el principio.

Me explicó que se veía incapaz de salir de casa, que no podía ir a comprar ni a comer fuera y que ya llevaba tres días sin probar bocado.

—¿Por qué no puedes salir? —le pregunté yendo al grano, pero no conseguí que me respondiera la pregunta.

—No me gusta hablar de cosas tristes, pero esta lluvia interminable no ayuda —empezó con la que iba a ser una perorata interminable, como la lluvia misma.

—Pero no es ninguna novedad que llueva en Dinamarca... —le respondí con despreocupación, y entonces ella se ofendió y se puso a hablarme mal.

—Y tú ¿desde cuándo eres el príncipe de Dinamarca?

No entendí en absoluto a qué venía aquello y me indigné.

–¿Podrías ser más específica? ¿Te vas a quedar encerrada en casa porque llueve? ¿O es que te ha salido un grano en la cara y no quieres que te lo vean? –le repliqué, y se hizo un silencio incómodo.

Hay dos tipos de silencio: el húmedo y el seco. Algún día me gustaría investigar sobre el silencio, su grado de humedad y su temperatura, aunque no estoy realmente seguro de que pueda ser objeto de investigación lingüística. El silencio de mi madre se fue apoderando cada vez más de mí, hasta hacerse insoportable.

–De acuerdo. Compraré comida en alguna tienda que abra hasta tarde y te la llevaré esta noche –le propuse sin ganas.

No me importaba ir a comprarle comida, pero temía que tratara de retenerme cuando se la llevara. Al día siguiente tenía que volar a Oslo a toda costa. Quería estar presente cuando Hiruko volviese a hablar en su idioma materno después de tanto tiempo sin hacerlo. Dicen que los lingüistas son longevos, pero, aunque viviese cien años, no creo que volviera a tener muchas oportunidades como esa en la vida.

Aquella noche hubiese querido olvidarme de mi madre, y pasarla solo, pensando en el día siguiente.

–¿En serio que me harás la compra? ¡Gracias! –dijo toda alegre, y ya fue imposible echarse atrás.

Abrí la puerta con mi llave, cargado con una pesada bolsa de tela con filetes de salmón del mar del Norte, una col tan grande y pesada como una cabeza humana, unas patatitas de piel muy fina y unos limones amarillos brillantes del sur, entre otras cosas. Al momento mi madre salió del salón. No tenía ningún grano, sino más bien la piel reluciente, de un magnífico color sonrosado, como si alguien le hubiese echado un piropo.

—Yo no te veo nada raro en la piel, y tampoco has perdido peso —comenté con un deje de sarcasmo.

—Siéntate, anda —dijo mi madre.

Dejé caer la bolsa en la cocina con un golpe y, con una tremenda sensación de incomodidad, me hundí en el sofá del salón ante la persona que me había dado a luz. Era como si todavía no hubiese conseguido parirme. Quise levantarme y volver a casa enseguida, pero, si huía en aquel momento, todo tipo de delirios me perseguirían.

Mi madre me contó que había perdido la energía y las ganas de salir. Tampoco tenía apetito. Ella siempre comía viendo la tele, pero resultaba que hacía una semana había encendido el televisor y, tras unos segundos viendo un debate, se oyó un ruido como de tela que se desgarra, la pantalla se fundió a negro y no volvió a decir ni mu. Era incapaz de comer sola, sin que el televisor le hablara.

—¿Por qué no llamas a Yusuf y le pides que te lo arregle?

—No me apetece hablar con extraños.

—Pero si hace más de veinte años que conocemos a Yusuf. Te ha arreglado el extractor, la lavadora, y, si lo llamaras, vendría volando incluso para cambiarte una bombilla. Es como de la familia.

—Tú eres mi única familia —me espetó, y yo me quedé atónito—. Además, por las noches no consigo dormir. Antes de meterme en la cama, medito, me doy un baño, escucho música en el sofá, pero mi mente sigue despierta, como si tuviera una lámpara de araña encendida en el cerebro.

—¿Y si pruebas a leer un libro?

—Leo todos los días. Pero me desvela aún más. —Yo dudé si recomendarle que fuera al médico, pero ella se me adelantó–: Si uno está mal sin motivo, es mejor ir al médico, pero yo tengo un motivo de peso para estarlo.

Mi madre les pagaba los estudios a estudiantes extranjeros como obra benéfica. Al parecer, al estudiante al que estaba financiando en aquel momento se le daban bien los idiomas y, como había terminado antes de lo previsto su curso en la escuela de idiomas y quedaba algo de tiempo hasta que empezara la universidad, le dijo que quería viajar por Europa, y ella le había pagado los gastos del viaje.

Cuando hablaba, mi madre no solía repetir las cosas ni abusar de adjetivos. Aun así, ¿por qué se me hacían tan largas sus historias? La escuché con toda la paciencia que pude, tragando saliva una y otra vez. Siempre había pensado que no quería ser como mi padre, que nunca la escuchaba cuando ella contaba algo, pero empecé a sentir en mi propia piel cómo crecían aquellas ortigas suyas en la pradera de mis nervios.

Las historias de mi madre no solo eran largas. Se atascaba en una parte y la estiraba hasta tal punto que yo sentía que me faltaba el aire. Ese día en particular, se explayó contándome lo brillante que era aquel chico al que le estaba pagando los estudios. Y cuando dijo que el chico en cuestión tenía pensado estudiar Medicina, subió un poco el tono de voz, emocionada. Al parecer, consideraba que ser médico era mucho más admirable que ser lingüista.

Sin embargo, le había perdido la pista justo después de que partiera de viaje. Hasta entonces había mantenido contacto con ella de modo regular, pero de pronto había dejado de dar señales, y cuando probaba a llamarlo al móvil, le salía siempre un mensaje automático: «El número al que llama ya no existe». Lo había consultado con la policía, pero le habían dicho que, dado que no era menor ni tampoco guardaba ningún parentesco con ella, no podían abrir ninguna investigación, porque, además, tampoco sabían si se encontraba en Dinamarca o no.

—Estará conociendo a gente nueva, se habrá enamorado o se le habrá pasado llamar porque andará liado.

—Pero es un chico tan inocente que no me extrañaría que lo hubiesen engatusado en alguna parte.

—¿Inocente? ¿Acaso crees que todos los esquimales son inocentes? ¡Menudo prejuicio! ¡Ayudar a un esquimal no va a devolvernos el Gran Reino de Dinamarca! ¡No hay nada malo en ser un país pequeño! ¡Dejémosle la grandeza al resto del mundo!

Siempre acabábamos discutiendo acaloradamente por lo mismo, así que decidí callarme ahí. Mi madre agachó la cabeza, parecía deprimida. Pero no me quedaba otra que seguir allí un rato más, así que me dirigí a la cocina y me puse a lavar las verduras. Había ido a verla con la intención de llevarle la comida que había comprado y marcharme enseguida, pero yo mismo me había puesto en una situación en la que no podía dejar a mi madre así.

Nunca, desde niño, he perdido ninguna disputa ni he dejado que el asunto llegara a las manos. Controlo a mis oponentes con el lenguaje y los obligo a rendirse antes de que estallen de ira lanzándoles palabras hasta debilitarlos. Nunca he hecho nada que no quisiera porque me lo pidiera un amigo o un profesor, pero tampoco se me da bien decir que no. Así que, cuando me niego a algo, lo hago sin alzar la voz, pero con claridad, cerrando la puerta con calma y firmeza. La conversación siempre termina cuando yo quiero que termine. Sin embargo, discutir con mi madre era como jugar una partida al ajedrez con los ojos vendados y todas las de perder.

Aquella noche, cuando por fin terminamos de cenar,

tuve otra discusión con ella porque insistía en que me llevara a casa una mermelada de arándanos rojos; al final me rendí porque no quería llegar todavía más tarde a casa, así que metí el enorme tarro de mermelada en la bolsa de tela que me había dado y volví a casa en bicicleta bajo una ligera lluvia. Acababa de tirarme al sofá y de abrazarme a un cojín, aliviado, cuando sonó el teléfono. Era mi madre de nuevo. Quería anunciarme que había comprado un billete para Oslo al día siguiente en el mismo avión que yo. Tuve que reprimir el impulso de estampar el teléfono contra el suelo.

–¿Hay algo en particular que tengas que hacer en Oslo? –le pregunté con frialdad.

–He decidido ir a ver a una vieja amiga que vive allí. Hace años que le prometí una visita, pero hasta ahora no me había surgido la oportunidad. Prometo no interferir en tu investigación. Pero por las noches cenaremos juntos, ¿vale?

–Me sabe mal, pero probablemente no tendré tiempo para cenas. De hecho, no te lo había dicho, pero me voy a Oslo con mi novia. Y, claro, por las noches quedaré con ella. Lo siento.

Esperaba que aquella mentira soltada como mecanismo de defensa la detuviera, pero, más que desconcertarla, mi madre se mostró encantada.

–Pues ya me presentarás a tu novia. Mañana te llamo –dijo, y colgó.

Me bebí un vaso de agua de un trago y cogí aire. Pensé que al día siguiente me llamaría con insistencia para saber dónde estaba y pedirme que me tomara aunque fuera un café de media hora con ella. Lo único que podía hacer era cancelar el billete a Oslo del día siguiente. Me fastidiaba no poder ver a Hiruko y a los demás, pero que mi madre apareciera mientras yo estaba con mis nuevos amigos sería un terrible error.

Me pregunté si Hiruko se pondría seria y se le trabaría la lengua cuando se encontrara con Tenzo. O si intercambiaría frases cortas del tipo «Qué te voy a contar...» como si estuviera charlando con algún amigo o pariente. ¿Empezarían a hablar de sus cosas como cuando te encuentras con alguien a quien no ves desde hace mucho tiempo? ¿O quizá los detalles de lo que querían contarse en aquella lengua se habrían extinguido también después de tantos años sin usarla? ¿Qué tipo de adjetivos utilizaría? ¿Y en qué tiempo verbal? ¿En pasado o en presente? Había un montón de cosas que quería saber. Aunque no entendiera el significado, presenciarlo en primera persona me bastaría para comprender, y entrevistar a Hiruko justo después de aquella conversación no tendría nada que ver con que me lo explicaría un mes después.

Qué frustrante. Quería ir a Oslo. Se me ocurrió que quizá Akash podría viajar en mi lugar. Apenas la conocía, igual que a Nora, pero tenía la impresión de que Akash me lo transmitiría todo mucho mejor que ella. Nora estaba demasiado preocupada por su vida amorosa como para escuchar la conversación entre Hiruko y Tenzo por mí.

«Mi madre está enferma y no puedo ir a Oslo. Qué se le va a hacer. Estoy enfadadísimo con el destino porque tenía unas ganas tremendas. ¿Irías tú por mí? Te pago yo el billete», le escribí a Akash en un mensaje de texto, porque no quería darle más explicaciones. «¿No vas? Qué lástima», me respondió enseguida. Entonces se me ocurrió decirle: «Puedo poner mi billete a tu nombre». Y mentí: «Me alegraría que pudieras aprovecharlo por mí». De todos modos iba a perder el billete, y temía que me dijera que no si me ofrecía a pagarle uno nuevo. «En ese caso, iré en tu lugar. Gracias. Te tendré informado de lo que ocurra», me respondió para mi satisfacción.

A la mañana siguiente, mi madre me llamó al móvil mientras yo todavía estaba adormilado en la cama.

—¿Dónde estás? ¡No me digas que te has dormido!

—Me han cambiado el vuelo y me han puesto en uno anterior. Ya estoy en Oslo —le solté sin reparos la mentira que había pensado la noche anterior.

—¡Anda! ¿En serio? En ese caso, espérame en el aeropuerto de Oslo.

—Imposible. No tengo tiempo. Debo trabajar en mi investigación.

—¿En qué hotel te alojas?

—En el hotel Siri.

No tuve tiempo de comprobar si realmente existía un hotel con aquel nombre. Como hay hoteles que se llaman Victoria repartidos por todo el mundo, me figuré que tampoco era tan descabellado que en Escandinavia hubiese un hotel llamado Siri, que es el nombre de la diosa de la victoria y la belleza.

Así que urdí la brillante trama de que había ido a Oslo, pero nuestros caminos se habían cruzado. Si le ponía como excusa, por ejemplo, que me perdería el viaje porque estaba con gripe, ella tampoco iría y vendría a mi casa a cuidarme. No es que tuviese intención de inventarme incluso el nombre del hotel, pero habría sido muy sospechoso no responderle nada después de que me lo preguntara, y me daba tanto miedo cometer el error de decirle el nombre del Shinise Fuji que aquello fue lo único que se me ocurrió.

—No te oigo bien porque no hay buena cobertura. Cuelgo —dije, y corté aquel cordón umbilical electrónico.

Me hundí en el sofá y encendí la televisión, donde estaban emitiendo un programa de arte. El presentador estaba contando, en francés, que Monet tal vez hubiese empezado a pintar estanques inspirado por las carpas de Hokusai. Encima del estanque en el que flotaban los nenúfares de Monet habían puesto unos subtítulos que parecían larvas de mosquito flotando. Aquel estanque me atrapó. Me daba igual que hubiese larvas de mosquito flotando en la superficie, o que el marco de la pantalla fuera más alto que el lienzo. Un vago como yo que ni siquiera era capaz de arrastrar los pies hasta un museo, cautivado por un Monet que aparecía en la tele. Me pareció totalmente absurdo.

Parece ser que Monet era coleccionista de grabados ukiyo-e, y tenía más de doscientos. Para mí, aquella información era totalmente irrelevante, pero desde un misterioso recoveco de mi cerebro oí una vocecita que me susurraba: «Es relevante, es relevante...».

El siguiente cuadro no era de un estanque, sino del mar. El azul marino inundaba la arena blanca de la orilla. Un cabo sobresalía en la lejanía. Qué bien se estaba en el mar. Podía oír el ruido de las olas. Un viento arenoso, y unos rayos de sol tan intensos que los párpados me pesaban. El cielo, el cabo, el agua salada, la arena... Nada era de un solo color, en realidad, sino de una mezcla de los que contenía la luz del sol. ¿Cómo podría un lenguaje expresar aquellos incontables colores? Si me pusiera a enumerar los nombres de todos ellos, no habría nadie que me siguiera. Monet cambiaba de color en cada trazo, pero sus paisajes emergían como un todo. Aun así, el artista no parecía satisfecho.

—Esto no está bien. No es el mar —murmuraba Monet.

—Pero ¿no era el mar de Pourville el que siempre había querido pintar? —le preguntaba con preocupación el joven narrador que tenía a su lado. Iba vestido con unos vaqueros azules, una prenda nada propia de la Francia de finales del XIX, así que debía de ser un contemporáneo que se había colado en la época de Monet. El mar del fondo se transformó en el mar de pinceladas del pintor.

La escena se trasladó entonces al interior, donde Monet contemplaba un grabado de ukiyo-e. El brillo del cielo transmitía soledad, como si no necesitara a los humanos.

—Me pregunto si en Europa existe toda esta belleza. Si la hubiera, estaría en Escandinavia —murmuró Monet.

Al decir aquello, me pareció comprenderlo. Un verano, cuando todavía estaba en el instituto, me fui solo de vacaciones a ver el mar Mediterráneo. Era precioso, pero tuve la sensación de que aquel paisaje ya lo había visto alguna vez en algún museo. Me pregunté si los cuadros se creaban primero y los paisajes solo eran meras imitaciones. Temiendo que toda aquella belleza me atrapara, hui de nuevo a Escandinavia y el verano siguiente viajé a las islas Lofoten, en Noruega. Allí, las montañas rocosas que se erigen hasta el cielo se burlan de los estándares de belleza de los humanos. Como si dijeran: «Los frágiles *Homo sapiens* percibís la belleza en las colinas redondeadas, en las praderas verdes, en los climas suaves, en las bahías tranquilas para pescar y en los lagos; en lugares donde podéis sobrevivir y donde el único valor del paisaje es ese. A eso es a lo que llamáis belleza, y lo idolatráis repletos de satisfacción. Sin embargo, a la naturaleza le importa un bledo vuestra existencia». Un escalofrío me recorrió el cuerpo, pero a su vez percibí también una sensación de claridad y ligereza.

Tan sumido estaba en mis propios pensamientos que no me di cuenta de que la escena que aparecía en aquel momento en la pantalla había cambiado por completo: Monet se encontraba solo en una gélida estación y miraba a su alrededor desconcertado. «Monet ha llegado por fin a Christiania», escuché que decía el narrador, y sin querer me incorporé con tal respingo que perdí el equilibrio y por poco me caigo del sofá. Christiania era como llamaban los daneses a Oslo en aquel entonces.

Yo también había llegado a Oslo, donde estaban Hiruko y los demás. Monet me había llevado hasta allí, sin moverme del sofá de mi casa.

Monet suspiró al llegar a Noruega. El paisaje estaba cubierto por una nieve densa, casi sofocante.

–Admito que vine esperando que estuviese nevado, pero esto es demasiado. Quería pintar vestigios de nieve, no un paisaje totalmente cubierto de blanco –murmuró Monet.

Algunos podrían considerar egoísta una observación así, pues la nieve no se acumula en la cantidad exacta que a cada uno le convenga.

En la siguiente escena, Monet se iba frotando las manos del frío mientras pintaba el contorno de una montaña. El caballete estaba ligeramente torcido encima de la nevada; y, en el lienzo, cubierto de una nieve amarillenta, había una montaña que parecía un sapo visto desde atrás. A la izquierda había una colina con forma de cría de sapo. ¿O era más bien un sapo con un niño encima? No tenía un contorno grácil, pero tampoco odioso. Quizá ahora hacía más frío, porque Monet se apresuraba a recoger sus utensilios y regresaba a la cabaña de madera. Una vez dentro, colocaba el lienzo en el caballete y cogía de nuevo el pincel. Después se le acercaba por detrás una

188

mujer con un chal sobre los hombros y el pelo recogido en un moño.

—Hoy está pintando el monte Kolsås, ¿verdad? —le decía.

—No es el monte Kolsås. Es el monte Fuji —le respondía Monet extrañado.

—¿El monte Fuji? —le preguntaba la mujer atónita.

Monet cerraba los ojos y se le aparecía el monte Fuji de Hokusai. Estaba cubierto de nieve. Pero la nevada no cubría toda la montaña, sino que en ella también había partes oscuras que parecían letras. No transmitía profundidad ni peso, pero sí cierta sensación de humedad en el aire, que era frío, pero al mismo tiempo ligeramente cálido.

En mi opinión, el monte Fuji y el monte Kolsås no se parecían en nada. Como el finés y el danés. Sin embargo, tuve la impresión de que en ambos cuadros se percibía la presencia de alguien delante de ambas montañas. No como si se viera reflejado en su forma: la montaña es tan enorme que podría borrarlo de un plumazo. Allí, ante las montañas, uno cobra conciencia de su propia pesadez y oscuridad. Un yo que no percibe cuando sueña despierto en un campo primaveral.

Sonó el teléfono. Era mi madre. Respondí preparado para una bronca, pero sonaba contenta.

—Estoy en recepción. Este hotel no está nada mal, ¿eh? Todavía no has hecho el check-in, ¿verdad? ¿En qué parte de la ciudad estás? ¿Cómo va la investigación?

—¿Eh? Esto... Bueno...

—No te olvides de presentarme a tu novia esta noche, ¿eh?

Los móviles siempre susurran animándote a mentir, aun cuando no tuvieras intención de hacerlo. Mi madre no podía ni imaginar que yo estaba repanchigado en el sofá de mi casa viendo la tele. Que realmente existiese un hotel llamado Siri era un respiro, pero quería colgar el teléfono lo antes posible.

—Bueno, ahora he quedado con mi amiga. Te llamo más tarde.

—Vale. Yo estoy ocupado de momento. Hablamos luego —dije al fin, esforzándome para que no se me quebrara la voz.

Cuando colgué el teléfono, vi que me había llegado un mensaje nuevo de Akash.

«¿Qué tal, Knut? ¿Cómo sigue tu madre? Qué lástima que no hayas podido venir a Oslo. Todo el mundo te echa de menos. Encontré el restaurante Shinise Fuji. Y allí también me encontré con Hiruko y Nora. Y con Tenzo. En realidad, es esquimal y se llama Nanuk. No es que mintiera sobre su lugar de origen, fue solo un malentendido entre los que lo rodeaban, Nora incluida. Sí es cierto que es chef de sushi y que está investigando sobre el dashi. Así que, si piensas en Tenzo como su nombre artístico culinario y no como un nombre falso, no puedes enfadarte con él. Domina unos cuantos idiomas porque se le dan de maravilla. De ahí que también hable el idioma del país desaparecido de Hiruko. Ella tampoco se enfadó cuando descubrió que Tenzo en realidad se llamaba Nanuk. Es más, dice que pensar en términos de "hablante nativo" era infantil por su parte. Me ha parecido que eso te interesaría mucho.»

Empecé a impacientarme. Quería volar enseguida para encontrarme con todos. Que Tenzo fuera esquimal lo hacía todavía más interesante. Y que Hiruko hubiese empezado a cuestionarse la diferencia entre hablantes nativos y no nativos, también.

En realidad, hace un tiempo que la palabra *nativo* me chirría. Se suele creer que en los nativos existe una correspondencia perfecta entre alma y lenguaje; hay incluso quienes consideran que la lengua materna viene incrustada en el cerebro de nacimiento. Claro está, ese tipo de suposiciones son creencias sin fundamento científico. Hay quienes piensan asimismo que los nativos hablan de un modo gramaticalmente correcto, pero eso no siempre es cierto, porque son fieles al modo en que habla la mayoría, y este no tiene por qué ser correcto. También hay quienes piensan que los nativos cuentan con un vocabulario más extenso. Pero me pregunto quién posee más vocabulario realmente, ¿un nativo que en su atareado día a día no habla más que de cosas triviales, o un no nativo que, dedicado a la ardua tarea de pasar de una lengua a otra, se encuentra en una búsqueda constante de nuevas palabras?

Quería ver a Hiruko y hablar de todo aquello directamente con ella. Quería oírla hablar en su idioma cuanto antes, con su propia voz. Pensé en llamarla. Pero me di de bruces contra un muro: no tenía su teléfono.

Volví frente al televisor y aquel Monet de semblante taciturno se había convertido ahora en un hombre trajeado que sonreía alegre. Parecía que se encontraba en el vestíbulo de un teatro, como una rana que hasta aquel momento hubiera estado en un desierto y hubieran devuelto al pantano.

—¡Ha merecido la pena venir desde tan lejos para ver esta obra de Ibsen!

¿Qué le pasaba a este tipo, que, siendo pintor de paisajes, disfrutaba más de las obras de teatro que pintando al aire libre?, juzgué sin ningún tipo de derecho a hacerlo. Yo, que ni siquiera me digno a ir al teatro y solo me siento delante del televisor para hablar conmigo mismo sobre arte y lenguaje, dándome aires.

Cuando terminó el programa sobre Monet, apareció

de repente el primer plano de un periodista especializado en política cuyo rostro me resultaba familiar, informando de que se había producido un atentado terrorista en Oslo. No daba crédito a lo que oía. Así que lo del atentado en Oslo era cierto, después de todo. La cámara se movía mucho mientras mostraba un rincón de la ciudad. Una calle desierta, plagada de los escombros del edificio que había destruido la explosión en el centro de la ciudad y, ante la cámara, de vez en cuando la figura de algún policía andando con premura. Pasó una camilla que transportaba a una persona herida de gravedad. Una mujer con la boca abierta en forma de óvalo desfigurado. Hasta ese momento no se había oído ningún grito ni sollozo. El periodista anunciaba con inaudita tranquilidad que todavía no habían arrestado al autor del atentado. Preocupado, me apresuré a llamar a Akash, pero me saltó el buzón de voz. «Parece que ha habido un ataque terrorista. ¿Estáis todos bien?», me limité a decirle en mi mensaje y volví a sentarme, pero ya no estaba a gusto en el sofá.

Salí a la calle a buscar algo, sin saber qué. En mi campo de visión aparecieron unas orquídeas y unas rosas naturales que decoraban el escaparate de una floristería. Eran distintas a las flores de Monet, como si su color quedara en un segundo plano y no relucieran a menos que alguien te las pusiera delante. Entré en una cafetería y pedí una tortilla y un café. En el alféizar de la ventana había una figurita decorativa junto a una estatuilla de Buda, muy bien avenidas. Me pregunté por qué le gustarían los nenúfares a Monet. ¿Quizá porque se sentía atraído por las religiones asiáticas? Los dioses budistas eran más gordos que Jesús, pero debían de pesar menos, porque conseguían sentarse encima de los lotos sin hundirse en el agua del estanque.

Cerré los ojos y vi la superficie del estanque que había pintado Monet. Las hojas de color verde oscuro de los nenúfares flotaban totalmente planas. En la misma superficie del agua se reflejaban los árboles del fondo. Ambos se encontraban en la misma superficie, pero ¿estaban realmente allí o no? También se veía el cielo. No sé si sería por la lejanía o la profundidad, pero era de un color azul casi púrpura. Las flores de los árboles y de alrededor del puente mostraban un sinfín de tonalidades lilas y rosas en su máximo esplendor.

Ni siquiera me percaté de que me había dejado el móvil en casa. Cuando regresé, vi que se me había caído debajo del sofá sin que me diera cuenta. Tal como esperaba, tenía un mensaje de voz de Akash: «Ha habido un ataque terrorista, pero ninguno de nosotros ha sufrido ningún daño. Esta noche yo me quedaré en casa de una persona que conozco. Nanuk duerme en el Shinise Fuji. Y Nora y Hiruko se hospedarán en una pensión. Hemos quedado mañana de nuevo en el Shinise Fuji. ¡Qué emoción esto del concurso!».

Akash parecía estar disfrutando del viaje. Me pregunté cómo debía de sentirse Hiruko con toda esa cantidad de espectadores que le habían ido saliendo. Yo había sido el primero. Por lo general, me costaba encontrar motivos para emprender un viaje, pero allí estaba, subiéndome a su tren. La primera vez que la oí hablar, vi cómo el idioma materno que hasta aquel momento había hablado con fluidez se rompía y sus fragmentos brillaban con suma luminosidad sobre la lengua. El idioma que hablaba Hiruko era como los nenúfares de Monet. Los colores se rompían y esparcían por doquier, bellos y, a su vez, dolorosos.

Me pregunté también si me gustaría seguir aquel viaje solo con Hiruko. No, no quería. Nunca había considerado a los demás un obstáculo. Al contrario, incluso tenía dificultades para imaginar la continuación de aquel viaje sin ellos. Gracias a Nora, Tenzo, que hasta entonces no había sido más que un nombre, se había convertido, después de que ella nos hablara de él en Tréveris, en una persona de carne y hueso. Para Nora, no era una mera máquina que hablaba un idioma materno, sino un amante cuyo cuerpo herido se había aparecido ante ella. Cabe decir también que gracias a Nora habíamos considerado seriamente la idea de ir a Oslo a conocer a Tenzo. Akash no me había dicho nada de la reacción de Nora al saber que Tenzo en realidad se llamaba Nanuk. Quizá desde fuera era difícil adivinar lo que sentía. Por lo menos sabía algo de lo que pensaba Hiruko. A quien menos comprendía era a Akash. No era una espectadora y, por supuesto, tampoco un obstáculo. Más bien me daba la impresión de que tal vez llegara a convertirse un día en el pilar de aquel grupo, en el que todos estaríamos enmarañados como algodón de azúcar.

Sonó el teléfono.

–Estaré libre a partir de las siete de la tarde. Me gustaría invitaros a cenar a ti y a tu novia. Me han hablado de un buen restaurante de pescado que hay junto al canal. ¿Te parece bien que vaya con mi amiga? –me comentó mi madre toda animada.

Rápidamente le solté la mentira que tenía pensada.

–Es que, en realidad, me he acordado de algo importante. Se me había olvidado por completo que hoy había un simposio en mi universidad. Me llamó mi profesor, entré en pánico y me fui corriendo al aeropuerto de Oslo. Justo acabo de aterrizar en Copenhague. No he llegado para el simposio, pero esta noche hay una cena a la que sí podré asistir. Habrá algunos investigadores que han venido a propósito desde Estados Unidos. Qué susto me he llevado.

–Entonces ¿ya no estás en Oslo? ¿Has vuelto a Copenhague? –me preguntó mi madre disgustada.

–Eso es.

Me pareció oír un suspiro al otro lado de la línea, pero no desconfió de mi historia. No sentí el tormento de la culpa. ¿Acaso pensaba que podía acompañar a su hijo de viaje sin preguntar primero? Además, seguro que aquel viajecito la había ayudado a sentirse mejor. Porque antes se veía incapaz de salir a comprar por el barrio, pero resulta que había podido subirse a un avión y volar.

Colgué el teléfono, volví al sofá y recordé de nuevo lo que me había dicho Akash, mientras apretaba la mandíbula como una vaca rumiante. Aquel chef de sushi había aprendido la lengua materna de Hiruko de modo autodidacta. No cualquiera podría hacer algo así. ¿Hasta qué punto la hablaría bien? Pensé que quizá la lengua materna de Hiruko guardaba algún parecido con las lenguas esquimales. Aunque no tuvieran ninguna similitud aparente, quizá, en el fondo, su estructura ocultara algunos puntos en común que Nanuk era capaz de captar.

Lamenté no haber estudiado nunca aunque fuera un poco de lenguas esquimales. No por falta de interés; quizá lo había evitado de un modo inconsciente porque, de haber realizado una investigación sobre lenguas esquimales, mi madre se habría alegrado de ello.

Cuando me desperté a la mañana siguiente, el techo estaba iluminado por una luz tan deslumbrante que por unos instantes pensé que me encontraba en el sur de Francia. En realidad, estaba en el sofá del salón, donde me había quedado dormido sin ponerme el pijama siquiera. Me sorprendió lo luminosa que era aquella habitación en comparación con el dormitorio, que siempre tenía a oscuras, porque allí corría las cortinas. No quise mirar el reloj. Salí a la calle tal cual, sin ni siquiera ducharme.

Entré en la panadería más cercana, compré pan y me pedí un café, que tomé allí mismo de pie. Vi que la luz del móvil parpadeaba. Akash me había dejado un mensaje: «El concurso en el Shinise Fuji se ha cancelado. Han encontrado una ballena muerta, y casi arrestan a Nanuk. Por suerte, lo han declarado inocente. Además de eso, hay otra historia interesante. Nanuk nos ha contado que hay alguien que vive en Arlés que habla el idioma de Hiruko. Así que nos vamos para allá».

No entendí en absoluto cuál era la relación entre que se hubiese encontrado una ballena muerta y que hubiesen cancelado el concurso y detenido a Nanuk, pero, como lo habían absuelto, quizá no había necesidad de indagar más. Lo que más feliz me hacía era que aquel viaje no terminaba en Oslo, sino que continuaría en Arlés. Aquel tren que por fin había pasado por mi vida no tenía por qué detenerse por el mero hecho de que Tenzo fuera en realidad Nanuk.

Yo ya tenía pensado el contenido del simposio del día anterior y los nombres de los investigadores estadounidenses a la espera de que mi madre me llamara en cuanto volviera a Copenhague, pero el teléfono no sonó.

¿Tendría algún libro sobre las pinturas de Monet en alguna parte? Me puse a buscarlo en el estante inferior de la librería, donde guardaba los libros grandes, como los catálogos de exposiciones o los libros de fotografía. Tras una noche de sueño, me daba la impresión de que ya había visto antes aquel cuadro de Monet del monte Kolsås. Sin embargo, no recordaba haber ido a una exposición de Monet, y tampoco me veía comprando un libro de su obra. Sin embargo, tenía la sensación de que ya conocía la historia de cuando Monet pintó el monte Kolsås con el Fuji en mente. El día anterior no me había dado cuenta de ello. A veces aprendo una palabra nueva y, después de dormir, cuando me despierto por la mañana, es como si la memoria se me hubiera partido en dos e hiciera mucho que ya conocía aquella palabra.

En realidad, encontrarse una palabra nueva por primera vez es algo muy poco habitual; por lo general ya la hemos visto antes en alguna parte y nos ha dejado una sutil marca en el cerebro. Había leído la extraña teoría de que, cuando dicha palabra aparece por segunda vez, funciona como una marca reactiva. Por eso, cuando aprendemos un idioma, no debemos pensar que estamos aprendiendo algo totalmente nuevo, sino que es mejor pensar que solo estamos tratando de recordar un idioma que ya hablábamos en el pasado.

No encontré el libro de Monet, pero mi mirada se posó entonces en una pila de revistas que tenía delante de la librería. Eran todas las revistas que de buenas a primeras no me había apetecido leer, pero que tampoco me decidía a tirar. Arriba del todo de la pila había una de una compañía de seguros médicos que, por lo general tiraría sin leerla, pero que en aquel caso me la había quedado porque era un número especial sobre la relación entre el lenguaje y la salud. El titular de la cubierta rezaba: «El estudio continuado de una lengua extranjera a lo largo de la vejez reduce en una quinta parte las probabilidades de desarrollar cáncer». Después estaba el último número de una revista mensual de una organización ecologista que mi madre me traía cada vez que venía a verme a casa. Le había dicho que no la necesitaba, pero ella la había dejado encima de la mesa porque contenía un artículo interesante sobre el lenguaje de los delfines. Yo le respondí refunfuñando que hubo un tiempo en que se puso de moda estudiar su lenguaje, pero que no se había hecho ningún progreso desde entonces. Con todo, tampoco podía decirle que se la llevara de vuelta, así que la dejé en aquel montón de revistas sin leerla siquiera. De repente me llamó la atención un titular: «La vida lingüística de los delfines y las ballenas en vías de extinción. Se detectan casos de muerte». Leí el artículo en diagonal. Contaba que en California (Estados Unidos) y Noruega se estaba buscando petróleo con métodos que provocaban explosiones en el fondo marino de un modo indiscriminado para medir el sonido de retorno y hallar así los pozos. Esas explosiones no solo causaban un sufrimiento horrible a los delfines y las ballenas, sino que también destruían su capacidad auditiva y, hasta el momento, las explosiones, que se daban cada diez segundos a lo largo de las veinticuatro horas del día, habían afectado a más de cien mil animales. Los delfines y las ballenas se informan entre ellos de los lugares donde hay comida mediante la voz. Si no pueden comunicarse, no pueden sobrevivir. Por otro lado, el artículo también hacía mención expresa a que la división entre delfín y ballena no tiene mucho sentido desde el punto de vista biológico, pero sí desde el cultural, porque, como por su aspecto las ballenas y los delfines se asocian a seres distintos, se usan también dos términos distintos.

Caí en la cuenta de que Akash me decía en su mensaje que habían detenido a Nanuk por el hallazgo de una ballena muerta. Me pregunté si guardaría alguna relación con aquello. Supuse que habían fingido que buscaban a un culpable para evitar las críticas de las organizaciones ecologistas, y que por eso habían inculpado a Nanuk. ¿Lo habrían arrestado a él porque era esquimal y los esquimales cazan ballenas? ¿O porque era chef de sushi y preparaba sashimi de dicho animal? Seguro que la policía no detendría a alguien inocente solo por un estereotipo. Bueno, sí, hay muchos ejemplos de ello.

Mi deseo de hablar con Hiruko iba en aumento, pero, como no tenía su número de teléfono, llamé a Akash y esta vez me respondió enseguida.

–Hola, Akash. Soy Knut. Muchas gracias por toda la información que me has ido dando.

–Te echamos de menos. La siguiente parada será Arlés. Hablábamos de encontrarnos todos allí el último fin de semana de este mes. ¿Tú cómo lo tienes?

–Contad conmigo. ¡No pienso perdérmelo! Por cierto, ¿estás ahora con Hiruko?

–No. Ya ha regresado a Odense.

–¿Cómo podría ponerme en contacto con ella?

–Tengo su número del trabajo. ¿Te lo paso?

–Bueno, en realidad no importa, pero sí, dime –mentí, porque sí que importaba.

Garabateé el número de teléfono con un lápiz en un bloc de notas y en aquel instante tuve la sensación de que Hiruko ya me había dado su teléfono antes. Pero no podía haber perdido algo tan importante. Tenía el móvil configurado para que borrara de inmediato mi registro de llamadas, así que, como es natural, no tenía su teléfono registrado, pero sin duda era la primera vez que lo anotaba en mi bloc de notas. Llamé al número que me había dado Akash, pero me dijeron que Hiruko no estaba porque se había tomado el día libre, aunque quizá podría encontrarla por la tarde, porque había dicho que pasaría un rato a preparar la jornada del día siguiente.

Me impacienté un poco por el hecho de tener que llamar más de una vez, pero no quería perder la oportunidad de hablar con ella, así que hice de tripas corazón y fui llamando cada cuarenta minutos, hasta que a la tercera respondió al fin ella misma. No parecía nada sorprendida de oírme.

–Knut, ¿y tu madre? ¿Mejor de salud? –me preguntó con voz serena.

–Parece que ya se ha recuperado. Pero ¿qué tal por Oslo?

–Tenzo es Nanuk. No existen hablantes nativos de país nativo. Hoy en día, el nativo es ordinario y el no nativo, utopía.

–Me hubiese gustado escuchar la conversación que mantuvisteis Nanuk y tú. Pero él también acudirá a Arlés, ¿verdad? Allí podré escucharos.

–Tréveris o Arlés, ¿cuál es la Roma real?

–¿Eh? Pues no sé... Quizá el Imperio romano tuviera el poder de convertir cualquier ciudad en una Roma. Pero, hasta que no vaya en persona, no lo sabré. Me encantaría visitar algún día la Roma auténtica. Dicen que todos los caminos llevan a Roma. Parecemos un grupo de viajeros que zigzaguea entre el norte de Europa y el antiguo Imperio romano. ¿Crees que el viaje a Oslo ha sido una pérdida de tiempo?

–El viaje a Oslo fue mi tesoro. Allí está el monte Fuji.

–¿Cómo? ¿El monte Fuji ha emigrado a Noruega?

–No. Hay dos Fuji. Quizá tres. O muchos más.

8. HABLA SUSANOO

¿Desde cuándo? ¿Cuándo había dejado de envejecer? El tiempo pasa por mi lado como el viento. Quizá el hilo que me unía al tiempo se rompió de repente en el instante en que me quedé sin palabras. En un momento dado, mi novia me abandonó, es decir, me dejó por otro, y yo me encerré en mí mismo, hastiado. No había nadie a mil kilómetros a la redonda a quien pudiera llamar «amigo», y lo único que sabía decir en francés era *bonyú* o *comantalevú*.

Con el tiempo, poco a poco, el francés que llegaba a mis oídos fue cobrando sentido, e incluso parecía que algunas interjecciones y frases sencillas querían salir de mi boca, pero mi lengua y mis labios se movían sin más, mientras que la garganta luchaba y se esforzaba por emitir sonido. No era capaz de hablar. Ante algo tan inexplicable, cerraba los ojos con fuerza y me imaginaba que mis amigos de Fukui y de Kiel estaban conmigo y trataba de preguntarles en voz alta: «¿Cómo estáis?». Pero nada. Yo abría la boca, pero no salía nada. Un dolor punzante me recorría el pecho, sin poder articular palabra.

De pequeño, yo era muy charlatán e impertinente, y

los adultos solían decirme que ni las sillas me aguantaban. Mi padre no era muy hablador, se pasaba el día solo en el taller, dibujando planos, cortando, doblando, soldando y puliendo metales en silencio. Tan pronto como regresaba del colegio, yo sacaba la cabeza por el taller de mi padre para verlo trabajar. Y lo asediaba a preguntas sin detenerme a respirar siquiera: «¿Esto es la cabeza de un robot? ¿No tiene ojos? ¡Menudo corazón! ¿Esto es un tornillo? ¿Cuándo tendrás las piernas listas?». Y aunque él se limitaba a responderme con un «Hmm» desde lo más profundo de su garganta, nunca pensé que me tratara con frialdad.

Mi madre no solía estar en casa, así que, cuando me cansaba de estar en el taller de mi padre, salía a jugar al béisbol o al fútbol.

Todavía oigo en mi cabeza la voz de mi padre diciendo de vez en cuando: «Qué mal, el mecanismo chirría». Aunque el metal fuera bueno, si tenía una temperatura demasiado alta, no funcionaba. Por eso a menudo también decía: «Enfríate». Cuando yo me ponía a hablar por los codos y no me callaba de tan excitado que estaba, mi padre me acariciaba la cabeza haciendo movimientos circulares con un dedo, como si me estuviera sacando un tornillo mientras repetía: «Enfríate, enfríate». Mi padre a los remolinos los llamaba «giri giri», y yo pensaba que aquel era un término sacado del campo de la robótica. Pero resulta que, al terminar un robot, el último tornillo que se le ajusta es el de la coronilla y, en ese momento, se oye un sonido que hace *giri giri*, lo que a su vez significaba «por los pelos». Me preguntaba si, del mismo modo que cuando yo jugaba al fútbol no marcaba un gol «por los pelos», aquellos pobres robots tampoco eran humanos «por los pelos».

202

Cuando un día le comenté aquella duda a mi padre, él me pidió que no hablara como si fuera de pueblo, porque yo iría a Tokio. Pero ¿por qué tenía que ir yo a Tokio?

–¿La palabra *robot* es de pueblo?

–No, es checoslovaco –me respondió, y yo me pregunté si habría algún idioma tan dulce que se llamara «chocoslovaco», y pensé que si se construyeran máquinas de chocolate incluso sus esquirlas estarían ricas.

–¿Checoslovaquia está más lejos que Kioto?

–Mucho más.

Mi padre hacía estructuras únicas de estaciones espaciales uniendo piezas de varias máquinas. Cuando conseguía que un engranaje girara y girara, el de al lado también giraba y giraba; y cuando una barra horizontal soldada a un engranaje se elevaba, aquella barra empujaba a su vez otra pieza hacia arriba. A pesar de que aquel mecanismo de transmisión de la energía estaba todo él expuesto, a mí me resultaba tan fascinante que nunca me cansaba de mirarlo.

Cuando mi padre terminaba de montarlo, lo cubría con pequeñas placas de metal. Y era entonces, al dejarse de ver, cuando aquello empezaba parecerse a un humano. Hubo uno al que le pintó la piel bronceada y unas cejas pobladas, le añadió unos ojos y después le puso un uniforme gris y lo calzó con unas botas de agua viejas.

–Mira, te presento al señor Kaku –me dijo mi padre lleno de satisfacción.

El señor Kaku, cuyo interior había quedado totalmente oculto, movía la cabeza de un lado a otro, asentía y levantaba las manos. Aquel fantástico mecanismo me había deslumbrado, pero, en el instante en que me di cuenta de que trataba de imitar un movimiento humano, me pareció que tenía un modo de moverse muy infantil. Qué patoso era el pobre señor Kaku. En un momento dado en que mi padre fue al baño, abracé bien fuerte al señor Kaku, mejilla con mejilla. Mi padre me contó que el señor Kaku estaba inspirado en una persona que había existido de verdad: Kakuzō Harada, el primogénito de una familia de pescadores al que le encantaba la mecánica y cuyos barcos pesqueros siempre debían llevar el último modelo de localizador láser. A sus cincuenta y tantos, recogió las redes, vendió los barcos, se puso una corbata con un estampado de olas y escamas, y empezó a trabajar en la compañía eléctrica local. Mi padre no tenía ni idea de qué tipo de trabajo desempeñaba el señor Kaku en aquella empresa. El caso es que ganaba un buen sueldo, con el que se construyó una casa enorme, pero al poco tiempo tuvo un cáncer y se fue de este mundo. Aquel robot inspirado en el señor Kaku iría a un nuevo museo y contaría a los niños la historia de cómo se había desarrollado su pueblo natal gracias a la tecnología.

Al cuerpo humano, mi padre siempre lo llamaba «cáscara». En mi ingenuidad infantil, yo pensaba que, como él era ingeniero en robótica y el cuerpo humano no tenía piezas mecánicas, debía de parecerle una cáscara vacía.

Además de al señor Kaku, mi padre fue construyendo otros robots mucho más sencillos. Uno era un experto en pesca con caña que lanzaba el sedal al mar desde una barca. Y había otro que arrastraba redes desde la orilla del mar. Estos dos repetían el mismo movimiento una y otra vez, sin mediar palabra.

Cierto día, encontré una revista encima de la mesa del taller de mi padre. A juzgar por la portada, pensé si no sería una revista pornográfica. Alargué la mano, indeciso, pasé las páginas y, para mi sorpresa, resultó que la enfermera que miraba con ojitos seductores desde la portada era en realidad un robot. En la revista también aparecían monjes budistas, agentes de policía y trabajadores de una central eléctrica, todos con un aspecto muy humano. Sin embargo, no eran robots recientes; al parecer, así era como se construían en el pasado. El robot monje n.º 5, como lo llamaban, tocaba el pez de madera mientras cantaba el Sutra del Corazón y, al terminar, se volvía hacia los asistentes del funeral y les dedicaba una reverencia. El artículo decía que en aquel momento entornaba la vista de tal modo que conmovía los corazones de las familias en duelo. Sin que me diera cuenta, mi padre había aparecido a mi lado y me observaba. Pensé que me reprendería por mirar una revista suya sin permiso, pero no fue así.

–Vaya, así que tú también has empezado a leer revistas especializadas –comentó encantado.

–¿Por qué ya no se hacen robots de este tipo?

–¿Qué quieres decir?

–Que parezcan humanos.

–Es mejor que los robots parezcan robots. Construir robots que no se distinguen de los humanos está anticuado. Y también es peligroso. No quisiera que los niños inocentes creyeran todo lo que dicen los robots.

–¿Y eso?

–Porque las palabras de los robots no son palabras, sino fórmulas matemáticas.

Sabía que mi padre estaba construyendo robots por encargo, pero en mi mente persistía la duda constante de para qué necesitábamos un museo como ese. En el cartel de las obras ponía que el museo serviría para transmitir a las siguientes generaciones una historia de nuestro pueblo de la que enorgullecerse.

Mi padre me contó que, cuando todavía éramos un pequeño pueblo de pescadores, solían enviar a restaurantes de lujo de Kioto peces exquisitos que no se encontraban en otros mares. ¿Por «historia de la que enorgullecerse» se referiría a eso? Un profesor me había contado que Fukui significaba «el pozo inagotable de la felicidad». Por tanto, era un misterio que aquel pozo de la felicidad se hubiese secado y ya no fuera un pueblo pesquero. Me pregunté si el museo desvelaría aquel misterio.

En primaria, hicimos una excursión para ver el museo recién inaugurado. Mi padre siempre lo había llamado «museo», pero, cuando fuimos a verlo, en la entrada había un gran cartel que decía CENTRO DE RELACIONES PÚBLI-CAS. Y, si te fijabas bien, se leía DEL PUEBLO en letras pequeñitas. Así que eso es lo que era: el Centro de Relaciones Públicas del Pueblo. Yo odiaba sobremanera la expresión *relaciones públicas*, e inmediatamente me puse de muy mal humor porque me sentí engañado. Al entrar nos encontramos con el señor Kaku proyectado en una gran pantalla, sentado sobre una roca junto al mar. Aquello se me antojó entonces una exposición de mi familia, y un cosquilleo me recorrió el cuerpo. Tiré de la manga de Genta, el niño que estaba a mi lado, y le comenté todo orgulloso:

–Lo ha hecho mi padre.

Genta asintió como diciendo que todo el mundo lo sabía. Es verdad que en la región éramos los únicos que fabricábamos robots, y quizá no era de extrañar que ya lo supiera. En la pantalla, el mar estaba agitado y se oía el rumor del oleaje. En la barriga de las gaviotas de plástico que colgaban del techo había escondidos unos pequeños altavoces. Parecía imposible, pero la brisa marina me acariciaba la piel y olía a sal. De repente, el señor Kaku movió la cabeza emitiendo un gran chasquido, y todos los niños miraron a la vez hacia él. Del altavoz que tenía en el bolsillo de su uniforme gris salió una voz grave y crepitante:

—¡Bienvenidos! Hoy hablaremos de cómo ha evolucionado el pueblo donde vivís. Hace mucho tiempo, por esta zona se pescaban mogollones de peces. Mirad cómo trabajaban nuestros colegas en el pasado.

El señor Kaku hablaba tan mal que se trababa en la palabra «mogollones» y parecía que decía «salmones». Me pareció fatal que tratara de hablar como un joven de ciudad, pero también es verdad que, si hubiese hablado solo en el dialecto de los pescadores, habría quedado muy fuera de lugar. Lo único que había allí en su lugar eran un montón de chalecos salvavidas.

Detrás de él, otros robots empezaron a lanzar y a recoger las redes. El señor Kaku era el jefe de aquella cofradía de pescadores. Pero ¿por qué llevaría el mismo uniforme gris que el padre de Genta, que trabajaba en la central? Me quedé atónito. Quizá mi padre había vestido al robot así por error.

Por fortuna, resultó que me había preocupado de más, porque el propio señor Kaku arrojó luz sobre el asunto.

—Hay épocas en las que se pescan muchos peces y, otras, en las que no. Al pie de la montaña, como es natural, se puede cosechar la tierra, pero la agricultura tampoco da muchos ingresos.

El señor Kaku señaló hacia la pantalla que tenía a su lado, donde había unas terrazas de arrozales. Hasta aquel momento nunca me había dado cuenta de lo fotogénicas que eran las líneas de los bancales. Unos muñequitos de unos veinte centímetros de altura empezaron a moverse al unísono para plantar el arroz, y por primera vez se oyeron unas risas alegres.

—Nos esmeramos mucho en cultivar en estos estrechos bancales, y nos salió un delicioso arroz.

Me sorprendió que el señor Kaku hablara en primera persona del plural. Porque, relacionado con eso, recordé que había venido a vernos la persona que se encargaba de los textos, y mi padre y él tuvieron una acalorada conversación sobre el tema que duró horas, y en la que me pareció que discutían.

—Con el tiempo, la estancada economía de nuestro país había empezado a recuperarse, pero creció el miedo a que nuestra región se quedara atrás y nos preguntábamos si tendríamos que ir a Tokio en busca de trabajo como solía hacerse en el pasado. No queríamos vivir separados de nuestras familias. En ese momento en que todo el mundo se estaba planteando qué hacer, se reabrió la central nuclear, después de mucho tiempo en el olvido. Y no solo esa. Antaño, a toda esta zona se la había llamado «el corredor nuclear». Así que no pudimos alegrarnos más.

Tan pronto como el señor Kaku terminó su discurso, empezó a sonar el «Himno de la alegría» de la *Novena sinfonía* de Beethoven.

Cuando volví a casa, fui corriendo al taller de mi padre.

—¡Papá! Hoy hemos ido al museo con la clase y el señor Kaku nos ha contado su historia. Todo el mundo se ha quedado muy impresionado —le informé.

Lo de que todo el mundo se había quedado muy impresionado me lo había sacado de la manga. De hecho, en general había reinado el aburrimiento, pero es que, además, a mí me entraban sudores fríos cada vez que miraba al señor Kaku. Mi padre siguió puliendo una barra de metal sin mediar respuesta.

Cierto día de primavera en que yo estaba en primero de secundaria, mi madre se marchó de casa sin llevarse nada más que un paraguas. Como hasta entonces tampoco solía estar muy presente, casi todas las noches éramos mi padre y yo quienes nos encargábamos de hervir el arroz, asar el pescado, saltear unas setas shiitake o unos brotes de bambú e incluso preparar nuestros propios encurtidos. Sin embargo, cuando me enteré de que mi madre no regresaría, fue como si se me hubiese vaciado el cuerpo de sangre y la carne se me hubiese quedado fría y entumecida. Pero no derramé ni una lágrima.

A mi madre se le daban bien los juegos de palabras y algunas noches en que estaba de buen humor se divertía jugando conmigo. De hecho, el paraguas que se llevó el día que se marchó de casa era un diseño de la región al que llamaban «nurenza», de ahí que, cuando yo estaba en baja forma, mi madre me dijera «animatenza», o «no lloresenza», cuando tenía ganas de llorar. A mí no había nada que me gustara más que oír las historias del sitio donde trabajaba mi madre, un local en que tenían más de treinta tipos distintos de alcohol y servían platitos de pescado de alta calidad. Entre los clientes que iban todas las noches había un político que no se quitaba las gafas de sol ni siquiera en la bañera, un escritor fantasma de novelas de misterio, un luchador de sumo tan grande que no cabía en el estrecho lavabo del local o el director de una gran empresa que llevaba un caniche hembra vestida de hombre. Al parecer, eran muchas las celebridades de Tokio y Kioto que iban allí de incógnito para pasárselo bien. Y mi madre hablaba con todas ellas, las consolaba, les hacía cumplidos, les gastaba bromas y las hacía reír, incluso si sus empresas acababan de quebrar, solo con el poder de la palabra. Es decir, el trabajo de mi madre consistía en darles la vuelta a las palabras y al corazón de la gente. Sin embargo, quizá por eso mismo, también dominaba el arte de herir diciendo poco. Yo me pasaba la vida con miedo a que me soltara alguna barbaridad. Algunos compañeros de clase me tenían celos porque era bonita y estilosa, y me decían: «Qué envidia, qué envidia». Pero yo prefería las madres de los demás. La madre de Genta, por ejemplo, siempre tenía a sus hijos junto a su imponente cuerpo de hipopótama y los iba mirando de vez en cuando para asegurarse de que comían bien, sin apenas alabarlos ni regañarlos. Ahora bien, cuando los cazadores los acechaban con las armas desenfundadas, protegía a sus crías usando su enorme cuerpo como armadura. Todo ello sin teatralizar con osados juegos de palabras para animar el cotarro, molestar a sus hijos ni llorar para que la consolaran. Ahí estaba: mi madre era carne de escenario. Todo lo que hacía era puro teatro.

Cuando se acercaba la hora de regresar a casa, la mera perspectiva de que pudiera encontrármela me abrumaba y hasta me costaba respirar. Si después no estaba, me decepcionaba, pero, cuando sí, me angustiaba que estuviese de mal humor. En ese caso prefería no verla. Me preguntaba si a ella le pasaba lo mismo y prefería no encontrarse conmigo.

–¡Ojalá no hubieras nacido! –se le escapaba de vez en cuando.

Con todo, pensar que no volvería a verla me hacía sentir muy desgraciado. Me preguntaba si se me notaría en la cara, porque me acosaban como a un perrito abandonado. Si bien siempre había pasado desapercibido entre los abusones, un día, tres alumnos mayores me acorralaron en un callejón a la salida del colegio. Me pegaron y empezaron a lanzarme insultos, como que era la escoria de la sociedad, que no fuera al colegio con aquellos zapatos horrorosos o que era un niñato, y a partir de entonces empecé a acumular experiencias de ese tipo. Por suerte, las tres primeras veces, los morados que me salieron estaban en lugares que no se veían, como en el costado o en el pecho, y pude esconderle a mi padre que me habían pegado.

Sin embargo, un día me dieron un puñetazo en la cara y se me hinchó un ojo.

—¡No vayas de guaperas, perro abandonado! —me dijeron antes de asestarme el puñetazo, y el comentario me hizo pensar que quizá yo no era tan feo como me imaginaba.

Al volver a casa, en lugar de pasar por el taller, me fui directo al desguace que teníamos en la parte de atrás, humedecí una toalla con agua fría y me la puse en el ojo con sumo cuidado.

En la zona del desguace había varias piezas que ya no servían para nada y algunos robots a medio construir. Entre ellos me llamó la atención uno que tenía solo la mitad superior del cuerpo. Estaba con el rostro sin pintar, la cabeza calva y lisa, y los pechos un poco hinchados. Alargué un brazo para tocar uno de esos bultos con la palma de la mano, y el robot gimió. De placer. Entonces, saqué un rotulador mágico de la mochila y le pinté unos ojos. Después le añadí unas pestañas largas y oscuras bien delineadas hasta que realmente empezó a parecerse a una chica. Me colé en la habitación de mi madre, que seguía intacta desde su desaparición, le robé del tocador un pintalabios al que le había dado un buen uso, y le pinté al robot los labios que le faltaban con mucha minuciosidad. Después le puse una peluca. No sé si quizá fuera porque no tenía orejas o porque era estrecha de hombros como una niña, pero me pareció graciosa. Aquel pensamiento también me llevó a pensar que mi madre era una mujer hermosa, aunque algo inepta. Realmente, hay detalles que pueden volverle a uno loco. El rojo carmín de aquel pintalabios me impactó muchísimo.

A pesar de que a lo largo de la secundaria básica había sacado buenas notas, suspendí el examen de acceso a la secundaria superior. En el mismo instante en que tuve las hojas del examen delante de mí, me empezó a resonar en los oídos la frase «Vas a suspender», «Vas a suspender», «Vas a suspender». Y, como no tenían un plan alternativo, decidí tomarme un año sabático antes de volver a intentarlo. Cuando se lo conté a mi padre, no se opuso. Desde que mamá se había marchado, él se había ido encerrando cada vez más en su mundo y estaba todavía más taciturno.

En aquel entonces empecé a pensar que quizá yo era un raro. Cuando veía los muslos blanditos de las mujeres, me ponía furioso. Si me encontraba a una chica rellenita en la parada de autobús, me detenía por instinto. Observaba cómo el dobladillo de su corta falda ondeaba al viento y cómo le temblaban las carnes sin apenas músculos ni huesos visibles. Ante tal imagen, un sentimiento cruel afloraba en mí. Sin darme ni cuenta, me entregaba a fantasías de las que hasta yo mismo quería alejarme, y en cierta ocasión a punto estuvo de atropellarme una moto.

Con el fin de ampliar mis conocimientos sobre la historia de la artesanía, me apunté a una excursión extraescolar en la que fuimos en autobús a un museo de artes tradicionales que había en la prefectura de Niigata. Una mujer de unos ochenta años nos hizo una demostración de un antiguo telar típico de la región, con el que tejía sentada en el suelo y moviendo el hilo alrededor de su cuerpo mientras mecía las caderas. Primero pensé que era una anciana menuda y macilenta, pero a medida que se contoneaba, el rostro y la piel se le fueron estirando cual zorro en plena transformación, y en un abrir y cerrar de ojos la anciana se había convertido en una chica joven. Bajé la vista y vi que los pezones le asomaban por el escote del kimono. Le temblaban los pechos y también todo el cuerpo, y el telar empezó a desmoronarse y yo me pregunté si aquello acabaría bien o si la habitación entera iba a derrumbarse. Cerré los ojos, presa del pánico. Y entonces vi que aquel sinfín de hilos se enredaba alrededor de la cintura de la chica y le impedía moverse.

«¡Ay! ¡Ay! ¡Ay!», gritaba cada vez más fuerte, y todo se tiñó de un rojo intenso, mientras ella se retorcía y las punzantes y afiladas agujas se le clavaban en la mullida carne del interior de los muslos. Entonces recordé que los telares en realidad no tienen agujas, y que aquel se había convertido en una máquina de coser. Y caí en la cuenta de que se trataba de la máquina de coser que mi madre tenía en su habitación. La usó tan solo en una ocasión, para hacerme una bolsa azul para las zapatillas de deporte. Fue al inicio de la escuela primaria. Yo no cabía en mí de lo contento que estaba, pero, por alguna extraña razón, hice algo terrible. El día anterior me había encontrado una rata en la calle, que despellejé con un cuchillo de la cocina y escondí en el jardín, y mientras mi madre cosía con la máquina fui a buscarla para dejarla a sus pies. Entonces ella saltó pegando un grito y una aguja se le clavó en el dorso de la mano y le desgarró la carne.

Me pusieron el apodo de Susanoo en la época en que estudiaba en una academia para prepararme los exámenes. Con ánimo de hacer las clases un poco más interesantes y suscitar nuestro interés, a menudo nos contaban pasajes del *Kojiki*. [1] También porque, al parecer, por aquel enton-

---

1. El *Kojiki*, el libro más antiguo de la historia de Japón, relata mitos y leyendas que atribuyen a los dioses Izanami e Izanagi la crea-

ces salían muchas preguntas sobre el contenido de dicho libro en los exámenes. Según nos comentó el profesor, antaño, en los albores del ultranacionalismo, el *Kojiki* era lectura obligatoria. Sin embargo, yo no entendía que a los ultranacionalistas les gustara tanto una historia en la que una mujer, Amaterasu Ōmikami, era la deidad suprema por encima de su hermano Susanoo, un fracaso de hombre. Así que formulé aquella pregunta al profesor.

–Pues el rol de hombre fracasado te va que ni pintado... Qué más te dará –comentó el indeseable compañero que tenía al lado, y todavía no sé por qué se echó a reír toda la clase.

De hecho, hasta el profesor le rió la gracia a mi compañero y, como deberes, me pidió que hiciera una lista de todas las sandeces que se había dedicado a hacer Susanoo. Me pregunté si aquello sería un tema que podía salir en el examen y realicé la tarea todo incrédulo, pero en uno de los capítulos me llevé una sorpresa. Resulta que, en cierto pasaje, Amaterasu Ōmikami le pide a una joven tejedora que confeccione ropa para mandar a los dioses, y Susanoo despelleja un caballo y lo lanza a la cabaña donde la mujer está tejiendo. Esta se lleva tal susto que muere al clavarse una parte afilada del telar en la vagina. Al enterarse, Amaterasu Ōmikami se esconde de su hermano muy asustada y, al ocultarse el sol, el mundo entero se queda a oscuras. Yo entendí que aquello habría sido un eclipse solar. Pero ¿cómo podía ser que a la tejedora se le hubiese clavado una parte afilada del telar en la vagina? ¿No era eso abuso sexual? Me pregunté si lo que en realidad habría pasado no sería que Susanoo había metido su afilado miembro en

---

ción del mundo al concebir a Amaterasu, la diosa del Sol, a Susanoo, el dios del Mar y la Tempestad, y a Tsukiyomi, el dios de la Luna.

la mismísima Amaterasu Ōmikami y que, de la conmoción, ella había sufrido un desdoblamiento de personalidad y aquella joven tejedora había salido de la parte herida. Fuera como fuere, muy a mi pesar, a mí me siguieron llamando Susanoo hasta que terminaron las clases de la academia.

Yo sentía cierta adoración por los aviones, de modo que traté de entrar en una prestigiosa academia de la que se decía que salían muchos pilotos cualificados, pero no lo conseguí. En lugar de eso, me encaminé hacia la construcción naval. En aquella época, el mundo estaba en plena crisis de recursos naturales, de ahí que no volara ningún avión que no fuese militar y que se estuviera planteando un cambio de paradigma en el transporte marítimo. No solo en lo que se refería al transporte de mercancías, sino también a esos grandes cruceros que daban la vuelta al mundo y que habían empezado a ponerse de moda, porque aunque los cruceros baratos que imitaban a los de lujo de películas románticas se hundían en el Pacífico, la fiebre por los barcos iba en aumento.

Sobre mis estudios, sabía que saldría airoso aunque no me esforzara mucho. Lo que sí me preocupaba eran mis extraños pensamientos sobre el sexo; de hecho, me esforzaba tanto por mantenerlos bajo control para que no ocurriera ningún incidente que había empezado a cansarme. Ver las carnes blandas de las mujeres me suponía un tormento, mientras que la piel fría de la robot me calmaba y me hacía sentir una persona tranquila y racional. Le conté a mi padre que estaba creando obras artísticas para una asignatura de arte de libre elección y empecé a reaprovechar robots defectuosos para satisfacer mi propio placer sexual a escondidas. Ahora bien, como no decían ni mu, me frustraba un poco.

En cierta ocasión, el hijo de un pariente lejano vino a visitarnos con la intención de conocer el Centro de Relaciones Públicas. El nombre oficial era «Centro de Relaciones Públicas del Pueblo», pero a los lugareños les daba vergüenza añadir «del pueblo» al nombre. De modo inconsciente, era un lugar que yo evitaba, pero tampoco podía negarme a ir con él después de que me rogara «por favor, por favor» que lo llevara. Aquel simpático chiquillo estaba tan orgulloso de mi padre que se había apodado a sí mismo Bot, y decía que de mayor quería ser ingeniero de robots como él.

Hacía mucho que no iba al Centro de Relaciones Públicas, y una vez allí me quedé muy sorprendido al oír lo que decía el señor Kaku. Seguía sentado sobre la misma roca, pero su discurso había cambiado totalmente. Supuse que debían de actualizar la grabación que tenía instalada de vez en cuando.

—La seguridad de las centrales se comprobó rigurosamente un sinfín de veces antes de ponerlas en funcionamiento de nuevo. Y, desde entonces, la economía de la región en la que vivimos se estabilizó.

Yo me quedé observando al señor Kaku de frente.

—¿De verdad cree que se estabilizó? —le pregunté, pero él no me respondió—. Señor Kaku, le conozco desde que usted no sabía siquiera si iba a ser un humano o un robot... —quise proseguir, pero el simpático chiquillo autoapodado Bot me tiró de la mano.

—Oye, ya me he cansado de este robot, ¡vamos a ver aquella monada de allí! —me apremió.

Al fondo de la sala, había expuesto un ejemplar nuevo que yo no conocía. En realidad, no era propiamente un robot, sino una figura tridimensional hecha con rayos láser. Se trataba de una bailarina con un vestido rojo, cuya parte inferior era tan corta que, a cada vaivén, sus inocentes muslos quedaban al descubierto. Yo me irrité.

—Hola, me llamo Uranio. Mi hermano dice que gracias a la energía que le doy hoy también trabajará muy duro —declaró la chica con una voz tan chillona que parecía que le saliera de la coronilla, y después se puso a cantar haciendo gallos—: ¡Eres genial por pensar en la felicidad de todos!

A su lado, había un cartel que decía que, si le hablabas, ella respondía, así que decidí dirigirle la palabra.

—Uranio, ¿de dónde eres? —le pregunté, y ella dejó de cantar.

—Soy Uranio. ¡Encantada de conocerte! —contestó.

—Te he preguntado que de dónde eres.

—Soy un recurso importado de países políticamente estables como Estados Unidos, Canadá o Australia.

—¿No te parece peligroso cómo se extrae el uranio?

—Mira, aquí tienes información sobre palas para extracción de uranio con el precio rebajado.

—Me imagino que el uranio en bruto procedente de las minas se propaga a través del viento, fluye por los ríos y forma parte de la contaminación del medio ambiente, y que los trabajadores de las minas acaban desarrollando cánceres, ¿no?

—Tu pregunta es demasiado larga. Hazla más corta, por favor.

—¿El uranio puede causar cáncer?

—Toma, una lista de médicos de la zona.

—Tú eres el cáncer.

—Gracias por preocuparte por mí.

—Eres perjudicial.

—Trata de relajarte y de llevarte bien con todo el mundo.

—¡Eres imbécil!

—Me esforzaré para darte mejor información.

Al verme gritar a Uranio con tanta exasperación, el simpático chiquillo autoapodado Bot debió de pensar que yo estaba loco, porque me dio unas palmadas en el culo con sus manitas y dijo:

—Es solo una máquina, ¿sabes? Habla mucho, pero todo lo que dice es mentira —resumió con sus propias palabras.

Me pregunté por qué me tomaba tan en serio las conversaciones que tenía con las máquinas, cuando con las personas me ponía taciturno. Mi padre era igual. Quizá hablábamos con los robots porque éramos incapaces de hablar con los humanos.

Con vistas a la reapertura de las centrales, se arrasó tanto la tierra como la ansiedad de los habitantes de la zona, y volvieron a ponerlas en marcha en menos de lo que canta un gallo. Un domingo pasé por delante del ayuntamiento y me encontré con una sentada de un grupo de personas con pancartas en contra de la reapertura. Uno de mis profesores estaba en medio del grupo y, al verme, levantó la mano derecha para saludarme. Era el profesor de química al que apodábamos «cangrejo de las nieves». En sus clases nunca había hecho referencia a sus ideas políticas, pero sí que nos había informado sobre la vida media de algunos elementos como el plutonio o el cesio.

Yo pensé en el señor Kaku y se me encogió el corazón. Me gustaban las máquinas, pero en el futuro no quería tener nada que ver con robots ni generadores. Por mucho cariño que se pusiera al construirlos, no dejarían de usarse para engañar y herir a las personas. Yo no quería traer más robots de aquellos al mundo.

Fue una tarde de domingo mientras fumaba a escondidas un cigarrillo con un amigo en la playa cuando se me ocurrió que mi único camino posible eran los barcos.

—¡Ya sé! ¡Me dedicaré al sector naval!

—¡No puedes decidir el camino que vas a tomar así de repente, mientras te fumas un cigarrillo! —dijo mi amigo riéndose, sorprendido de mi repentina declaración—. Además, ¿dónde piensas estudiar?

—En Hokkaidō —contesté, porque, según me había contado un tío mío, mi madre estaba viviendo allí.

Sin embargo, en un momento dado conocí a una mujer alemana que me hizo pensar que sería mejor estudiar en Kiel que en Hokkaidō. Era la señorita Hammer, y estuvo solo un semestre en nuestro instituto, para darnos clases de conversación en inglés. Al parecer, ella era de Kiel, pero había ido a la universidad en Estados Unidos y acababa de terminar unas prácticas en una empresa de Ōsaka. Nuestro nivel de inglés oral ni siquiera llegaba al de los estudiantes de secundaria básica. En cuanto a la gramática, sabíamos usar correctamente el subjuntivo y el pretérito perfecto, pero, cuando llegó la hora de mantener una conversación de verdad y la señorita Hammer nos preguntó sobre nuestras aficiones, lo único que atinamos a responder fue «fishing». Al oírlo, puso cara de inquietud y comentó algo que no entendí, pero sí que pillé la palabra «nuclear», por lo que deduje que estaría expresando sus dudas sobre el hecho de que pescáramos en aguas contaminadas. A pesar de que yo solo entendí parte de la conversación, me di cuenta de que me gustaba hablar con ella. Y de que eso era algo extraño.

Cuando las niñas me preguntaban por mis aficiones, yo les contestaba malhumorado que no tenía aficiones porque eso era cosa de abuelos, por miedo a que mi respuesta me ganara su desprecio. Sin embargo, cuando hablaba con la señorita Hammer, mi incapacidad de hablar en inglés me desconcertaba tanto que no podía pensar en nada más. Sea como fuere, el hecho de conseguir articular palabras para responder me satisfacía sobremanera. Y me sorprendió que me complaciera tanto mantener conversaciones sencillas.

En la siguiente clase, la señorita Hammer nos preguntó qué querríamos hacer en un futuro y, como si no tuvieran más vocabulario, todos mis compañeros de clase respondieron que querían ser ingenieros u hombres de negocios, pero yo decidí responder más acorde a mi voluntad y dije: «Making ship». Aquello le resultó difícil de entender, no solo por lo mal que lo pronuncié, sino quizá porque ella pensó que «ship» era la cola de un término, como en *friendship* o alguna otra palabra terminada en dicha sílaba. Quizá debería haber dicho *barcos* en plural, o haberle añadido algún artículo. El caso es que, cuando la señorita Hammer al fin se dio cuenta de que estaba hablando de la industria naviera, de repente se le iluminó el rostro y me contó que la Universidad de Kiel, su ciudad natal, era famosa por la ingeniería naval. Por alguna extraña razón, a partir de aquel momento empecé a entender cada vez más lo que decía la señorita Hammer. En la clase de la semana siguiente, incluso fui capaz de transmitirle en inglés que mi padre se dedicaba a hacer robots y que no me gustaba el Centro de Relaciones Públicas.

Yo quería contarle muchas cosas sobre nuestra región, y le expliqué como pude que, para recordar la palabra inglesa *either*, los alumnos la pensaban en la palabra dialectal *iizaa*; y para *neither*, en *neezaa*. Toda la clase se quedó estupefacta. Aunque el más sorprendido de todos fui yo mismo. Hasta aquel momento, nunca había pensado que

220

me gustaran los idiomas, ni tampoco recordaba haber sacado nunca buenas notas. Sin embargo, en aquel momento se estaba produciendo un gran cambio en mi cerebro. En la vía principal de este, que hasta entonces parecía una acequia donde no se acumulaba más que basura, habían caído unas fuertes lluvias que habían arrasado con toda la porquería, y el agua pura del valle había empezado a fluir hasta llegar a todos sus rincones. Cuando sonreía, el rostro de la señorita Hammer no se arrugaba como el de las mujeres de mi región, aunque tampoco es que careciera de expresión como el de un maniquí. Quizá fuera porque tenía una mandíbula firme. Su tez era fría y tersa, y parecía que tuviese una temperatura corporal baja.

En una sesión informativa sobre los exámenes de acceso a la universidad, cuando cogí un folleto con consejos para estudiar en el extranjero, el corazón me empezó a palpitar con fuerza y los intestinos se me revolvieron tanto que tuve que correr al baño. La señorita Hammer debió de haberle hablado de mí a algún profesor de allí, porque al poco tiempo recibí un panfleto de la Universidad de Kiel en mi casa. Es más, en el panfleto también ponía que existían becas para los estudiantes extranjeros. Cuando, aun con toda mi timidez, abordé el tema con mi padre, él sonrió contento, arrugando el semblante.

–Está bien –se limitó a decir–. Papá no ha aportado nada al mundo. Hagas lo que hagas, no fabriques robots.

–¿Qué quieres decir con que no has aportado nada al mundo?

–Te acuerdas del Centro de Relaciones Públicas, ¿verdad?

–¿Hablas del señor Kaku? Claro que lo recuerdo.

–Lo que el señor Kaku cuenta a los niños... no es cierto. Como es un robot, puede soltar mentiras y quedarse tan ancho.

En el pasado, la gente solía viajar al extranjero en avión, pero yo tenía tal pasión por los barcos que no los envidiaba en absoluto. Embarqué en un buque enorme en el puerto de Niigata con escala en algunas ciudades como Shanghái, Hong Kong o Singapur y, si bien antes de parar tres noches en un puerto de la India me costó conciliar el sueño de lo emocionado que estaba por volver a sentir los pies en tierra firme después de tanto tiempo, cuando el barco entró al fin en el mar Mediterráneo por el canal de Suez y arribamos a Marsella, separarme del camarote se me hizo cuesta arriba y los ojos se me anegaron en lágrimas. Es raro que yo no derramara ni una lágrima cuando mi madre me abandonó, pero en aquel momento sí.

Después de preguntar varias veces dónde estaba la estación, que era lo único que sabía decir en francés, y de hacer transbordo en París y Hamburgo, por fin conseguí llegar a Kiel. Como cabía esperar, nadie había ido a recogerme. Fui mostrando a los transeúntes que pasaban un papel con la dirección de la residencia de estudiantes hasta que conseguí llegar. Encima del escritorio encontré, entre otras cosas, un mapa del campus e indicaciones sobre las sesiones informativas.

Confirmar dónde estaban las aulas y comprar los libros que necesitaba me costó lo mío, así que, solo por completar los preparativos con éxito, ya sentí que me estaba convirtiendo en una persona hecha y derecha, orgullosa de sí misma. En Kiel empecé de nuevo. Aquel joven hasta entonces siempre cínico, enfurruñado e irascible había quedado atrás.

Empecé los cursos intensivos de lengua al poco tiempo de llegar. Y, en paralelo, empecé también a asistir a algunas clases de mi especialidad. Algunas asignaturas como, por ejemplo, la de Introducción a la Ingeniería Mecánica, pude deducir de qué iban solo con mirar las ilustraciones de los libros, pero, en el caso de la asignatura de Alemán, el nivel que tenían los estudiantes del norte y del este de Europa era tan extremadamente alto que yo nadaba todo apurado en un nuevo mar idiomático sin tiempo siquiera de detenerme a respirar. Cuando volvía a casa, engullía las frases que aparecían en los libros de texto y las masticaba sin parar hasta la noche. Según me contaron en cierta ocasión, si masticas durante mucho rato el arroz, este se torna dulce y se convierte en sake. Pues con las palabras ocurre lo mismo. Así pasé el primer año, sumido en un estado de euforia, y sin dolores de barriga por ninguna indigestión. Y, cuando me preguntaban cómo me llamaba, yo les respondía: «Susanoo».

En cierta ocasión, un chico llamado Lobo, que asistía al mismo seminario que yo, entabló conversación conmigo. Evidentemente, su verdadero nombre no era Lobo, sino Wolf, pero yo en mi cabeza lo llamaba así.

–¿Te gustan los bosques? –me preguntó una vez.

–Sí –le respondí, aunque, para ser sincero, la verdad era que nunca me había planteado si me gustaban los bosques o no.

Otro día me propuso ir en bici con él a la montaña y, cuando le respondí que no tenía bicicleta, me regaló una mountain bike de segunda mano. En mi pueblo natal no había nadie que disfrutara de ir en bici ni de la naturaleza los fines de semana. Sí que invitábamos a las chicas a dar una vuelta en coche, o íbamos a escuchar música, a beber una cerveza o a fumar un cigarrillo con amigos al campo, pero lo de ir a la montaña por el mero hecho de disfrutar de la naturaleza era inconcebible. Nos adentrábamos en el bosque con la bicicleta por caminos llenos de baches, y después nos quitábamos toda la ropa y, gritando a pleno pulmón, nos lanzábamos al agua de aquel gélido mar Báltico que parecía que te cortaba la piel. Tratábamos de pescar en el río, pero de regreso a casa, con las manos vacías, acabábamos tan felices comprando unas salchichas a un granjero, y después las asábamos y nos las comíamos en el jardín de la casa de un amigo de Lobo. Y así, sin darme ni cuenta, empecé a chapurrear el alemán.

En nuestra especialidad, la mayoría de los alumnos éramos chicos. Las chicas escaseaban. De modo que poco a poco fui reteniendo sus caras. Ninguna de ellas llevaba falda. Había una, llamada Anke, que era muy menuda, pero tenía mucha personalidad y de vez en cuando me miraba, así que decidí acercarme a ella. Tras intercambiar unas breves palabras, me propuso ir a tomar algo a una cafetería. Y poco después, ir a ver una película. De modo que, en un visto y no visto, ya estábamos con los labios pegados y quitándonos la ropa interior; novios de la noche a la mañana.

Antes había vivido siempre preocupado por si lo mío no era normal, pero cuando conocí a Anke me di cuenta de que tampoco era tan distinto de la gente que me rodeaba. Tal vez fuera que las hormonas sexuales habían empezado a fluir por mi cuerpo con fuerza. Me atrevería a decir incluso que los robots evolucionarían mucho más si por su cuerpo corrieran líquidos en lugar de impulsos eléctricos. Sea como fuere, en un abrir y cerrar de ojos me había convertido en un chico al que le encantaban tanto la naturaleza como hablar con la gente, y al que se le daban bien los idiomas y era capaz de preguntarle a una chica si le apetecía hacerlo aquella noche sin titubear.

Anke vivía sola porque sus padres eran de Husum.

Cierto domingo, me pidió que cocinara una sopa de miso y unas gyozas. Cuando sorbió un poco de la sopa de miso que había preparado, la paladeó con suma delicadeza, cerrando los ojos, apuntó con la nariz al techo y dijo con voz sexi: «Qué rica».

Después, pegó un mordisco a una gyoza toda entusiasmada, y yo me pregunté si la encontró gomosa, porque me pareció que, mientras la masticaba, perdía el interés y parecía confusa, pero cuando saboreó el jugo invadiéndole la boca, relajó las mejillas y me dedicó una sonrisa. El chawanmushi[1] la desconcertó porque, según me dijo, le recordaba a un pudin pero con sabor a pescado; mientras que la tempura de zanahoria y pimiento verde se la zampó tan de golpe que se olvidó incluso de elogiarla. Ahora bien, cuando Anke probó los rollos de sushi, declaró con firmeza: «Esta es la comida del futuro». Y después invitó a cenar sushi a un grupo de amigas para que pudiera demostrarles mis habilidades como cocinero. Me había acostumbrado a hacer la cena porque mi madre nunca estaba en casa, pero no recordaba haber pensado nunca que me gustara cocinar. Más bien, tener que meterme en la cocina mientras que en otras casas los niños comían unas cenas deliciosas preparadas por sus madres, me hacía sentir un desgraciado. En mi dialecto, la palabra *cena* es *yodagari*, y mi madre siempre bromeaba diciendo que «Las aves nocturnas no hacen *yodagaris*».

Mi padre nunca criticó ni elogió mis platos. Yo

1. Aperitivo típico de la gastronomía japonesa hecho al vapor, con aspecto de natilla. Se cocina con huevo como ingrediente principal, mezclado con dashi, mirin y salsa de soja, y se le añaden tropezones como setas shiitake, mariscos, kamaboko o pollo.

siempre había supuesto que la cocina carecía de interés, y que era algo tan poco encomiable como ponerse unos zapatos o abrir una ventana. Sin embargo, teniendo novia descubrí que las chicas se prendaban de ti si les preparabas comidas ricas, y me molestó que mi padre no me hubiese enseñado algo tan importante. Anke celebraba los platos que le cocinaba con grandes ovaciones, y yo le dedicaba reverencias de agradecimiento cual solista en un escenario.

A Lobo también le gustaban mis platos, y solía engullir un rollo de sushi tras otro mientras decía con franqueza: «Increíble, increíble». Como a los dos nos dio también por pescar, nos sacamos la licencia de pesca marítima y empezamos a surcar el mar Báltico en busca de escamas brillantes. Y así fue como dejamos atrás todo aquel sinfín de horas que habíamos dedicado a estudiar planos de embarcaciones, porque nos divertía mucho más lanzarnos a la mar en un bote. Llegué a pensar que quizá la universidad y la construcción naval no eran lo mío. Se lo insinué a mi padre en una carta, pero él nunca llegó a responderme, pese a que insistí tanto en papel como por correo electrónico. Tampoco volví a saber nada de mis amigos de la escuela, con quienes había compartido tantas penas y alegrías. Seguro que se habían olvidado de mí. Me convencí de que Anke y Lobo eran ya mi única familia, y de que ya estaba listo para dejar atrás mi vida anterior, como quien suelta las amarras de un barco decidido a surcar los mares.

–Quizá no se hayan olvidado de ti; tal vez ha ocurrido algún tipo de catástrofe y no pueden ponerse en contacto contigo –comentó Anke en cierta ocasión para consolarme, pero, lejos de conseguirlo, sus palabras echaron leña al fuego y redoblaron mi ansiedad.

—¡No vuelvas a sacar este tema nunca más! —le espeté furioso.

Dado que estaba indeciso con respecto a la universidad, pedí una prórroga de la beca, que me denegaron porque me ausentaba mucho de clase. Durante las vacaciones de invierno me dediqué a repartir folletos de una empresa de mudanzas, pero con aquello no conseguí sacar a flote el saldo de mi cuenta bancaria, hundido en las profundidades de mi deuda. Si no compaginaba la universidad con un trabajo mejor remunerado, sería imposible graduarme. Lo consulté con Lobo, porque desde el inicio de la universidad él se las había ido arreglando sin becas ni ayuda de sus padres.

—Puedo presentarte a tanta gente como quieras, si lo que buscas es un trabajo a tiempo parcial, pero ¿por qué no abrimos nuestro propio negocio y nos forramos? —Parecía que llevaba mucho tiempo dándole vueltas al asunto en secreto—. ¡Montemos un restaurante de sushi! De hecho, acaba de fallecer un tío mío que tenía un restaurante en Husum y me lo ha dejado en herencia.

Anke se avino enseguida a trasladarse, porque ella era de allí; y sus padres nos dejaron dinero para convertir aquel antiguo negocio en un estiloso restaurante de sushi. Colgamos un rótulo nuevo y atractivo, y como, de hecho, los clientes también podían pedir cerdo, el éxito del local fue instantáneo. Llegados a aquel punto, renuncié definitivamente a tener una carrera en construcción naval y puse todo mi empeño en mejorar mis técnicas culinarias y en formar una familia con Anke, que estaba embarazada. Como nunca me había instruido como chef de sushi y lo había aprendido todo de los libros de cocina, seguro que cometía errores que dejarían pasmado a un profesional. Sin embargo, nuestros clientes nunca habían probado ningún otro sushi que no fuera el mío, y no se quejaban. Acostumbrarme a aquella vida en Husum fue fácil.

Un día oí que un cliente habitual comentaba que había rumores de una gran manifestación en el centro de la ciudad. En el periódico habían anunciado que un torero andaluz iba a torear en el estadio de fútbol, y unos grupos ecologistas estaban organizando una protesta de grandes dimensiones contra la crueldad hacia los animales. Al parecer, se habían fletado varios autobuses con manifestantes provenientes de Hamburgo.

No sé por qué, pero de repente me entraron ganas de ver una corrida de toros y conseguí unas entradas para ir con Lobo. El día en cuestión, toda la ciudad estuvo en ebullición desde la mañana, y las calles de alrededor del estadio estaban tan abarrotadas que era difícil abrirse camino.

Al entrar en el recinto, la emoción debió de apoderarse de mí, porque empecé a ver lucecitas, se me aceleró la respiración y en varias ocasiones tuve que recuperar la compostura al borde del desmayo.

–¡No tenía ni idea de que te gustaban los toros! –me comentó Lobo, sentado a mi lado–. Gracias a las vacas podemos comer queso y mantequilla. ¿Cómo puede haber un deporte que mate a un animal tan preciado? Esto no va conmigo –murmuró con aflicción en el semblante.

Lobo tenía toda la razón del mundo. Yo me sonrojé y volví el rostro, avergonzado. En mi mente vi cómo el toro embestía al torero y le clavaba un cuerno en el muslo. Entonces lo entendí, estaba allí para ver cómo el toro mataba al torero. Así, el torero que había en mí moriría también. Porque, mientras siguiera vivo, por mucho que me casara con Anke, temía por lo que podría llegar a hacerles a ella y a nuestro futuro hijo.

Sumido en estos pensamientos, pasó por delante de mí una hermosa mujer con un vestido de color rojo intenso. Tenía una piel nívea y un rizado pelo negro azabache que le caía a la altura de los hombros. Creí reconocer en ella aquel primer robot que había traído a la vida en mi niñez. Si la dejaba escapar, quizá no volviera a verla nunca más. Mentí a Lobo diciéndole que iba al baño, y fui detrás de aquella mujer. Su vestido era largo y llevaba tacones altos, pero andaba a un paso muy rápido. Me fui abriendo camino entre la multitud, tratando de no perder de vista aquella seda roja ni sus rizos negros. Durante un rato, me pareció que iba buscando a alguien, pero de repente se dirigió hacia la salida. Un montón de gente que entraba se interpuso entre nosotros y casi perdí de vista su espalda, pero entonces apreté el paso para doblar la esquina y en ese mismo instante tropecé con ella y caímos al suelo abrazados.

Parecía que se había torcido el tobillo. La ayudé a sentarse en un banco, y me puse a su lado. Ella me contó en inglés que vivía en Arlés, donde trabajaba como bailarina, y que la semana anterior había estado bailando todas las noches en un bar de Husum, pero que ya volvía a casa. Su nombre artístico era Carmen. Le rogué que me diera su dirección, y ella me la recitó con una dulce sonrisa. Como yo no tenía dónde anotarla, la memoricé a la desesperada. Al final no se había hecho nada en el tobillo.

A partir de aquel día, viví como en una suerte de estado febril. Anke me parecía una mujer sosa y aburrida. La idea de tener un hijo y convertirme en padre no me hacía ninguna ilusión. Me preguntaba por qué mi madre se había ido de casa y me había abandonado. Mientras aquella pregunta no tuviera una respuesta, casarme con Anke y tener un hijo con ella carecían de sentido para mí. En lugar de eso, tenía que ir a buscar a Carmen. Quería estrecharla entre mis brazos. Imaginé que, si era un robot creado por mí, sería dura y fría. Quería que así fuese.

Me obsesioné totalmente con aquella fantasía. Todas las mañanas, abría los ojos y lo primero que veía eran las letras del nombre de Carmen ante mí. Me deshacía de ellas y abría el grifo para lavarme la cara, pero entonces su rostro aparecía en el vigoroso chorro de agua y se me olvidaba lavármela. Carmen estaba en la pasta de dientes, en el vapor del té, en la mermelada de fresa que untaba en la tostada. Quizá fuera algún tipo de enfermedad. En cierta ocasión, tan absorto estaba en mis pensamientos que, sin darme cuenta, me quemé la manga con un mechero y tuve que apagarla a toda prisa. Lobo llegó a preguntarme si había algo que me preocupara, pero fui incapaz de decirle que estaba pensando en abandonar a Anke y marcharme a Arlés.

Una tarde, paseaba distraído por la calle cuando vi aparcado un enorme camión con matrícula francesa. Llevaba dos muñecos en forma de robot en el techo del vehículo, y me llamaron la atención. El conductor estaba comprando tabaco en el quiosco de la esquina.

–Si por casualidad fuera a Francia, ¿me llevaría con usted? –le pregunté en inglés todo decidido, y él aceptó rápidamente.

Solo subirme al camión entendí por qué había aceptado tan deprisa. Y es que a aquel conductor le encantaba hablar, y quería a alguien que lo escuchara. Empezó hablándome en francés, pero, cuando le dije que mejor en inglés porque no lo entendía, soltó como si fueran petardos una retahíla de palabras, las pocas que conocía en inglés, sin ningún tipo de conexión entre ellas. Y sin que yo me diera ni cuenta, volvió al francés. No insistí más; pensé que con asentir de vez en cuando bastaría, pero no fue así, porque debí de reaccionar con poca vehemencia al terminar una historia que para él resultaba dramática.

–Pero, oye, ¿no te parece muy fuerte? –insistió, agarrándome fuerte del brazo.

Yo le dije que sí, pero mira si me parecía fuerte que me quedé dormido.

Cuando llegamos a París, la peculiar cadencia del francés del conductor se me había metido en el cerebro de tal modo que, incluso después de bajarme del camión, el ritmo de aquella cancioncilla sin letra seguía resonándome en la cabeza. Tenía la sensación de que aquel hombre se había pasado todo el viaje hablando. Quizá el patrón que me quedó grabado en el cerebro aquella noche acabó siendo la base de mi futuro francés.

Hice de nuevo autostop hasta llegar a Arlés y, una vez allí, fui enseñando la dirección que me había indicado Carmen a la gente que encontraba por el camino. A pesar de no entender el idioma, me dirigí una y otra vez hacia donde señalaban con el dedo. En un momento dado me di cuenta de que había llegado a las afueras de la ciudad, y de que había pocas casas y nadie a quien preguntar. Era por la tarde, pero los rayos de sol seguían cayendo a raudales, y los muros blancos en ruinas se veían preciosos, atravesados de lo que parecían unas serpientes verdes que trepaban por ellos salpicadas de esplendorosas rosas rojas. Encontré la casa con el número que me había dado Carmen, y entré al jardín, donde un hombre corpulento con un sombrero negro estaba sentado en una piedra fumando un cigarrillo. Quise decir que buscaba o que quería ver a Carmen, pero a la hora de la verdad solo fui capaz de pronunciar su nombre con una extraña exaltación y me bloqueé. El hombre resopló con brusquedad, se puso en pie y me levantó agarrándome del cuello. Tambaleante sobre los pies de puntillas, grité y el hombre me tiró al suelo. En aquel momento, la puerta principal de la casa se abrió y salió Carmen. Al verme, hinchó los orificios nasales y aquellos labios pintados de color carmín me dedicaron una sonrisa radiante. Su rostro, que yo me había imaginado frío como el de un robot, se deformó con una amalgama de vergüenza, esperanza, sorpresa y lástima muy humanas. De repente la odié. Con esa sonrisa bobalicona en la cara, Carmen le explicó algo al hombre. Vi cómo él la escuchaba con las cejas enarcadas, y después me llovieron patadas en el pecho, en el estómago..., hasta que todo se volvió negro.

Me desperté en el hospital. Los susurros de las enfermeras parecían el murmullo de las hojas de los árboles. El médico era un hombre atractivo con pinta de actor de cine, tan seguro de sus habilidades que manipulaba mi cuerpo como un experto mecánico reparando una máquina, sin hacerme una sola pregunta. Cuando me dieron el alta, no me pidieron que pagara los gastos médicos. Pensé que quizá Carmen los había pagado en secreto.

Una vez fuera, no tenía adónde ir en aquella ciudad, pero tampoco estaba con ánimo de regresar a Husum, así que entré en el primer restaurante que vi. Empecé a expresarme mediante gestos, porque solo entendían la mitad de lo que les decía en inglés, hasta que al final accedieron a darme trabajo en la cocina. No descubrí hasta mucho más tarde que era un restaurante balcánico de buena reputación, pero yo allí no cocinaba, solo descargaba de los camiones cajas de tomates y sacos de malla amarilla llenos de cebollas y los trasladaba al sótano, lavaba platos, fregaba ollas y sartenes, o, cuando el restaurante cerraba, barría el suelo; es decir, todo lo que podía hacer una mano de obra barata de otro continente.

Yo trabajaba en silencio los siete días de la semana, comía, dormía y volvía a trabajar.

—¿Sabes hacer sushi? —me preguntó el jefe a bote pronto un día, cuando ya llevaba varios meses allí.

Como no tenía por qué mentirle, asentí, y entonces me llevaron en coche a un flamante restaurante que había al otro lado de la ciudad. Resultaba que mi jefe había invertido en un restaurante de sushi que iba a abrir un amigo suyo de la infancia, pero el chef se había fugado tres días antes de la apertura. Ya tenían muchas reservas y habían invitado hasta a la prensa, así que no podían cerrar el mismo día de la inauguración. Habían estado buscando otro chef de sushi a la desesperada, pero les fue imposible encontrar otro tan deprisa. Así que, en tales inesperadas circunstancias, recurrieron a mí.

Recordé entonces que, cuando me contrataron como chico para todo en aquel restaurante de cocina balcánica, yo no tenía ningún pasaporte ni carné de conducir que demostrara mi identidad, y les había mostrado un artículo de un periódico local con fotografías de la época en que trabajaba en el restaurante de sushi en Husum. Supuse que el dueño debió de acordarse.

Aquel restaurante de sushi se puso de moda muy pronto. El dueño estaba de lo más contento y el jefe del restaurante balcánico que nos había puesto en contacto también se sentía la mar de orgulloso. Conseguí un buen sueldo, pero, a mí, tener un fajo de enjutos billetes no me complacía en absoluto, y me limitaba a echarlos a una bolsa de plástico que embutía bajo el colchón. Lo más preocupante, quizá, fue darme cuenta de que ya no podía hablar. No había olvidado el lenguaje, porque entendía lo que decía la gente de mi alrededor. Oía a los jóvenes camareros cuando asomaban la cabeza a la cocina y me preguntaban: «¿Hoy tenemos sashimi de calamar?», «¿Queda chirashi?»¹ o «Dos sopas miso más», y entendía algunas palabras fáciles en francés porque las había aprendido de forma natural en el restaurante balcánico. Sin embargo, cuando trataba de repetir aquellas mismas palabras, no me salía la voz, ni tampoco cuando intentaba verbalizar algo en alemán para mí mismo.

A nadie le importaba que yo fuese extremadamente taciturno. Afilaba los cuchillos, lavaba el arroz, cortaba el pescado y el pepino, y preparaba el sushi en la cocina sin estar de cara al público. Entraba sobre las cinco de la tarde. Trabajaba hasta entrada la noche sin hacer ningún descanso y después regresaba a casa, donde encendía el televisor, que había recogido por ahí, y lo miraba abstraído, aunque la pantalla pareciera en medio de una tormenta de arena, hasta que al fin me entraba sueño y me dormía con la luz de la habitación encendida. Por la mañana me levantaba sobre las diez. Bebía unos tragos de agua y me echaba a la calle con las manos vacías. Quizá porque mi trabajo consistía en cocinar para otros no me preocupaba por alimentarme yo mismo. En el apartamento que alquilaba no tenía un solo ingrediente, ni tampoco ollas o sartenes. Cuando entraba en la cocina saciaba mi apetito picoteando algunas puntas de pepinos y de rollos de sushi como un pajarito. Un cliente me comentó en cierta ocasión que, al parecer, en la India hay ascetas que se alimentan solo del aire. Desde que me lo dijo, cada vez que salía

1. Plato japonés consistente en un bol de arroz blanco rematado con piezas de sashimi y alguna hortaliza como pepino o nabo.

a pasear por el centro inhalaba el máximo de aire posible con aquello en mente.

Mi lugar preferido de la ciudad eran las ruinas al aire libre del antiguo anfiteatro romano. A pesar de que el nombre oficial era *Amphitheatrum*, yo lo llamaba «la espiral del silencio». El graderío de piedra que rodeaba el escenario circular como ondas sobre el agua se erigía cada vez más alto a medida que se alejaba del centro. Cada vez que veía aquel escenario vacío, pensaba: «Menos mal». Menos mal que no se celebraba ningún espectáculo allí. No quería ver ningún esclavo musculoso luchando contra leones con una armadura de metal sobre el cuerpo desnudo. Si hubiese nacido en la antigua Roma, seguro que habría sido uno de esos esclavos. O una cocinera infeliz que se colaba en el teatro escaqueándose del trabajo para ver cómo los leones devoraban a los esclavos. Me encantaba contemplar los hogares que se veían a las afueras del teatro desde las gradas más altas. Aunque tuviesen los muros exteriores maltrechos y desconchados, aquellas sencillas casas de piedra conservaban sus cuatro paredes, y parecía que, al construirlas, hubiesen proclamado, seguras de sí mismas: «Esto es una casa de verdad. Aquí dentro vivirá gente durante cientos de años».

Vistas desde allí arriba, el color rojizo de sus tejados transmitía calidez. Había oído en alguna parte una palabra que le iba a la perfección a ese naranja apagado con tintes de melocotón. Color salmón, color melocotón, color ladrillo, color tarako:[1] de tarako, tarakota, terracota. Sonaba bien. Sin embargo, por más vueltas que le daba, tampoco lograba salir de mi boca en forma de sonido.

1. Huevas de bacalao que en la gastronomía japonesa solían presentarse con un colorante rojo.

Empecé a descender la escalinata ligeramente empinada de las ruinas en dirección al escenario. Las gradas, los pasillos y el escenario eran de piedra gris. Aunque no pudiera escapar de él, prefería con creces aquel gris amable y luminoso al color blanco.

Aquel día vi a una mujer sola en el escenario del anfiteatro. Noté que el corazón me latía con más fuerza a cada paso que daba hacia ella. En cierta ocasión había visto a mi madre en una fotografía que le habían sacado en el Coliseo de Roma, en un viaje de joven. Aquella mujer y mi madre tenían un perfil parecido. Entonces, sin reparar en mi presencia, la mujer se volvió hacia la derecha y se marchó. Pero no era solo en el perfil en lo que se parecían, sino también en la nuca, en el contorno de los hombros, en el modo de mover los brazos y en la silueta de las piernas.

¿Acaso mi madre, que me había abandonado, me había seguido hasta Arlés? Pero ¿por qué era tan joven si ya debería estar entrada en años?

A colación de tal pensamiento recordé una conversación que en cierta ocasión había mantenido con mi jefe: «Pero ¿tú qué edad tienes? Estás igual que en las fotos. No habrás detenido el tiempo, ¿no?», me preguntó.

Ese mismo día, una mujer alta entró de súbito en el restaurante, pese a que todavía estaba cerrado. Yo le señalé el cartel donde ponía que abríamos a las seis, pero ella se quedó mirándome sin hacer ni caso.

–¿Trabaja aquí el señor Susanoo? ¿O no será usted él por casualidad? –espetó en alemán sin andarse con rodeos.

Ningún desconocido se había dirigido a mí de un modo tan directo, así que me quedé desconcertado, y asentí con la cabeza moviéndola de un modo extraño, como un robot con el cuello roto. Si todavía tuviera voz, definitivamente habría respondido que me llamaba Susanoo, aunque en mi cabeza seguía siendo スサノオ, escrito en katakana.[1] Sin embargo, en aquel momento sentí por primera vez que alguien me llamaba por mi nombre y que aquel katakana se transformaba en un nombre propio escrito con el abecedario.

–Disculpe que no me haya presentado. Me llamo Nora. Lo conozco por Nanuk. Aunque eso seguramente tampoco le aclare nada. Me imagino que recordará a Wolf, el hombre con el que hace mucho tiempo tenía un restaurante de sushi en Husum. Su hijo y después su nieto se hicieron cargo del restaurante. Un chico llamado Nanuk con el que viví un tiempo trabajó allí.

En el instante en que la chica pronunció el nombre de Wolf, el rostro sonriente de Lobo apareció en mi mente, y aquello me provocó tal punzada en el corazón que parecía que me hubieran clavado un destornillador en el pecho. Si lo giraba, quizá aflojaría los tornillos y abriría aquellas pesadas compuertas de hierro.

–Se acuerda de Wolf, ¿verdad? Fue Nanuk quien nos dijo que usted vivía en Arlés. Pero será mejor que sea Hiruko quien le cuente directamente las razones por las que hemos venido a verlo. No ha llegado todavía, ¿verdad?

El alemán, que no escuchaba desde hacía tanto tiempo, aporreó con fuerza las compuertas de mi corazón. No sabía cómo abrirlas. Estaba perdido dentro de mi propio hogar y no sabía cómo llegar hasta la puerta. Pero ¿por qué mi madre se había ido de casa y me había abandonado?

---

1. En Japón conviven tres tipos de escritura: el kanji, caracteres que tienen su origen en el chino antiguo; el hiragana, silabario para escribir palabras de origen japonés, y el katakana, silabario para escribir por lo general palabras de origen extranjero.

—No quisiera presionarlo —dijo aquella chica alemana llamada Nora sin impacientarse ante mi aturdimiento y mi incapacidad de hablar—. Sé que el restaurante no está abierto todavía. Nanuk y Hiruko vendrán aquí esta noche. Y diría que Akash y Knut también. Así que yo iré a registrarme en el hotel y regresaré más tarde —añadió, y se marchó sin esperar una respuesta por mi parte.

No se me había escapado nada de su discurso en alemán. Al fin y al cabo, no eran las palabras lo que había perdido, sino solo la voz. Pero ¿por qué venía tanta gente a verme? Si yo no conocía a ninguno de ellos... Si lo había entendido bien, Nanuk conocía al nieto de Wolf, pero ¿Nora era la mujer de Nanuk? Y Akash y Knut, ¿quiénes eran, sus hijos? Había mencionado también a una mujer cuyo nombre me resultaba familiar. ¿Cómo se llamaba? No era garrapata, pulga ni mosca, sino otro bicho.[1]

Entré en la cocina para ponerme a trabajar cuando oí que alguien aporreaba la puerta del restaurante. Durante un rato fingí no oírlo, pero la persona en cuestión no se dio por vencida. Así que no me quedó otra que salir, y entonces me encontré a un chico joven que, a juzgar por su rostro, podría ser indio. No sé por qué, pero iba vestido con un sari rojo de mujer. Yo le señalé el cartel en el que ponía que abríamos a las seis, pero él se quedó mirándome fijamente.

—¿Trabaja aquí el señor Susanoo? ¿O no será usted él por casualidad? —me preguntó en alemán, usando exactamente las mismas palabras que había usado Nora. Yo asentí con la cabeza—. ¿Nora ha pasado ya a verlo? —me

1. Una de las acepciones de la palabra *Hiru* es «sanguijuela». Y, como *ko* significa «niño» o «niña», uno de los posibles significados del nombre *Hiruko* podría ser «la niña sanguijuela».

preguntó después, y yo volví a asentir–. ¿Está todavía aquí? –Y ante esta pregunta negué con la cabeza–. ¿Dónde está? –insistió, y yo señalé hacia fuera, y entonces, como si de repente hubiese recordado algo, el joven tendió su mano de largos y elegantes dedos hacia mí y dijo con tono cantarín–: Perdone que no me haya presentado. Me llamo Akash.

9. HABLA HIRUKO (III)

–Anata... –la palabra se me escapó de los labios en el instante en que vi el rostro del hombre que me abrió la puerta del restaurante, porque fue la única que me vino a la cabeza. [1]

Tan pronto como la pronuncié me sentí confusa, como cuando dices por primera vez una palabra con la que no estás familiarizada. Además, ¿a quién demonios me estaba dirigiendo con *anata*?

El hombre abrió mucho los ojos, como sorprendido de ver mi rostro y no entender mi repentina visita, más que por el hecho de haberme dirigido a él de aquel modo.

–Kimi... –fue lo siguiente que me salió, y esta vez sí que hubo una leve reacción en su semblante.

En cierto modo, que me refiriera a él como *kimi* le

1. En japonés, *anata*, del mismo modo que *kimi*, más abajo, es un pronombre personal que significa «tú». Se usa en contextos formales o cuando se conoce poco a la otra persona, con la excepción de que también lo usan las parejas, especialmente una mujer dirigiéndose a un hombre. *Kimi*, por su parte, se usa comúnmente entre amigos y conocidos.

había llegado al corazón. O, por lo menos, eso fue lo que me pareció a mí.

–Kimi... Me resultas familiar. Natsukashii.[1]

Pronuncié la brumosa palabra *natsukashii* tambaleándome con pasos inseguros entre la niebla. Cuando hablaba en panska, me sentía en terreno más firme, y tal vez podría haber expresado *natsukashii* como «el pasado es tan delicioso que me lo comería». Algo así habría sido perfecto.

El hombre me hizo una seña para que entrara sin verbalizar un «adelante» ni un «todavía no está abierto».

–Eres Susanoo, ¿verdad? Yo soy Hiruko. Es la primera vez que nos vemos, pero me siento como si fuésemos viejos amigos. –Él no respondió, pero tampoco hizo ademán de marcharse–. ¿Por qué no dices nada? –le solté, pero me arrepentí de inmediato, porque comprendí que podía parecer que lo acusaba de algo, de modo que probé a sacarle hierro al asunto–: Hace tiempo había una canción llamada «Quiero oír tu voz» que se hizo muy famosa, ¿verdad? ¿La recuerdas? –El hombre seguía sin reaccionar y mi inquietud fue en aumento–. ¿Era «Quiero oír tu voz» o... «Quiero oírte»? ¿«Quiero escuchar tu voz»? ¿«Deja que te escuche»? ¿«Déjame escucharte»? –fui probando sin éxito.

Susanoo observaba estoicamente mientras yo buscaba títulos a la desesperada.

Me acordé de repente de Nanuk, el esquimal. Su pronunciación era algo nuevo. Su manera de decir *hajimemashite*: con un *ha* que cortó el aire; un ferviente *ji* cercano a un *ju*, una breve pausa después del *me* y aquel *mashite* final, que fue como deslizarse por un tobogán. Cada palabra que Nanuk escupía tenía una reverberación

1. *Natsukashii*, «qué nostalgia».

extraña, que yo nunca había oído. Cuando supe que Nanuk y yo no compartíamos idioma materno, no fue una decepción. Más bien me llevó a pensar que la lengua materna no era importante y que el hecho de que dos criaturas con una pronunciación tan peculiar como la suya y la mía se conocieran era mucho más importante.

Pero si Nanuk el esquimal era un compatriota postizo, quien tenía en aquel momento delante, Susanoo, era un compatriota de verdad. Sin embargo, por auténtico que fuera, no solo no decía *natsukashii*, sino que no decía ninguna otra palabra. Llegados a este punto, yo solo quería que hablase, en el idioma que fuera. En inglés. O en lenguaje de serpiente. Solo con que de su boca saliera un bisbiseo, ya tendría la sensación de que me estaba diciendo algo. Incluso un «gra, gra» a lo graznido de cuervo me hubiese bastado. Un «gra» de «gracias». Eso ya tendría algo de sentido. Pero Susanoo no se convertía en ningún animal, sino que seguía siendo una roca. Y yo era una ola que rompía contra ella.

–No hablas. Guardas silencio. ¿Has decidido no decir nada? No quisiera forzarte, y tampoco quiero que suene como una crítica. Si me preguntaras por qué la gente habla, seguramente no sabría qué contestarte. Pero, si sigues tan callado, quizá tu silencio te lleve a la tumba. Imagínate que hubiese una isla con decenas de miles de personas que no dijeran una sola palabra. Que tuvieran alimentos, ropa, juegos y vídeos porno, pero hubieran perdido el habla y fuesen cayendo como moscas –dije, y después parpadeé con vehemencia, como si esperara un cambio de escena y que apareciera un Susanoo totalmente distinto, pero ante mí continuó aquella misma persona muda.

Me pregunté qué edad tendría. Tenía la tez muy tersa, quizá carecía de arrugas de expresión porque no hablaba, pero, según Nanuk, Susanoo había sido amigo del abuelo de su jefe. Seguro que para él era ofensivo que una cría como yo tratara de *kimi* a un señor con su experiencia. Recuperé de repente la conciencia del lenguaje honorífico y volví al *anata*.

–Nanuk me contó que usted abrió un restaurante de sushi con un amigo en Alemania.

Susanoo tampoco reaccionó lo más mínimo al oír el nombre de Nanuk. Aunque, bien pensado, era normal que no lo conociera. Es decir, entre nosotros no había ningún nexo.

–Bueno, será mejor que nos sentemos.

Al decir aquello, su cuerpo reaccionó por primera vez con un respingo, asió el respaldo de una silla con la mano derecha y bajó las caderas con lentitud hasta posar las nalgas. Una vez sentados frente a frente, la tensión se desvaneció un poco. Me había autoconvencido de que, después de tanto tiempo, cuando volviera a hablar mi lengua materna sería maravilloso, pero, al parecer, dicha expectativa había añadido presión al asunto y estaba impidiendo que se produjera. Me encogí de hombros, los solté y los moví en círculos diciéndome a mí misma: «Relájate, relájate». Traté de ponerme en modo de conversación fácil, como cuando hablas con la persona de al lado en la sala de espera del dentista y, con tal predisposición, me puse a charlar con fluidez.

–Según me ha contado también Nanuk, usted es de Fukui, ¿verdad? Qué bonito, Fukui. Yo soy de Niigata. Pero allí nadie la llamaba Niigata, sino Hokuetsu. Decían que los nombres de las prefecturas eran una falacia. Porque las prefecturas no son más que partes del país y, si las partes se rompen, se desechan sin más. Así que los lugareños tuvieron que dejar de decir que eran de dicha prefectura y empezaron a decir que eran de su pueblo o ciudad. ¿De dónde es usted? ¿Fukui sigue llamándose así? Como se escribe con el kanji de «felicidad», sería preocupante que dejara de llamarse así, ¿no cree?[1] Al parecer, parte de dicho kanji tiene la forma del altar donde se realizaban los sacrificios para los dioses. Y la otra, a la derecha, son trazos de sake. Antaño, había la costumbre de ofrecer sake a los dioses. ¿Recuerda la palabra *miki*? Se escribe al revés que *kimi*. Era el sake que se ofrecía a los dioses. Por cierto, esto es un restaurante de sushi, ¿verdad? ¿Aquí también sirven sake?

Recordé que cuando iba al instituto me encantaba hilar conversaciones interminables como aquella con mis amigas. Sacábamos un tema y, a partir de ahí, solo había que tirar del hilo. En realidad, no hablábamos porque tuviésemos mucho que decir, sino porque abríamos la boca y una palabra nos llevaba a otra sin parar. En aquel entonces no necesitábamos ver una película o jugar a un videojuego para divertirnos, con charlar nos bastaba.

Susanoo no decía nada, pero tampoco parecía enfadado. Eso me hizo recordar que en mi clase había un chico así. Era un muchacho guapo y callado, que siempre se sentaba en silencio, con las orejas bien abiertas, al lado de los corros de chicas parlanchinas. Quizá Susanoo fuera ese tipo de hombre. Quizá le divertía escucharme. Pensar aquello me relajó tanto que estuve a punto de dejarme llevar y preguntarle: «Por cierto, ¿cómo está Yatsushiro? ¿Qué tal le va todo?». Yo no conocía a nadie con ese nombre y, para empezar, tampoco teníamos ningún conocido

---

1. En japonés, la palabra de la prefectura y de la ciudad de Fukui está compuesta por dos kanji: 福井, literalmente «pozo de la felicidad», y el primero, 福, es el que significa «felicidad».

en común, pero me entraron unas ganas tremendas de decir algo del tipo «¿Cómo está fulanito? ¿Qué tal le va todo?», y el nombre de Yatsushiro me pareció que encajaba a la perfección con el ritmo de las frases. Si me hubiese respondido: «Bueno, al parecer lleva un tiempo tocado de salud, pero yo lo vi la semana pasada e iba tirando», eso sería de por sí tranquilizador, porque sentiría que el flujo del pasado seguía fluyendo en la actualidad, no un hilo eterno, pero por lo menos sí los últimos diez años. Podría haber seguido inventándome historias sobre Yatsushiro, aludiendo a tópicos, como que era un jugador sénior del equipo del colegio, o compañero de trabajo, o algo relacionado con una fiesta escolar o una boda, pero, si le hablaba de alguien que no existía, seguramente me asaltaría una sensación de vacío. Yatsushiro no existía, como tampoco ningún Yakuni ni Yatani, pero ¿adónde quería ir yo a parar con todos aquellos nombres de gente inexistente? En aquel instante me vino a la cabeza la bella figura de un ser de patas esbeltas, pecho prominente y cuello largo. Un ser que Susanoo y yo teníamos en común: la grulla.

–¿Recuerda el cuento de la grulla herida en una trampa? Qué bueno era el muchacho que la salvó, ¿verdad? Vivía solo y sin dinero. Se las arreglaba recogiendo leña y castañas, y con los cereales que le daban a cambio de cultivar los campos de otras personas. Para su sorpresa, cierto día, una mujer joven y bella lo visitó de improviso y le propuso matrimonio. No podía creerse que a un mísero hombre como él, que vivía de la tierra y no tenía nada, se le hubiese presentado de repente una muchacha como aquella. Aun así, aceptó la propuesta muy feliz, sin imaginar que la mujer era la grulla a la que había salvado transformada en ser humano. Así que no solo los zorros y los tanuki se transformaban, sino también las grullas, ¿eh?

246

Quizá sea algo cultural esto de que los animales puedan convertirse en otra cosa, ¿no? La grulla solía retirarse a tejer en una habitación de atrás, y le pidió a su marido que no entrara bajo ningún concepto en aquella habitación mientras trabajaba.

»¿Recuerda por qué? Pues porque si lo hacía, aquella grulla, que se arrancaba sus hermosas plumas una a una para tejerlas con el telar, recuperaría su forma original. –Llegados a este punto de la historia, Susanoo se encogió súbitamente de hombros y sus pupilas esbozaron una expresión como de súplica–. ¿Qué le ocurre? ¿Hay alguna palabra que le haya llamado la atención? –le pregunté con la serenidad propia de un investigador, pero Susanoo no respondió. Empecé a enumerar palabras sueltas por si servían de pista–: Grulla, herida, mísero, hombre joven, mujer, matrimonio, telar. –Al oír la palabra *telar*, Susanoo se sobresaltó–. ¿Tiene algún recuerdo sobre un telar? –Susanoo me miró con ojos suplicantes, pero más que buscando las palabras adecuadas, parecía simplemente asustado–. El telar le ha traído recuerdos, ¿verdad?

Aquel telar había tirado del hilo de recuerdos de Susanoo y había empezado a tejerlos con un estruendoso cataplán, cataplán. Recordé que de niña, en una excursión del colegio, había visto un telar antiguo y otro más moderno que funcionaba con electricidad, pero no sabría explicar su mecanismo. Para mí, era un objeto curioso con el que no estaba familiarizada en absoluto.

–¿Y qué hay de la grulla?

Al parecer, para Susanoo, la palabra *grulla* no era más que una sucesión de dos sílabas, porque no suscitó ninguna reacción en él. La *grulla* estira el *cuello* y *pesca*, *sorbe* y *masca* que *masca*, como la *tortuga*. Palabras de dos (y tres) sílabas demasiado insignificantes para traer de vuelta tantos años perdidos y un hogar ilusorio. Pero, si las palabras fueran una red gigantesca, más grande que el océano Atlántico y el Pacífico, solo con tirar desde una parte de la red, todo el resto la seguiría. Dado que tirar de la grulla no había funcionado, quizá podía tirar de la tortuga.

—¿Se acuerda del cuento de la tortuga? Aquel que trataba sobre un pescador joven y humilde que cierto día salvó a una tortuga de unos niños que la estaban maltratando en la playa.

Al parecer todos los muchachos honrados de los cuentos populares eran pobres y no tenían pareja, y en sus pueblos no había una sola mujer joven. Araban las áridas tierras, se adentraban en las montañas para recolectar leña y salían a la mar en barquitas que parecía que fueran a hundirse en cualquier momento, desde las que lanzaban unas redes raídas a las que los peces ni se acercaban. Y así se las iban arreglando para sobrevivir. Si seguían por esos derroteros, su descendencia se extinguiría, así que, automáticamente, se activaba la función de explorar la posibilidad de cruzarse con otra especie. ¿Sería por eso por lo que la imagen de una grulla acicalándose las plumas les parecía sensual o la de una raya les evocaba a una chica desnuda bailando? Tan hambrientos y embriagados por la sensualidad de los animales que perdían la noción del tiempo y se adentraban aturdidos en otra dimensión. ¿Acaso Susanoo se habría visto seducido también por la hembra de otra especie y por eso habría venido a Arlés?

—La tortuga, el Palacio del Dragón, Urashima Tarō, la tamatebako.

Susanoo no reaccionó ni lo más mínimo a ninguno de aquellos términos, pero parecía que sentía mi presencia con más fuerza a cada palabra que yo pronunciaba.

—Yo vine a Europa a estudiar, pero me da la impresión de que he dejado de envejecer. Quizá sea porque desconecté del marco temporal de mi sociedad. Mucha gente mide el tiempo en función de las personas que la rodean, ¿no cree? Cuando se les casa una hermana, piensan que la siguiente a la que le toca casarse es a ella; cuando tienen hijos, creen que han pasado a formar parte de la generación de su madre; cuando van a una fiesta de exalumnos se sorprenden de ver las canas del resto, y piensan para sus adentros que también ellos se están haciendo mayores.

»¿A usted no le pasa? Vivir en Arlés es como vivir en el Palacio del Dragón. Se te aparecen mujeres exóticas que bailan para ti, te quedas fascinado por olores de flores que no conocías, observas abstraído el color de los tejados ajenos sin aburrirte jamás, pero llega un momento en que te das cuenta de que, no sabes cómo, te has desconectado del transcurso del tiempo y quieres regresar a casa. —Tuve la impresión de que un leve escalofrío atravesaba el rostro de Susanoo. Quizá mis palabras habían llegado a un lugar extremadamente cercano a sus recuerdos—. ¿Tiene hermanos? ¿Ha recibido noticias suyas últimamente? La verdad es que yo hace mucho tiempo que no sé nada de mi familia y amigos, y estoy muy preocupada por si les ha pasado algo grave. Algunos daneses me han dicho que el archipiélago se hundió y que me olvide del tema. Pero ¿no le parece inconcebible? Hasta ahora no he conocido a nadie que me haya podido decir qué demonios le ha sucedido al país en que nací. Quizá porque no hay nadie que lo sepa. Tampoco pasa nada si no lo averiguo pronto. Me basta con tener alguien con quien hablar. Por eso he venido a verle —mentí.

El motivo por el que había ido a ver a Susanoo era otro. O, por lo menos, eso era lo que les había contado a Knut y al resto. Pero, en aquel momento, la mentira sonaba más creíble.

A Susanoo se le cayó la cabeza como una marioneta a la que se le hubiera roto la cruceta, parpadeó y después alzó la vista para mirarme a los ojos. Parecía que quería decir algo. Vamos, Susanoo, ahora, habla, habla. Había puesto la pala bajo una gran piedra y, con los pies firmes en el suelo, aunaba fuerzas desde el vientre para levantarla. Venga, Susanoo, ¡habla, habla! Pero al final la piedra no se movió ni un ápice, y se fue sumergiendo de nuevo lentamente en las profundidades de las tierras del silencio.

Me pregunté cuándo llegaría Knut. Aunque no compartiéramos un pasado en común, con él por lo menos podía conversar. Cuando le lanzaba una palabra, Knut se zambullía en el estanque de su cerebro, creaba una onda expansiva y, de dentro del agua, plop, saltaba una rana que caía directa en mi estanque. Entonces, las plantas acuáticas temblaban con furia y los pececillos que se escondían entre ellas salían disparados de todas partes, asustados. Mientras tanto, se me ocurrían un sinfín de posibles aportaciones, tantas que hasta dudaba de cuál verbalizar primero. A pesar de que a Knut le hablaba en un lenguaje imperfecto e improvisado inventado por mí, las palabras fluían por los pliegues de mi memoria, recogiendo todos y cada uno de los pequeños objetos brillantes que me encontraba, y me llevaban hasta lugares de lo más lejanos. El panska era mucho mejor vehículo que la lengua materna.

¿Qué tipo de infancia habría tenido Susanoo? Me imaginé que sus padres también serían taciturnos, y que quizá se había criado sin conocer el placer de la conversación.

—¿A qué se dedicaba su venerable padre?

De repente me asaltó la sensación de que, hablándole con esos honores, yo no era yo. Estábamos en el Palacio del Dragón. Susanoo era un joven, y yo, una muchacha. Sin nombre, sin hogar, sin lenguaje honorífico. Al otro lado de la ventana brillaba una luz inusual, la de unos rayos de sol de un color naranja agridulce que jamás se ve en Escandinavia. Estábamos en el escenario de un mito. El terrible y amargado Susanoo se dedicaba a cometer actos mordaces por doquier para molestar a su hermana. Despellejó a un caballo y violentó con la piel a una muchacha que estaba tejiendo, y la punta afilada del telar le atravesó la vagina y murió. Soy tocaya de la diosa Hiruko, una hermana de Susanoo mucho mayor que él.[1] Debería haber sido bendecida por tratarse de la primogénita de Izanami e Izanagi, pero como según ellos no cumplía con los requisitos de lo que se consideraba una niña sana, la metieron en una barca de juncos y la abandonaron en el mar. Todo el mundo pensó que habría fallecido ahogada enseguida, pero también podía ser que la corriente la hubiese arrastrado a tierra firme y se salvara. Al parecer, Hiruko había nacido mal porque Izanami, una mujer, había tomado la iniciativa de hablar y seducir a Izanagi, un hombre. De modo que, si yo guardaba silencio como mujer, enterraría el pasado para siempre y el futuro no saldría a la luz.

En aquel momento, alguien gritó el nombre de Susanoo desde la cocina. Acto seguido, un chico de ojos azules y un pelo tan oscuro y rizado que parecía carbonizado asomó la cabeza por detrás de la barra y le comentó algo en francés. Susanoo asintió. Para su trabajo, era capaz tanto de entender las palabras necesarias como de responder

---

1. Según relata el *Kojiki*, los dioses Izanami e Izanagi, antes de tener a Amaterasu, Susanoo y Tsukiyomi, tuvieron dos hijos a los que no consideraron legítimos: Hiruko y Awashima.

perfectamente mediante gestos y acciones. Sus compañeros debían de dar por hecho que Susanoo era así de parco porque no dominaba el francés.

Pero esto no es el Palacio del Dragón, pensé de repente al posar los ojos en la mugre de las paredes color crema y en el rojo brillante de las sillas baratas del restaurante. Susanoo era un chef de sushi. Y yo, una clienta extraña que había irrumpido allí antes de que abrieran para hablarle de sandeces.

–Perdone que le esté robando tanto tiempo justo antes de abrir. Venimos ambos del mismo archipiélago, ¿verdad? Ya solo por eso creo que tendríamos que hablar –comenté, pero no obtuve ningún tipo de reacción por su parte, de modo que volví a probar con la misma pregunta que le había formulado antes–: ¿A qué se dedicaba su venerable padre?

Quizá decir «su venerable padre» era una expresión demasiado fría que no le activaba ningún tipo de recuerdo. Me pregunté cómo llamaría él a su padre. Así que empecé a pensar en voz alta.

–Ahora que lo pienso, a los padres los llamábamos de muchos modos, ¿verdad? Papa, papá, papi, papuchi, papito... ¿Usted cómo lo llamaba?

Susanoo seguía sin mostrar ningún tipo de reacción. Habría tenido más éxito hablándole en inglés a una deidad budista Jizō, de esas de piedra que hay en los márgenes de los caminos. Me había hecho ilusiones pensando que algún día podría conversar hasta la saciedad con alguien que hablara aquel idioma supuestamente perfecto llamado lengua materna, pero mis expectativas se habían desvanecido.

Si al menos pillara mis palabras al vuelo y me las devolviera, quizá incluso los espacios en blanco podrían ser cada vez más grandes, como una pelea de bolas de nieve que termina en un gran muñeco. Pero lo de aquel hombre taciturno con el que me había topado era para quedarse boquiabierto. *Boquiabierto*, qué palabra. Boca, él tenía. Y también labios y dientes.

Estaba tan obcecada con su mutismo que me fui quedando callada, así que decidí imaginar que Susanoo era un tipo simpático y charlatán para volver a dirigirme a él.

—¿Vino a Europa con la intención desde un principio de trabajar en un restaurante de sushi? ¿O quería usted dedicarse a otra cosa? ¿Tenía usted algún yaritaikoto?[1]

Recordé algún que otro caso de personas en coma a las que el hecho de que sus familiares y amigos les hablaran les había servido de estímulo para despertar. Así que continué sin rendirme.

—¿No le trae recuerdos la expresión *yaritaikoto*? Es una expresión muy curiosa, ¿verdad? Sería fácil traducirla literalmente a cualquier lengua europea por un «lo que quiero hacer», pero en realidad tiene un matiz distinto, ¿verdad? Se usaba con tintes egocentristas, ¿no cree? Es difícil decir quiénes somos, pero cuando uno encuentra su yaritaikoto, es como si hubiera encontrado la respuesta a su vida. Ante personas que no sabían cuál era su yaritaikoto, la gente de alrededor se preocupaba y temía que fuesen por mal camino. Cuando éramos jóvenes, nuestros padres y amigos nos preguntaban cuál era nuestro yaritaikoto, ¿verdad?

Me dio la impresión de que Susanoo hacía un gesto espasmódico con la mejilla. Mi sexto sentido me dijo que había encontrado una veta de oro, así que golpeé ahí con todas mis fuerzas con mi pico verbal.

1. «Cometido en la vida», en japonés.

—«No pierdas más el tiempo. Ya tienes más de treinta años, deberías tomar una decisión sobre el camino que quieres seguir. ¿Se puede saber qué narices es tu yaritaikoto?» —espeté con tono paternalista, y Susanoo soltó una primera risita.

Pensé que me quedaba sin respiración. Tenía que excavar en aquel corazón rocoso. Piqué con empeño en la pared de aquella mina oscura de carbón, en su corazón.

—«No tienes por qué seguir mis pasos. Puedes escoger tu propio camino. Si para ello tienes que irte lejos, vete. Quizá ya no volvamos a vernos. Pero, aunque estemos lejos, yo siempre estaré a tu lado» —probé a decirle.

A Susanoo se le llenaron los ojos de lágrimas y de brillo, y echó el cuerpo hacia delante, como para que yo continuara. Así que seguí hablándole como si fuera su padre:

—«Me sabe muy mal no haber estado en contacto contigo durante todo este tiempo. En realidad, aquí ha sucedido algo terrible. Te ahorraré los detalles porque no quisiera preocuparte, pero nos encontramos en una situación en la que ya no es posible comunicarnos. Y tú probablemente no puedas regresar nunca. Ya veo que tienes un trabajo maravilloso. Y por maravilloso no me refiero a que te dé mucho dinero, fama o éxito.»

Me pregunté de qué parte de mi cerebro salía todo aquel melodrama. Me avergonzaba admitirlo, pero no tenía ninguna intención de parar. Había encontrado la entrada a la mina que me daba acceso a Susanoo.

—«Eres como un barco naufragado, perdido en medio del océano, luchando contra viento y marea. Sin duda lo habrías tenido más fácil si te hubieses quedado en el pueblo. Pero no te arrepientas de haberte echado a la mar.»

Tenía todo un repertorio de frases melosas como aquella. Pero si no fuesen así de empalagosas, no interesarían. Frases que juntas formaban una historia lacrimógena. Aunque no tuviera con quien compartirla. Atrapada sola entre las ruinas, me había ido contando fragmentos de aquella historia con un hilito de voz, pero, en aquel momento, Susanoo la estaba escuchando con atención. Éramos los dos últimos supervivientes.

Entonces, alguien me dio unos golpecitos en el hombro desde atrás y, al tiempo que volvía la cabeza, sin esperar a ver quién era, grité: «¡Knut!». Pero quien encontré allí no era esa persona a la que tenía tantas ganas de ver, sino Nanuk. Y en ese momento caí en la cuenta de que Knut y Nanuk guardaban una curiosa similitud, como dos hermanos que la gente dice que no se parecen.

Nanuk reposó una mano sobre mi hombro como diciendo que no era necesario que me levantara.

–¡Buenas tardes! Hacía mucho que no nos veíamos. ¿Cómo está? –me saludó, pasándose con los formalismos, pero qué se le iba a hacer si había aprendido el idioma en libros de texto sin tener la oportunidad de practicar en conversaciones reales–. Hola, me llamo Nanuk. Encantado. Es un placer conocerlo –dijo después, dirigiéndose a Susanoo.

Susanoo se quedó observando el rostro de Nanuk. Y a continuación lo comparó con el mío. Tuve la sensación de que se iba acercando poco a poco al mundo en que yo vivía. ¡Venga, tú puedes, Urashima Tarō! ¡Ya casi está! Súbete a la tortuga del lenguaje y regresa a casa. Aunque Urashima Tarō en realidad tampoco regresó a casa, ¿no? Se sintió solo y quiso volver, pero acabó en un lugar muy distinto. Es más, tan pronto abrió la cajita, la muerte, que creía tan lejana, se abalanzó sobre él. ¿No sería más divertido sumergirme en aquel nuevo espacio llamado Nanuk en lugar de afanarme por arrastrar a Susanoo conmigo a aquel lugar tan aterrador llamado *hogar*?

–Nanuk es de Groenlandia, pero habla nuestro idioma. Lo ha aprendido de manera autodidacta.

–Todavía lo domino mal –comentó Nanuk agachando la cabeza con cierta timidez.

Entorné los ojos, divertida por el verbo *dominar*. Yo domino algo, yo juego al dominó. Domino el dómino, domino mal el dominó. Qué divertido.

–Ai-en-ki-en –dijo Nanuk tendiéndole la mano a Susanoo, y después me miró con preocupación, por si no había acertado con aquellas palabras.

En mi mente las visualicé a la perfección escritas en kanji: 合縁奇縁.

–El destino hace que las personas que están unidas por un hilo invisible se encuentren, pero para el ser humano ese hilo es un misterio –expliqué, y al momento comprendí que no era por aquella expresión por lo que Susanoo parecía confuso, sino porque no sabía cuál era la relación que tenía yo con aquella persona que había aparecido de repente, así que añadí–: A Nanuk le hablaron de usted en el restaurante de sushi en el que trabajaba, y él nos habló de usted a nosotros. De no ser por él, el destino no nos habría unido.

Me sorprendí a mí misma verbalizando la palabra *destino* con tal facilidad, cuando en panska ni siquiera me apetecía usar términos de esa índole. No creía que hubiese ningún poder sobrenatural que decidiera la unión de dos personas en un momento dado, así que para mí el destino no existía. Cuando se abusa de palabras así a la ligera solo porque vienen al caso, uno acaba bailando a su son. Así que, si bien cuando empecé a hablar panska decidí que dejaría de bailar alrededor de las ideas de los demás, en aquel momento me referí al destino con total naturalidad.

Susanoo no hizo ademán de estrecharle la mano a Nanuk, pero a él no pareció afectarle, porque se sentó tan pancho en una silla.

—Kan-gai-mu-ryō —comentó. [1]

Por poco estallé a reír.

—Pero ¡qué exagerado eres! Aunque no te voy a negar que a mí también me gusta viajar y conocer gente nueva. Por cierto, Nora también vendrá, ¿verdad?

—Sí. Ya está aquí.

—¿Cómo va?

—Jun-pū-man-pan.[2]

—Te has comprado un libro de texto nuevo, ¿no? Ahora hablas distinto.

—Kan-kon-sō-dai.[3]

—¿Has conseguido un libro especializado en discursos para bodas?

—Yon-mo-ji-juku-go.[4]

—La estrategia de usar expresiones de solo cuatro caracteres no es mala idea. Es un buen modo de concentrar el contenido y ahorrarte la molestia de recordar un montón de verbos y partículas, o de combinarlos y conjugarlos correctamente.

—Pero la palabra *yon-mo-ji-juku-go* en sí misma tiene cinco kanji.[5]

1. Es un gran placer conocerlo.
2. Viento en popa.
3. Manual para ceremonias.
4. Expresiones de cuatro kanji.
5. 四文字熟語

—Es verdad, significa «expresiones de cuatro caracteres», pero la palabra no lo es.

Susanoo fue agachando la cabeza a medida que perdía el interés por la conversación.

—Nanuk está investigando sobre el dashi. Ha trabajado durante mucho tiempo en restaurantes de sushi, pero ha descubierto que lo que realmente le interesa es el mundo del dashi —dije.

Nanuk respiró hondo.

—Pueblo natal, Centro de Relaciones Públicas, robots, centrales, construcción naval —pronunció, como si estuviera leyendo una serie de palabras invisibles en el aire.

Al oírlas, a Susanoo se le pusieron los ojos como platos, y elevó el labio superior.

—¿Qué significa eso, Nanuk?

—Infancia de Susanoo en Fukui. Centro de Relaciones Públicas. Barcos.

Incapaz de comprender aquello, observé a Susanoo con la esperanza de que quizá arrancara a hablar sobre su vida en aquel entonces. Sin embargo, aquello fue como ver marchitarse a una flor justo cuando estaba a punto de florecer.

—¿Qué quieres decir? Explícate. ¿Qué es el Centro de Relaciones Públicas? ¿Para qué sirve? —le pregunté a Nanuk, pero él respondió expresándose solo con palabras de cuatro caracteres, incapaz de reunir el vocabulario necesario para explicarse.

—Momento crítico, lucha difícil, problema con TEPCO, respuestas vacías, indecisión.

Entonces volví la cabeza sin motivo alguno, sin haber oído mi nombre ni ningún ruido. Y allí estaba Knut. Me levanté tan rápido que estuve a punto de volcar la silla, y después salí como una flecha hacia él.

–¡Knut! Esperé, esperé, esperé –repetí mientras lo abrazaba por su torso robusto.

Él se quitó mis brazos de encima con dulzura, asintió esbozando una sonrisa llena de timidez y le extendió la mano a Nanuk para saludarlo. Después observó a Susanoo como deslumbrado.

–Esta persona, Susanoo. Yo le hablé mucho en lengua materna. Él no respondió –le dije en panska.

Knut se sentó en la última silla que quedaba en la mesa de las cuatro que había, y se dirigió a Susanoo en inglés:

–Buenas tardes. Yo soy Knut. Soy un amigo y compañero de viaje de Hiruko. He venido de Escandinavia para conocerlo. Para conocer mejor su lengua materna, y saber qué pasó en el país en el que se hablaba.

Había estado tan sumida en transmitir aquel sinfín de cosas improvisadas que había llegado a olvidarme de cuál era mi cometido en Arlés. Así que el hecho de que Knut hablara de un modo tan diplomático me salvó.

–Es Hiruko quien quería conocerlo y hablar con usted. Yo, Nanuk y otras dos personas, Nora y Akash, hemos venido en comitiva con ella. Diría que los que faltan aparecerán de un momento a otro. Puede imaginarse cuántas ilusiones ha puesto Hiruko en esto –prosiguió, y mi angustia volvió a crecer.

Nunca se me había ocurrido que el Susanoo que encontraría gracias a la ayuda de cuatro desconocidos no articularía palabra. Pronto aparecerían Nora y Akash. Llegados a ese punto, bajaría el telón de aquella comedia muda. O las cosas se descontrolaban en la última escena mediante algún giro ingenioso, como la aparición de un dios a lomos de una nube eléctrica que tocara a Susanoo con una varita mágica y le devolviera el habla, o la obra terminaría con un fundido a negro de nosotros sentados en silencio alrededor de la mesa.

–¿Cómo estás, Hiruko? ¿Qué te preocupa? –me preguntó Knut.

Reposé mi mano sobre la suya, carnosa y cálida, que tenía apoyada sobre la mesa. Solo eso ya me tranquilizó un poco.

–Quizá Susanoo enfermo. Enfermedad de pérdida de palabras –comenté a Knut.

–Hiruko dice que usted ha perdido el habla. ¿Es eso cierto? Por favor, trate de decir algo en el idioma que sea –le dijo Knut a Susanoo como si fuese un médico, pero Susanoo siguió tan callado como un pez–. Si realmente ha perdido la capacidad de hablar, no debe avergonzarse de ello. Es algo que tiene tratamiento, como la neumonía. Son muchas las causas que lo provocan. Hay casos en los que simplemente la voz no sale, otros en los que no se encuentran las palabras e incluso otros en los que se pierden las ganas de hablar con los demás. Tengo un conocido en un instituto de investigación de Estocolmo especializado en esto.

Al decir aquello, Nanuk esbozó una sonrisa y me susurró al oído:

–Próxima parada: Estocolmo.

Yo me dejé llevar y le devolví la sonrisa. No podíamos dejar que el silencio de Susanoo, a quien por fin habíamos encontrado, pusiera fin a aquel viaje que se había convertido en algo tan grande.

Entonces, Knut y Nanuk volvieron la cabeza a la vez en dirección a la puerta de entrada del restaurante y exclamaron «¡Ah!» al unísono, con una expresión tan similar en el rostro que parecieron gemelos. Yo me volví y vi que una hermosa mujer escandinava abría la puerta y entraba en el restaurante. Tendría unos cuarenta y tantos años. Al ver a Knut, sonrió con confianza, pero cuando descubrió a Nanuk se debió de llevar un susto tremendo, porque su bello rostro se quedó pálido al instante.

10. HABLA KNUT (III)

Todo parecía indicar que le había contado a mi madre que iría a Arlés. No podía ser de otro modo, porque, de lo contrario, no me explicaba cómo había aparecido en aquel restaurante de sushi justo en aquel momento. Aun así, era incapaz de recordar cuándo ni por qué se lo había dicho. Siempre que hablo por teléfono con ella, mi lengua da mil rodeos, como una serpiente que al avanzar dibuja una S para esquivar una piedra. O quizá zigzagueo por costumbre, aunque no haya ninguna piedra. En realidad, el hábito de tener cuidado con la información que le doy a mi madre me viene de niño. Si me preguntaba: «¿Adónde vas?», y yo le contestaba: «A jugar a casa de Jens», ella hacía algún comentario como «Jens tiene una sonrisa de las que parece que esconden algo», y sembraba una duda sobre Jens en mi mente que ensombrecía el rato de diversión que íbamos a compartir. Si le decía: «Mañana he quedado con todos para ir con el monopatín por el paseo», ella me echaba un jarro de agua fría del tipo «Mañana es muy probable que llueva, ¿por qué no lo dejas para pasado mañana?». Por supuesto, yo no le hacía ni caso y seguía con mis planes, pero, justo cuando llegaba al paseo, empezaba a notar que unos goterones de agua burlones me golpeaban las mejillas. A mí me daba la impresión de que aquello se debía a algún conjuro suyo, y no a que mi madre escuchara a menudo el pronóstico del tiempo. Transcurrida la infancia, y graduado ya desde hace tiempo, es patético que me pregunte si voy a estar en casa durante la semana y yo le mienta diciendo que tengo un congreso en Núremberg. Pero si le digo que sí, cabe la posibilidad de que aparezca por casa sin avisarme, así que, como congresos hay siempre en un lugar u otro, las probabilidades de que descubra que le miento son muy escasas. La gente dice que las humanidades están muertas, así que es raro que se celebren tantos congresos. Si le dijera que el congreso es en alguna ciudad escandinava o francesa, quizá querría ir conmigo. Por eso una vez escogí Núremberg, porque, según ella, la historia de la ciudad está especialmente teñida por la gruesa pátina del nazismo. Cuando se interesa por el contenido de mi conferencia, yo mareo la perdiz con una retahíla de palabras en inglés como *global transnational cross-cultural postcolonial bilingual translation*. Sin embargo, si esa serpiente que tan bien zigzaguea de repente se relaja y da de bruces contra una piedra, se le levanta la cola del susto y se convierte en presa fácil. No sé muy bien si las serpientes tienen cola o no, pero que no la tengan tampoco significa que no se puedan agarrar por ahí. Ya lo recordaba. Había sido a raíz de Monet. Lo había sacado a colación pensando que era un tema seguro, pero no le tendría que haber hablado a mi madre de los paisajes nevados que Monet pintó en Noruega.

—He visto un programa sobre la vida de Monet. Me pareció interesante la historia de cuando viajó a Noruega y pintó aquellos paisajes cubiertos de nieve.

Mi madre decía de vez en cuando que contemplar los

cuadros impresionistas franceses le alegraba el espíritu, y se preguntaba extrañada cómo demonios debía de funcionar el cerebro humano, porque ella prefería contemplar la luz que invadía aquellos cuadros a ir de excursión un día soleado. Envalentonado, yo me inventé la siguiente teoría:

–El color naranja de un paisaje es como el jugo de una naranja. Pelarla, masticarla, digerirla y absorber los nutrientes requiere tiempo y energía. Sin embargo, cuando plasman un paisaje, los pintores ya hacen todo eso por ti, y es como si el cuerpo absorbiera el jugo de la naranja solo de verlo y el nivel de azúcar en la sangre te subiera de inmediato.

Cuando me salen teorías de ese tipo, siento que puedo dirigir los pensamientos de mi madre solo con el poder de las palabras y disfruto sobremanera. Quizá porque es como revivir la felicidad del momento en que, siendo un bebé al que todavía le cambiaban los pañales y le daban biberones, empecé a hablar y me di cuenta de que, aunque no tuviera ni pizca de fuerza, podía conseguir lo que quisiera de los adultos por medio del lenguaje. Cuando era pequeño, gritaba «¡Mozart!» y corrían hasta una máquina plateada para encenderla y que sonara la música. Cuando gritaba: «¡Biblioteca!», me ponían un jersey, el gorro y las botas, y me llevaban a la biblioteca. Si gritaba: «¡Accidente de tráfico!», mi madre salía corriendo de la cocina y se asomaba a la ventana para ver qué pasaba en la calle; y si después gritaba: «¡Algo se quema!», ella olfateaba el aire y regresaba a la cocina a toda pastilla. Los adultos son unos animales así de influenciables.

Ahora bien, también debo tener cuidado a la inversa: que mi madre no use el lenguaje para atarme. Cansado de que me critique y de esconderme, trato de sacarle conversaciones de su agrado para que se meta tanto en ellas que se olvide de mí. Pensé que Monet sería un tema excelente, pero me equivoqué, porque, cuando oyó su nombre, la voz de mi madre se oscureció.

—Sé que Monet pintó cuadros cuando visitó Escandinavia. Pero lo que le dio la fama es, sin duda, la luz de los cuadros que pintó en el sur de Francia. Lo de Escandinavia fue anecdótico. Comparándolo con él, Van Gogh me da mucha lástima. También estuvo por el sur de Francia, pero parece que no le fue bien por allí. Dicen que el exceso de luz puede hacer surgir enfermedades ocultas.

—¿Quieres decir que se puede enfermar por culpa de la luz?

—En los espacios con una iluminación muy tenue, las conexiones entre las personas que te rodean son vagas. En la oscuridad compartimos la pobreza y las dificultades del día a día. Pero, cuando nos exponemos a una luz demasiado intensa, nos encerramos cada uno en nosotros mismos y nos aislamos. Nos vemos obligados a mirarnos al espejo y a preguntarnos quién demonios somos. Eso quizá funcione a quienes se dispersan en la luz, pero yo, a medida que pasan los años, voy oscureciéndome.

—Pero si viajabas a menudo al sur de Francia y te lo pasabas en grande, ¿no?

—Porque los inviernos en Escandinavia son largos, y siempre acababa yendo a finales de marzo, cansada de esperar a que llegara la primavera. Montpellier, Aix-en-Provence, Marsella, Arlés. Pero aquello, en la práctica, era veneno para mí. Por eso dejé de ir.

—¡Claro! A mí tampoco me han llamado nunca mucho la atención los lugares soleados. Soy más de días grises, lluviosos y tranquilos. Aunque, irónicamente, el destino ha querido que en unos días me vaya a Arlés.

—¿Te vas a Arlés? ¿A ver las ruinas romanas?

–Qué va. Si estuviera jubilado... Voy por un proyecto de investigación sobre un idioma que se cree extinto. Hemos sabido que en Arlés vive una persona que conoce esa lengua de la que no encontrábamos ningún hablante.

Mientras lo decía, me di cuenta de que era el país y no el idioma lo que se había perdido, pero llegué a la conclusión de que no era necesario entrar en tanto detalle con mi madre.

–¿Vas solo?

–Voy con un equipo internacional de investigación. Todos vivimos en ciudades distintas y, como también tenemos trabajo, ha sido difícil cuadrar agendas, pero al final lo hemos conseguido para el último sábado de este mes.

En realidad, éramos un grupo curioso que había surgido de modo improvisado, pero llamarlo «equipo internacional de investigación» me llenó de satisfacción.

–¿Dónde se celebrará el congreso?

–En la universidad –mentí.

–Vayas donde vayas, tú siempre acabas en una universidad. ¿No te aburre ese tipo de vida? ¿Solo hablas con lingüistas?

–Me gusta salir a tomar algo con gente a la que le interesan los mismos temas que a mí.

Eso sí que era cierto.

–¿Salís a tomar algo por ahí?

–En Arlés nos encontraremos en el restaurante de sushi más popular de la ciudad. Cenaremos, tomaremos algo y tendremos conversaciones de lingüistas, y no sobre temas aburridos, como divorcios, enfermedades o los últimos muebles que se han comprado.

Todo eso también era cierto. Mi madre no siguió indagando sobre el congreso de Arlés, así que suspiré aliviado y colgué el teléfono. Y a partir de aquel momento olvidé por completo aquella conversación.

De hecho, Hiruko, Nanuk, Nora, Akash y yo habíamos localizado previamente el restaurante de sushi más famoso de Arlés como parte de la estrategia para encontrar a Susanoo, por eso decidimos quedar allí. Quizá trabajara en aquel restaurante, pero, en caso de que no fuera así, siempre podrían darnos información antes de seguir buscándolo en otros restaurantes de sushi de la ciudad. Jamás se me ocurrió que a mi madre también le resultaría fácil encontrar el mejor restaurante de sushi de Arlés.

Me levanté de la silla, dejando a Hiruko, Susanoo y Nanuk en la mesa, y me acerqué hasta la puerta, donde estaba mi madre.

–Pero ¿no me habías dicho que ya no querías venir al sur de Francia? –le resoplé al oído con reproche–. ¿A qué has venido? No me sienta nada bien que aparezcas por aquí en plan detective privado.

Sin embargo, para mi sorpresa, ella me ignoró por completo y se dirigió con determinación hacia la mesa donde estaban los demás.

–¿Qué haces aquí? ¿Por qué no te has puesto en contacto conmigo? ¿Se puede saber dónde te has metido todo este tiempo? –le soltó mi madre al cabizbajo Nanuk, con la mirada clavada en su pelo negro azabache mientras le soltaba toda aquella retahíla de preguntas con voz queda, pero a punto de estallar en cualquier momento.

¿Cómo podía ser que mi madre conociera a Nanuk? Por mi cabeza empezaron a correr fragmentos de recuerdos pasándose el testigo unos a otros como en una carrera de relevos, hasta que al final el último gritó «¡A!» y llegó a la meta. Aquella «A», más que un sonido fonético reconocido oficialmente en la lengua danesa, pareció el graznido de un cuervo. Temí haberme convertido en un ser incapaz de hablar un lenguaje humano. Impactada por aquel «A» inhumano que yo había emitido, Hiruko soltó un «¡E!», que, a pesar de que también debía de ser solo una suerte de exclamación, espetó de tal modo que parecía que allí había algo más. Pero no era momento de estar analizando interjecciones.

–Me dijiste que ibas a pagarle la universidad a un extranjero brillante en Copenhague, ¿verdad? –dije a mi madre, forzándola a apartar la mirada de Nanuk–. Y que el chico se había ido de viaje y ahora estaba en paradero desconocido, ¿verdad? ¿Ese chico no será él, por casualidad?

Al oír aquello, Hiruko enarcó las cejas, y observó primero a Nanuk y después a mi madre. Estaba claro que Susanoo no entendía el danés, porque se había quedado observando el vacío sin cambiar de expresión, pero no me apetecía ponerme a traducir la conversación al inglés. Me pregunté si a mi madre mis palabras también le habrían sonado como el graznido de un cuervo, porque me ignoró por completo y volvió a dirigirse a Nanuk.

–¿Por qué estás en Arlés? ¿Qué estás haciendo aquí? ¿Cuándo piensas regresar a Copenhague? ¿Cuándo vas a empezar la universidad?

Tras soltarle todas aquellas preguntas, mi madre apretó fuerte los labios, como si hubiese decidido guardar silencio hasta que Nanuk respondiera. Aquel silencio se hizo pesado. Como aquel día. Yo tendría unos doce años. Estaba fumando hachís en mi habitación y mi madre entró de repente. «¿Qué es este olor?», me preguntó con acritud, y después guardó silencio esperando a que le contestara. Parecía que estuviera dispuesta a quedarse allí esperando hasta que amaneciese. Noté que me faltaba el aire y me dio un ataque de tos. Ahora, pese a que aquellas preguntas iban dirigidas a Nanuk, sentí que no podía quedarme ahí callado sin decir nada, de modo que me subí al mismo carro de acusaciones de siempre.

—Mamá, ¿no será que crees que este chico de nuestra antigua colonia al que le pagas los estudios debería estarte agradecido? Pero si solo lo haces por ti, ¿no? Tu vida empezó a carecer de sentido y quisiste ayudar a alguien pagándole los estudios. ¿Alguna vez has tratado de ponerte en la piel de Nanuk? ¿Acaso no es como si lo hubieses comprado con dinero? Mucha gente empieza la universidad y después sigue otro camino. ¿Es que él no tiene derecho?

—Si me lo hubiese dicho con franqueza... Pero ¿por qué se esfumó sin decir nada? —me dijo mirándome a los ojos como si yo fuera Nanuk, y yo también me puse a hablar como si fuera él.

—¡A un mecenas no se le puede contar lo que le preocupa a uno!

—¿A un mecenas? ¡Soy su segunda madre!

—¿Realmente crees que darle dinero te convierte en su madre?

—Tú solo estás celoso porque estudiar Medicina es útil.

—¿Te acuerdas de *Riget*, aquella antigua serie de televisión de Lars von Trier? ¿Recuerdas que siempre la veíamos juntos? ¿De verdad sigues respetando a los médicos después de ver aquella serie?

No tenía ni la más remota idea de cuál era la razón por la que Nanuk había dejado los estudios y se había puesto a investigar sobre el dashi y a cocinar sushi, pero ahí estaba yo, montándome mi propia película sobre el asunto.

Mi madre se quedó en silencio unos instantes como escuchando el eco de mis palabras en sus oídos, pero después, quizá porque cayó en la cuenta de que yo era Knut y no Nanuk, negó con la cabeza con tanta intensidad que se despeinó.

—Si tanto conoces a Nanuk, ¿por qué no me dijiste que estaba bien? Me he pasado todo este tiempo con insomnio por la preocupación. Y ahora, por culpa de todo esto, estoy todavía peor.

—No lo sabía.

—¿No lo sabías, pero habías quedado con él aquí en Arlés?

—Yo solo sabía que era uno de los miembros del equipo de investigación. Eso sí que es verdad.

—Si eso sí que es verdad, ¿significa que todo el resto es mentira?

Hiruko ahogó una risa, y mi madre le lanzó una mirada acusatoria.

—Y tú, ¿quién eres?

—Yo, Hiruko. Knut ama las lenguas. Yo también. Los dos amamos lo mismo.

Cuando mi madre oyó a Hiruko hablar en panska, el rostro se le llenó de estupefacción. Frunció el ceño con fuerza, pero al instante lo relajó y esbozó una sonrisa de ojos caídos. Estaba dividida: su desdén por el lenguaje no normativo acababa de topar con sus sentimientos protectores hacia los extranjeros.

—Es mi novia —dije, como si empujado por un impulso destructivo se me hubiese antojado pegarle yo mismo un manotazo a un cartel que está a punto de caerse por el zarandeo del viento.

Mi madre se quedó tiesa. Hiruko reprimió otra risita.

—Ser novios, concepto antiguo. Somos compañeros de viaje —dijo.

¡Cuánto le pegaba decir aquello! Así que eso era lo que me consideraba, ¿eh? Dudando entre dirigirse primero a Hiruko o seguir hablando con Nanuk, mi madre volvió la cabeza primero a un lado y después al otro para mirarnos por turnos.

—Bueno... ¿Por qué no te sientas?

Acerqué una silla de la mesa de al lado a la nuestra, se la ofrecí a mi madre y después yo también me senté, rompiendo así el cuadrilátero perfecto que dibujábamos Hiruko, Susanoo, Nanuk y yo. Más allá de eso, formábamos un grupo bien extraño. Alrededor de la mesa estábamos yo, la persona que me dio a luz, mi falso hermano, mi falsa novia y un conciudadano de su país. El cometido de mi viaje era observar la conversación que Hiruko tendría con Susanoo en su lengua materna después de tanto tiempo sin hablarla, pero resultaba que Susanoo había perdido la capacidad de comunicarse en cualquier idioma, por lo que debíamos decidir si llevarlo a Estocolmo para que un conocido mío especialista en disfasia lo tratara. Pero entonces nuestra atención se había centrado en el problema de Nanuk y mi madre. Yo, agitado por su aparición, había abierto el grifo de una disputa sin sentido de la que era responsable. No hacía bien en tomarme las cosas tan a pecho. Tenía que pensar que aquello era un juego, relajarme y recuperar el control. Aunque no hubiese ningún videojuego que usara el lenguaje así. Aquello era más bien un programa de esos en que los tertulianos discuten exaltados, con la cara roja, y hasta los ojos anegados en lágrimas, sobre temas que importan un rábano a quienes los escuchan entretenidos desde sus salones. Ya lo tenía: me pondría en el papel de moderador.

—Bien, si alguien quiere hacerle alguna pregunta a Nanuk, adelante.

Ahora que le había otorgado oficialmente el derecho a hablar, mi madre se calmó y tomó la palabra:

—Una vez acabado el curso en la escuela de idiomas, tu plan era viajar por Dinamarca hasta que empezaran las clases de la universidad, ¿verdad? ¿Por qué no regresaste de aquel viaje?

—Empecé a trabajar a tiempo parcial en un restaurante de sushi —respondió Nanuk con un hilito de voz—. Y de ahí me desvié del camino.

—¿En un restaurante de sushi?

—Fueron tantas las veces que pensaron que yo era del país del sushi que me acabé metiendo en el papel sin darme ni cuenta.

—Pero podrías haberles dicho que no era así, ¿no?

—Me gustaba que pensaran eso.

—¿Por qué?

—Porque estaba cansado de andar siempre dando tantas explicaciones por ser esquimal. Así que, como me divertía no tener que decir nada sobre mi país, me cambié incluso el nombre por Tenzo.

—Pero esa no es razón para dejar de ir a la universidad, ¿no crees? Tú querías estudiar Medicina, ¿no?

—En realidad, yo no quería estudiar Medicina. Eso era lo que creía la gente de mi entorno. Yo más bien me veía haciendo algo relacionado con la biología. Me apetecía mucho estudiar las nutrias o las ballenas. Pero, en una ciudad como Copenhague, ese tipo de animales escasean. Pensé que quizá podría estudiar Biología ambiental, para investigar sobre los peces y las algas que comemos. Entre estudiar nutrias y el pescado que comen, o a los humanos y el sushi que se zampan no hay tanta diferencia, ¿no? Solo que en el caso de los humanos, no puedes basarte solo en lo que ves. Mientras pensaba en cómo incorporar el estudio del sabor en mi formación, empecé a interesarme por el dashi.

Tuve el presentimiento de que Nanuk estaba mintiendo. O tal vez no mintiendo, sino más bien usando las palabras como si excavara con una pala para salir de un agujero en el que se encontraba atrapado. Pero, cuando cavas una vía de escape a la desesperada, con el paso del tiempo puede que se convierta en la base de tu búsqueda. Y, si eso ocurre, entonces deja de ser una mentira. De modo que es imposible saber si algo es mentira o no en el mismo instante en que se pronuncian las palabras.

–No sabía qué hacer con mi vida –prosiguió Nanuk– y me entraron muchas ganas de viajar.

–¿Por qué no me lo dijiste? Yo no estoy en contra de viajar, ni de estudiar Biología en lugar de Medicina. Eres tú el que tiene que decidir qué quiere hacer –comentó mi madre sin ningún tipo de dureza, sino más bien con un poco de sentimentalismo.

–Yo no quería dejar de ir a la universidad. Pero, una vez que emprendí el viaje y crucé la frontera...

–¿La frontera?

–Entre Dinamarca y Alemania.

–Pero si es como si no la hubiera.

–En mi caso no era así. Al abandonar Dinamarca, cortaba también con Groenlandia, y me quedaba libre y solo como una cometa a la que le han cortado el hilo.

Hiruko se rió, y mi madre la fulminó con la mirada. Yo ya no soportaba más ver a mi madre cuestionar a Nanuk con tanta obstinación.

–No me digas que realmente crees que puedes imponerle tus creencias a alguien por el hecho de darle dinero. En Dinamarca, los padres no pueden pronunciarse sobre el futuro de los hijos, ¿acaso crees que está bien hacer lo que no está aceptado en tu país con alguien de una excolonia?

De repente, mi madre levantó la nariz cual pez recién pescado con una caña.

—A ti lo que te pasa es que estás celoso de tu hermano pequeño porque ya no estoy tan pendiente de ti —me dijo e, inesperadamente, me asestó un puñetazo.

Noté el olor a sangre en el fondo de la nariz y apreté la mandíbula. Entonces, Hiruko se puso en pie bruscamente y me posó la palma de su mano en la boca, supongo que para evitar que se me escapara algo de lo que pudiera arrepentirme. La mano de Hiruko era fina, y sus dedos, largos y fríos. Deslicé la lengua con suavidad entre sus dedos índice y corazón. El mayor puñetazo que podía asestarle a mi madre era, quizá, demostrarle que para mí Hiruko era la mujer más importante del mundo. Tan pronto como pensé aquello, mi ira disminuyó y empecé a sentirme mejor.

En aquel momento, se abrió la puerta del restaurante y la luz entró a raudales. Pensé que era una mariposa gigantesca batiendo las alas, pero en realidad era la puerta teñida de luz blanca y, del otro lado de aquel batir de alas, Nora, que entró en el restaurante como si fuera una silueta recortada contra el bullicio de la ciudad. Llevaba un vestido de lino sin mangas de color verde oscuro, que dejaba entrever unos brazos y piernas fuertes y tonificados, y que provocó que, en aquel instante, la impresión que me había causado Nora en Tréveris cambiara por completo. Por el mero hecho de que hiciera calor y luciera un sol radiante, Nora había pasado de ser una conservadora de museo a una modelo desnuda tumbada en un campo primaveral.

Nora nos miró a todos, sin saber a quién dirigirle la palabra primero, pero, al ver el rostro desconocido de mi madre, le tendió la mano para saludarla.

–Hola. Me llamo Nora. Soy de Tréveris –se presentó cordialmente en inglés.

Mi madre se quedó mirándome.

–Otra de tu equipo internacional, me imagino –me dijo con amargura, molesta por ser la única en el mundo a la que había excluido de aquel grupo, y después se volvió hacia Nora para contestarle también en inglés–: Yo soy la madre de Knut. En realidad, también soy la que le paga los estudios a Nanuk. Estaba muy preocupada porque se encontraba en paradero desconocido, pero, al venir aquí para ver a mi hijo, he descubierto de lo más sorprendida que Nanuk estaba aquí con él.

A mi parecer, mi madre no le dio todo ese tipo de detalles a Nora por amabilidad, sino porque quería asegurarse de que le quedaba claro que Nanuk y yo éramos suyos y que no podía tocarnos. Nora observó perpleja a Nanuk, pero, como él desvió la mirada, fue a mí a quien se quedó observando con mirada inquisitiva. Yo me encogí de hombros y, como no tenía nada que reprocharme, se volvió de nuevo hacia Nanuk y dijo:

–No solo huyes de mí, sino de mucha gente, ¿no? Pero ¿por qué? ¿Qué es lo que quieres? ¿O lo que no?

Nora cogió aire para seguir sermoneando a Nanuk en alemán. Mi madre, que lo entendía pero no lo hablaba lo suficientemente bien como para meter baza, abría y cerraba la boca como un pececito, con aire contrariado. Entonces, más que un hermano pequeño, Nanuk se me antojó mi alter ego y quise detener aquella bronca que se estaba llevando por parte de Nora, pero dudé porque, si usaba el inglés, parecería un avión militar estadounidense interviniendo para detener un conflicto entre dos países de Europa del Norte. Lo mejor sería que me entrometiera en un alemán elegante, pero mi alemán se reducía al de las clases

276

del colegio y me daba miedo que sonara infantil. En inglés, en cambio, podía separarme de la niñez y hablarlo con toda naturalidad sin ningún problema, pero no sabía cómo deshacerme de esa máscara que al hablar en inglés parece decir que eres la encarnación de la justicia y la democracia; tenía que sonar desesperado y torpe.

–Mamá, Nora, parecéis dragones. No tiene ningún sentido que estéis las dos atacando a Nanuk. Dejadlo ya. Nanuk no está huyendo, sino en plena búsqueda. Como todos nosotros. Gracias a él hemos llegado a Arlés. ¿Y tú, Nora? ¿Por qué te has tomado la molestia de venir hasta aquí si no guardas ninguna relación con el asunto de la lengua materna de Hiruko?

–No lo sé ni yo.

–Lo sabía. ¿No será que tú también estás buscando algo? ¿O me equivoco? Pero lo que estás buscando no es a Nanuk.

Me había puesto a hablar a destajo, entre salivazos. Había emprendido un emocionante viaje en busca de un lenguaje perdido y me daba pereza acabar metido en la espiral de una discusión de pareja a lo «¿por qué me has abandonado?».

–Bueno, ¿por qué no te sientas?

Cogí otra silla de la mesa de al lado y se la ofrecí a Nora. Con aquella sexta silla, mi madre dejaba de ser la intrusa, pero ella y Nora pasaron a formar parte de una nueva categoría hasta entonces inexistente. Aun así, a juzgar por la profunda suspicacia con que la observaba, mi madre no parecía ver a Nora como aliada. Quizá porque estaba cavilando que cabía la posibilidad de que Nanuk se hubiese desviado del camino seducido por ella. En tal caso, Nanuk pasaría a ser un inocente corderito, y Nora, la culpable de todo.

–¿Conoces bien a Nanuk? –preguntó en inglés, para mi alivio.

–Soy la novia de Nanuk.

Nanuk miró a Nora sorprendido. Mi madre esbozó una especie de sonrisa y nos observó a todos con desdén.

–O sea, que aquí hay dos parejas, ¿no? La de Nanuk y Nora. Y la de Hiruko y este señor que supongo que es del mismo país que ella.

Tardé unos segundos en comprender el diagrama de combinación de átomos que mi madre se había inventado. Para impedir que yo objetara, extendió la mano y alzó la barbilla señalando a Hiruko y a Susanoo.

–Estos dos pegan. Pero Nanuk y Nora no. Un chico con una mujer mayor... Me parece a mí que ella lo ha engatusado para que sea su amante –comentó en danés.

Incapaz de comprenderlo, Nora volvió la mirada hacia Nanuk con ojos de querer saber qué había dicho. Pero él me miró a su vez a mí, confundido, como pidiéndome ayuda. Ahí caí en la cuenta de que entre aquellas dos parejas, mi madre y yo sobrábamos por completo.

–Entonces, tú y yo no pintamos nada aquí. ¿Volvemos a casa juntitos de la mano? Aunque quizá sea mejor que vayamos por separado, porque nos llevamos demasiados años –me burlé con rabia, pero a ella pareció no importarle en absoluto.

–Ya eras tonto desde pequeño. Cuando estabas con gente enamorada, en lugar de leer la situación y dejarlos a solas, siempre te quedabas ahí fastidiando. Nunca has sabido darte cuenta de cuándo estorbas.

Hiruko miró a mi madre a los ojos.

–Es confusión. Entre Susanoo y yo, hoy nuestro primer encuentro. No es novio –objetó abiertamente en panska.

Mi madre hizo oídos sordos, así que yo me levanté, me puse detrás de la silla de Hiruko, la abracé por el cuello y le di un beso en la oreja. Me llegó un aroma a camelias. O quizá fui yo quien lo evoqué, porque acababa de pensar en el libro de *La dama de las camelias*. De reojo, vi que mi madre volvía la cabeza. Hiruko volvió también la suya para mirarme, y mis labios toparon con uno de sus párpados.

En aquel momento, la puerta de la entrada volvió a abrirse batiendo sus alas y Akash entró en el restaurante vestida con su sari rojo granada. Una fanfarria anunció la entrada de la actriz principal. O eso pensé, porque lo que pasó en realidad fue que estaba sonando la melodía de un teléfono móvil. Estupefacta, mi madre repasó a Akash de arriba abajo con la mirada. A alguien como ella, que vive en una ciudad cosmopolita, no debería impactarle ver a una persona india, y tampoco podía ser la primera vez que veía a un hombre vestido de mujer. Akash se colocó frente a ella.

—Hola, soy Akash. Un placer —la saludó con tono educado y encantador.

Sin embargo, mi madre le sacudió la mano como si quisiera sacarse de encima aquel nombre y le preguntó:

—¿Se puede saber qué eres?

Pero ¿cómo podía preguntarle algo tan grosero? Akash no se amedrantó ni lo más mínimo, y le respondió:

—La novia de Knut. ¿Y usted?

Mi madre se quedó sin palabras. A decir verdad, yo también enmudecí y, aunque lo normal habría sido replicar de inmediato, me escabullí a mi asiento y la observé en silencio. Estaba igual que siempre. Esperando que mi madre le contestara algo con la cabeza ladeada.

Ver a mi madre tan alterada, incapaz siquiera de dar la respuesta más sencilla del mundo, me tranquilizó.

—Es la persona que me dio a luz —respondí, formulando una frase en lugar de decir «mi madre».

—Y que lo crió —añadió ella después, lanzando una mirada incendiaria a Hiruko—. Tú todavía no entiendes nada sobre Knut.

Hiruko esbozó una sonrisa cual cortina mecida por el viento. Por más cínicos que fueran con ella o que le gritaran, ella nunca perdía la compostura. Me pregunté si aquella fortaleza le venía de hablar en panska. Al fin y al cabo, aunque fuese una lengua que entendíamos sin ningún tipo de problema, no dejaba de ser algo extraño. Hiruko no la había ideado para inmiscuirse en la sociedad escandinava y pasar desapercibida. Además, tampoco guardaba ninguna relación directa con su lengua materna. Cuando hablaba en panska, Hiruko era totalmente libre y podía hacer lo que se le antojara. Para ella, conversar era como hacer botar una pelota que la ayudaba a no sentirse nunca sola.

—Mamá, ¿acaso tú me entiendes? Eso sí que es una sorpresa.

Como desde pequeño siempre he hablado el mismo idioma que mi madre, todo lo que digo me deja mal sabor de boca, porque no dejo de ser una mera parte de ella. Y ahora estaba furiosa, así que arremetería contra mí donde más duele. Me adelanté a ella justo antes de que abriera la boca.

—¿Así que eres mi novia, Akash? Primera noticia. Tampoco es que me parezca mal, ¿eh? Pero ¿no te parece un poco repentino? Como no tenía ni idea, quizá necesite un poco de tiempo para decidir si estoy de acuerdo o no —bromeé con una cadencia ligera, como de canción de pop, con la impresión de que yo no era yo mismo.

—Knut, tú no necesitas una mujer —respondió Akash con su semblante fino de personaje de anime—. Tú lo que necesitas son muchos amigos que te acompañen en el camino. Tú no te casarás. Ni tendrás hijos. Porque eres un hombre del futuro que no necesita sexo.

Al oír aquello, mi madre frunció el ceño con fuerza.

–¿Se puede saber qué clase de grupo sois en realidad? ¿Esto del equipo de investigación sobre lingüística no será en realidad la tapadera de una nueva secta religiosa o que practica sexo libre?

–Pero si Akash acaba de decir que no necesito sexo, ¿de dónde sacas que seamos una secta que practica sexo libre? –repuse de modo impulsivo.

Lo nuestro no iba de sexo en absoluto, ¿cómo podía ser que nuestra conversación se hubiese ido por aquellos derroteros? Resoplé irritado, hinchando las fosas nasales.

Entonces, Susanoo se puso en pie de repente cual fantasma incorpóreo y empezó a soltarnos una larga perorata. Abría y cerraba la boca, fruncía y relajaba los labios, la nuez le subía y le bajaba, pero no se le oía decir nada en absoluto. A pesar de lo fácil que es interrumpir a un interlocutor sin voz, incluso mi madre siguió con la boca cerrada aguzando el oído. Nanuk parpadeaba sin parar mientras lo observaba, deslumbrado, como si deseara también él poder hablar con tanto desparpajo algún día. Hiruko, a pesar de que tampoco debía de estar oyendo nada, esbozaba una sonrisa como de apoyo, asintiendo de vez en cuando mientras lo escuchaba. Crucé una mirada con ella y se encogió de hombros, como queriéndome decir lo extraño que era entenderlo a pesar de no oírlo. Me avergoncé de haber sopesado la posibilidad de llevarlo a Estocolmo para que mi colega especialista en disfasias lo tratara. Susanoo no estaba enfermo: tenía su propio lenguaje.

–Vale –le dijo Akash a Susanoo en aquel momento, como si le hubiese estado leyendo los labios, y después declaró–: Lo que quieres es ir al centro de investigación sobre la disfasia, ¿verdad? Si tú quieres ir, ¡yo iré contigo!

–Akash, ¿tú lo oyes? –le pregunté con tono enfadado, manifestando mis celos.

–Se le entiende sin necesidad de oírlo, ¿no? –respondió Nora en su lugar, con el rostro iluminado.

Akash asintió con la cabeza.

–Esto es un viaje. Así que, ¡sigamos! –declaró Hiruko con cara de felicidad, y Nanuk asintió con vehemencia.

Mi madre se había esfumado sin que nos diéramos cuenta.

–Pues ¡vayamos todos juntos! –dije.

ÍNDICE